程绍国 著

体察师的日子

中国文史出版社

图书在版编目（CIP）数据

体察师的日子 / 程绍国著 . -- 北京：中国文史出
版社，2023. 9. --（实力榜·中国当代作家长篇小说文
库）. -- ISBN 978-7-5205-4906-6

Ⅰ. I247.5

中国国家版本馆 CIP 数据核字第 2024KN8049 号

责任编辑：全秋生

出版发行：中国文史出版社

地　　址：北京市海淀区西八里庄路 69 号　　邮编：100142

电　　话：010-81136602　 81136603　 81136606（发行部）

传　　真：010-81136655

印　　装：廊坊市海涛印刷有限公司

经　　销：全国新华书店

开　　本：787 毫米 × 1092 毫米　　1/16

印　　张：15

字　　数：238 千字

版　　次：2025 年 1 月北京第 1 版

印　　次：2025 年 1 月第 1 次印刷

定　　价：58.00 元

一

丁西家的小酒店，主要由老婆经营，经营天州本地菜。小酒店除了大宴上的大菜不上，比如全鸡全鸭、清蒸大黄鱼、红烧大鮸鱼，其他菜都烧。炸溜刀鱼、三丝敲鱼、清蒸带鱼、豆瓣鲥鱼、菠菜猪肝、红椒牛柳。守在一隅的天州人对吃绞尽脑汁，比如梭子蟹和青蟹的做法就五花八门，清蒸、葱烹、香辣炒。还有的和姜葱做，和豉汁做，和咖喱做，和蒜蓉做。别出心裁的是做蟹镶橙。把蒸熟的蟹肉挖出来，采鸡蛋、猪膘肉、荸荠末，调和精盐、白酒、生姜、味精、胡椒粉，放在掏空的鲜橙里炖。吃起来不费事。天州最有名的是醉港蟹，做醉港蟹必须红膏梭子蟹，必须活活地剥开，掀盖剁腿，放在碗里，倒进调和好的绍酒，芥末姜末葱末、精盐味精，胡椒粉要多些。这种腌渍法，天州人说醉，可说毫无蟹道。阿弥陀佛。

蟹镶橙和醉港蟹，丁西老婆做得不多，有闲的时候，做几个放在冰箱里，叫冰镇醉港蟹。做蟹镶橙和醉港蟹费时，店里人手不够。不是有丁西吗。是的，丁西清晨起床，骑三轮车到最近的道里菜场置菜，回来放到小酒店，丁西就得骑三轮车去做生意了，拉客。那么，雇一个服务员吧，这也曾经是丁西对他老婆提出的。老婆虎着脸说，服务员服务员，你有那么多钱吗，你爸还躺在医院里呢！

丁西经常逢人会说到他爸，说到他爸他就会说出难听的话，这猪哪，这猪哪。他说他爸当年打游击，一九四九年后是一个镇的领导。一九五九年，上面要精减干部，在动员大会上说了说，他爸就主动响应号召，回到村里，光着脚丫，背起锄头，早出晚归。这个镇（已叫人民公社）上，就他一个人回家种田，其他人再没有一个响应的。后来不少人到市里省里，而他爸买一粒感冒药都要自己掏腰包，没有法子。

终有一天，老婆吼丁西，妈的今后不准你在别人面前说你爸是猪。精减干部是陈年八代的事情了，十多年后你才出生，那时你是一条什么虫都不知道！你爸我知道，你爸是好人。我们忙一点没关系，我们有的是力气，我大不了多烧几个菜，多洗几个盘子，怎么也要医他。

老婆还说，客可以不拉，你一天见你爸一次要坚持。

老婆觉悟这么高，丁西眼泪流出来。老婆的确是个勤劳透顶的女人。她说她的爷爷婆婆爸爸妈妈都是勤劳的。山里人不勤劳没法活，但是即使是勤劳也没法活，因为大山就是贫穷的意思。老婆逃离大山，嫁给了勤劳的丁西，丁西纯善，虽然说是骑三轮车的，但毕竟是城里人，也是顺理成章的事情。老婆对他是满意的，许多嫁城的女子都受到丈夫的欺辱，丁西却是顺从老婆的，骂一句都没有。她曾经对丁西说起自己的爸爸，在贫穷的大山里，打起妈妈来真不手软。有时都是无缘无故的，她觉得奇怪，从小到大一直奇怪着。她曾经问丁西，我爸怎么回事，村庄里几乎都是这样打骂的，究竟是怎么回事。丁西说，你都不知道你爸，我怎么知道。

老婆勤劳，例子数不胜数，别的不讲，就说她和薛蒙霸通奸，被薛蒙霸的老婆脸上耙出十来条血蚯蚓，第二天还是来到小酒店。你看！

老婆这么好，通奸的事也不是天塌下来，身体接触一下，也是生活作风问题，没有什么大不了的。老婆说了，她看不起薛蒙霸了，今后再也不让薛蒙霸碰一下了，要丁西放心。老婆是说到做到的人，这个事情丁西完全相信。而薛蒙霸也过来拍了拍他的肩膀，说对不起，还拿来一瓶酒，算是赔罪了。俗话说，怨只有解没有结，宰相肚里能撑船，事情过去了，也就算了。不过，他的心里总有一点点不舒服，像是肚脐眼里搁了一粒小沙子。

往后几年，老婆真的没有和薛蒙霸通奸了。

近日，有一件事倒是让丁西惊喜莫名。有一天下午，丁西到父亲病房，发现病房里坐着另外两个人，丁西不认识，可父亲明显显出非常的高兴。一人身材高大，两鬓花白，比父亲小十多岁，可是气度不凡。另一个差不多接近六十岁了吧，倒是好像哪里见过。当他们起身离开时，丁西忽然想起这位六十来岁的人是自己小酒店的常客。因为他的腿有点瘸，多在晚上八点后过来喝小酒。

他们站起来走时，父亲让丁西送送他们。电梯口，身材高大的人拍拍丁西瘦小的肩膀，说，你叫丁西，辛苦了孩子，你孝顺、孝顺。他给了丁西一张名片，说有事打电话，找我。

见电梯合拢，丁西看了一眼名片，也姓丁，还有一串电话。

回到病房，父亲喘着气，对丁西说：

"老天有眼，你猜猜，这高大的人是谁。"

"是我们丁家的人，是不是你的堂房兄弟。"

"八竿子打不着。"

"我哪里知道啊，什么老天有眼。"

父亲的病好像突然好了很多。说：

"他在省政协主席位置上刚刚退下来。原来是省委组织部部长，再先再先，原来是我们镇（公社）的文书，我的文书。当时我是副书记，对他挺照顾。"

"什么老天有眼呢？"丁西忙不迭地问。

"他说接下去我的医疗费、床位费，一切都由他处理。"

"处理是什么意思？"

"就是他包了，我们不用出一分钱了。至于怎么处理，他有他的法子。也许我床头的名字就换成他的名字。再说，我听从组织号召，自动精简离职，也是对组织作出贡献，组织也应该有所表示，有所补偿。"

丁西差一点说出口，你是猪哪！但总算硬是忍住了。

"那你不早几年对组织提出？"

父亲无言以对。

"这个丁领导也是的。你是他的老上级，当年对他挺照顾，为什么早几年不来呢？"

"我几十年订报纸，总是关心老同事的情况，包括他走官路的上上下下。但我一个农民，不可能去联系他。"

猪。丁西又在嘴边收住了这个字。说："你不联系他，他也应该联系你嘛，你是他老上级，当年又照顾他。"

父亲又无言以对。他似乎愧疚得很，当年走路走小路，使儿子谋生都很艰难，自己是他的一个累赘。

"那个瘸子是谁？"

"他从前是归国华侨。对国家作出贡献，恋乡强烈，省领导让他在省城，他坚决回到家乡天州做房地产，一路绿灯，是亿万富翁。"

"不会吧。他经常晚上八点来钟到我的小酒店喝小酒。要是大富豪，一定在天州饭店吃大鱼大肉了。"

"这可不一定。天天吃大鱼大肉谁受得了。显山露水的往往都是半吊子，许多有实力的人，很是低调。"

丁西记起来了，这瘸子很喜欢和自己老婆拉话，见到丁西，丁西好像就是空气。看来的确是富人，他是记账的，一月司机过来清一次。

丁西走出医院，精神分外好。三轮车骑得飞快，两片小屁股在座上扭来扭去，显出兴高采烈的模样。两耳风起，他要马上到小酒店禀报老婆董彩凤，以后父亲的医药费、住院费由别人付了，他一天探望一次就行了。又想着，如果以前的费用也能报销，那有多好啊。

回到店里，老婆在洗猪脏。猪脏这东西好吃，最难洗了。洗不干净，内壁上就有似黄非黄、似绿非绿的颜色，其实还是猪屎。曾有老人过来吃猪脏，吃了几口就不吃了，说见不到黄绿，没有猪脏味。这样的老天州，丁西和老婆董彩凤见到的也就一二位。好笑。不卫生。所以猪脏是必须要洗干净的。洗这个东西最快、最便宜的就是用香蕉水，但有毒，董彩凤坚决不用。她蹲在地上，大屁股像是放大的苹果。她用剪刀剪开，先用自来水冲，再用暖水洗，最后用食盐揉搓，这样就放心了。

丁西嘎的一声刹车，董彩凤抬起头，说，妈的吓了我一跳。丁西跳了下来就把喜事说给了老婆。董彩凤说，你是不是在说梦话。丁西就把名片掏给老婆看。说，这人也姓丁，省领导啊，原来就是我父亲的文书。这是他应该做的事情。

董彩凤把猪脏放到蓝筛里沥水。丁西拿出手机给省领导打电话。

"谁啊？"省领导轻声问。

"我是丁西。"

"哦，丁西你好。有事吗。"

"我爸当年响应组织号召，自动离开工作岗位，后来别说土里刨食，艰难困苦，就是一粒感冒药也要自费。这是不公平的……你听到吗？"

"你再说。"

"我爸住院一住就是好几年，花了几十万块，组织应该给他报销才是。他曾经打游击，是一镇的领导，对党没有功劳也有苦劳，你说是不是……你听到吗？"

"你再说。"

"我爸说你曾经当过省委组织部部长，还当过省政协主席。你说一句话，动一根小指头就能把我爸以前的医药费给报销了，你说对不对……你听到吗？"

"你再说。"

"你原来是一个文书，我爸对你很照顾。说一千，道一万，我爸总是你老领导吧。看在这个面子上，你也应该把以前的医药费给报了……你听到吗？"

"你再说。"

"我和我老婆这几年被我爸榨干了汗水，你们这些老同事出手吧，用好药，进口药，把他治好吧。"

丁西只听到电话里一声长长的，"嗐……"省领导挂了电话。

嗐什么呢。丁西心里不明白，什么意思呢。你大领导倒是说清楚啊。你总要有个态度啊。

一边听着的董彩凤，总觉得丁西的话不对头，因为她的眼睛圆轮轮起来，黑药丸里要射出两枚钉子。她厉声吼道：

"你妈的冇脑！人家省领导把今后的费用处理了，你却还要把以前的也处理了！这些话怎么说得出口，上凳又想上桌，人心不满蛇吞象！一点礼貌都没有，一点修养都没有。"

"他一个劲地对我说，你再说，你再说，不是让我提要求吗？"

"要求也要合理嘛！"

"他有权力，有能力办就是合理的嘛。"

"你爸是自己离职的，又不是他骗你爸离职的，你爸是你爸，又不是他爸，他有什么义务一定要帮我们，把今后的费用处理了就是谢天谢地了。"

董彩凤一说，丁西马上觉得自己错了。彩凤总是对的。嗐……省领导这嗐是什么意思呢，立即挂了电话又是什么意思呢？

"糟了，你他妈把事情搞黄了！"董彩凤说。

"他堂堂一个省领导，答应以后的报销总会兑现吧。"

"为什么要兑现。他是你爸的老同事，看到你爸苦，同情你爸，怜悯你爸，才会说以后的费用由他来处理。他来处理，就是他自己出钱呢，你连感激都来不及，还要给他压力，给他加码，让他把以前的医药费也给报了，好像是理所当然的事情一样。有脑只会坏事！"

"他是省领导，我们省有的是钱啊，他会自己出钱吗？"

"领导越大觉悟越高。还好你不是官，你是官你肯定是个贪官。"

"这种情况，那可怎么办呢？"

"你重拨，我和他说话，先给他道个歉。"

丁西立马重拨，通了，电话里传来一个女人的声音："对不起，您拨的电话正在通话中。"

董彩凤严重地白了丁西一眼，丁西别转了头。

晚上八点多，有宾利车停下，慢慢从副驾驶挪出一个人，丁西认得就是下午在医院陪伴省领导的那个人，这个人在医院一言不发，现在来喝小酒来了。他坐在后门边上——他总是喜欢坐在后门边上。他是喜欢抽烟的人，要抽烟，他就起身，瘸了两步，踱出后门，把烟给点上。他和别的客人不同，别的客人抽烟是从来没有出门抽的，好像天经地义应该在座上抽烟。

董彩凤迎了上去，问，郝叔，你吃点什么。

原来老婆已经知道他叫郝叔。老婆还从冰箱里拿出茅台酒，是郝叔喝过的，放在郝叔的桌上。

丁西悄悄地对老婆说，下午省领导探望我爸，这个人也在座。不知道我打电话给省领导，他知道不知道。老婆哦了一声，说我问问。老婆走向郝叔，丁西略显尴尬地跟了去。

老婆对郝叔说了医院回来后，丁西打电话给大领导，还要求把以前的医药费也给处理了。董彩凤说，我家丁西为人很好很好，就是从小家穷，把钱看重，读书少，说话不得体。郝叔碰到大领导，代表抱歉之意，我和丁西已经非常非常感谢他。

因为处理以后的医药费，对丁西夫妇来说，这事有天那么大，所以丁西和老婆盯着郝叔的脸，心里很是忐忑。处理了以后的医药费，他俩可以积攒钱了，可以请个厨师，叫个服务员，可以像有的人一样去看看上海，去看看北京。这事倘若黄了，又走老路了，那可如何是好。

郝叔的脸还是比较清秀的，少年就到外国去了，不晒太阳，虽有皱纹，脸肉还是红里透白的。董彩凤这样对他说，他红里透白的脸上只是淡淡的微笑。这微笑是什么意思呢。他知道丁西给大领导打电话了吗。他知道大领导会是什么态度吗。终于，他轻轻地说了一句：

"不要再提要求了，主席是自己掏腰包啊……固执得很。"

又吩咐董彩凤，你替我排几个菜吧。

董彩凤就说给你换一下口味吧，我们纸山的马蹄笋炒咸菜，一个。墨鱼粉丝煲，一个。天州敲鱼丝，一个。再来一个卤猪蹄，怎么样。

聪明。郝叔说。

郝叔每回大多要四个菜，本来两三个也已足够了，他不，一定要点四个。比如这个卤猪蹄是冷菜，冷热结合，他要凑成四个。有时眼睛一转，又加一两个菜。他吃得了吗。每回是吃不了的，吃不了当然是剩下，他当然从来没有打过包。他走后，一些干燥无汤的菜，董彩凤就自己吃掉。

郝叔点菜，到董彩凤排菜让他修改，近来就没有修改这回事了。董彩凤没有拿笔记下来，她任意变菜，他准满意。

丁西觉得自己今天有些丢人，郝叔是高高在上的人。再说这下子没有其他客人，店里不需要帮忙，况且警察已经下班，他无证的三轮车处于安全状态。他鼓了鼓勇气和郝叔打招呼，说："郝叔，我骑三轮车去了，你慢慢用。"

郝叔打量着丁西，说："这样吧，你今天坐下来，陪郝叔喝一杯。"

"不了，你慢慢喝，我骑三轮车拉客去。"

董彩凤对丁西使了个眼色，意味深长。大声说："郝叔叫你喝，你就留下来陪郝叔喝。"

丁西便在郝叔的斜对面坐下。回头对董彩凤说："把我的烧酒拿来。"

郝叔摇了摇手中的茅台酒，说："拿什么烧酒，这里还有七八两，你也喝茅台，不够我叫司机去拿。"不过，郝叔又说，"烧酒，农家烧酒，货真价实是粮食做的，只是汞大多超标，对身体无益。茅台酒是经过国家严格检验的，有保障。酒是陈的好，我这瓶酒也有十来年了吧。"

丁西基本不懂，只是密密地点头。

"想不到，天州那么小。"郝叔说，"今天在医院里碰到你，知道你是丁主席当年老领导的儿子，非常感慨。你骑三轮车，还是无证的白卵车。哎，真不知道你爸当时是怎么想的。"

"我爸是猪哪！"丁西嘴里嚼着墨鱼，说，好像郝叔帮他出了一口恶气。

"话不能这么说。我这是以现在人的想法去说从前。当年你爸那个镇只有你爸一人主动离职，而整个天州却还是有不少人的。他总是你爸，不能这样说你爸。丁主席说，你爸是好人，当年在镇里，丁主席紧跟你爸，你爸离职，丁主席也要离职，你爸悄悄拉衣角，说，你还没结婚，不要离职。一九六七年，有人要整丁主席，要往死里整丁主席。有人特别找到你爸，调查丁主席，你爸写了详细材料，说丁主席是学习毛主席著作的积极分子。你爸是老革命，又是听党的话自动离职的人，任何辫子都没有，说话有力。想整死他的一些人就没辙了。"

"是的郝叔，大家都说我爸人好。"

"丁西，人好最要紧，做人就要做好人。那时没有你爸的证明书，丁主席说不定早上西天了。"

这时董彩凤端来最后一道菜。郝叔说：

"丁西，一个人有失落，也有得意……你是怎么娶的董彩凤。又聪明又漂亮。"郝叔把一杯酒干了，笑着补充一句，"这样的老婆十个不多。"

董彩凤笑了，说：

"郝叔，你是夸我还是讲反话，我哪有聪明漂亮的。"

丁西心想，几年前彩凤脸上被薛蒙霸的老婆耙出十来条血蚯蚓，还好耙得浅，涂了消炎药，后来就认不出来了。

郝叔招呼董彩凤："来来来，你也坐下喝一杯。"他又掏出手机，对司机说，"送两瓶茅台酒到小酒店。"

董彩凤也不客气，挨着丁西坐在郝叔对面。郝叔和彩凤喝了一杯，对丁西说：

"我和你见面少，和你老婆见面多。你算是城里人，我和你老婆是同乡，我也是纸山人。山里人必须要走出去。我叔公在意大利，捎信来可以把我带出国，但必须要读完中学。我高中毕业后才出的国。我叔公是有远见的。我在外国，二十世纪八十年代末，我还是为我们国家作过贡献的……丁西，你读了几年书？"

丁西说小学毕业。

"所以啊……"郝叔欲言又止，"文化还要补，文化还要补。"

茅台酒到了。丁西说那么快，郝叔住哪里？白鹭里，郝叔说。丁西立即知道，当然，天州城里，白鹭里谁都知道。河边，高高的围墙，大大的院落，在高大的香樟树林里，露出几抹红色。这里过去，也就一丢丢路。

郝叔说：

"嘴巴是有记忆的。一个人总喜欢吃自己从前吃的东西。我在意大利一想到天州菜、纸山农家菜就流口水，所以，我要回来，报效祖国。我原来的那一口虽是中国人，但生在西欧，喜欢西欧，喝红酒，吃牛排，如鱼得水。哼。"

吃得差不多，郝叔站了起来，一只肩膀塌陷了一下，伸手摸了一下董彩凤的脸，说："我们纸山姑娘多漂亮啊。"丁西见红霞飞上彩凤脸颊，自是漂亮。

董彩凤说："又来了，我哪里漂亮哟！"

郝叔抽出两根中华烟，好像已经知道彩凤不抽烟，一根递给丁西，说："丁西，到门外抽，三轮车送我回家。"

丁西给郝叔点了火，骑上三轮车。郝叔在后座跷起二郎腿。丁西的烟头一明一灭，一明一灭。郝叔说："马上就到，不要骑得那么快，中速前进。"

丁西用舌头把香烟拨到一边嘴角，说："好的郝叔，中速前进。"

二

丁西非常兴奋，今天一下子认识两位大人物，可不简单。郝叔还给了丁西一张名片。这张名片和大领导的不一样，除了手机号外，还有郝叔的头衔，蓝石发展有限公司董事长。丁西问，你养白鹭吗。郝叔答道，我们是房开。

回来，丁西把名片给了老婆看。说，以后我们积攒有钱了，向郝叔买房子，他准能给我们打大折。老婆说，寅年卯月的事情，你洗洗睡吧。丁西说，我敢打赌，到时候，我们招待他，喝了酒，他肯定大笔一挥，六折优惠！

老婆说：

"能积攒吗，积攒到什么时候，我看是永远没有希望了。你今天对大领导无理嚷嚷，他还能处理你爸今后的费用吗？"

丁西的心脏一阵紧缩，刚才喝了酒，神经兴奋，这个问题已经忘了。这下想起来还真是糟心。回家洗了澡，躺下来了，还在想这个问题。看来老婆也在想这个问题，因为每天夜里，老婆总是先于他脱了内裤，今天却不见动静。一会儿，丁西便沉沉睡去。

次日醒来，见老婆已经醒了。老婆说，应该没有问题，郝叔没有什么大反应。只是问你读了几年书，你说小学毕业。郝叔说所以啊，欲言又止。他们是宰相肚里好撑船，大人不计小人过。

我想也是，丁西说。

老婆哈一下腰，把内裤褪到脚跟，又用脚趾一夹，把它弹到远远的地板上。

"还要吗？"

"妈的什么是'还'，是补。"彩凤笑起来。

"哦。"

丁西便趴上去。做了一会，丁西还是想起父亲的事情。说，今天正好是缴费天，我十点来钟过去，若是给药了，说明问题处理了，没给药，说明事情黄了。彩凤说，妈的事情一件一件办，想到哪儿去了。

哦哦。丁西说着，又继续用功，但药费的事总在心里。

丁西到了医院。原先负责病房的护士说，你爸转到二十五楼特护室了。丁西很快活，到了二十五楼，病房里有一个女人坐在父亲的边上，四十来岁，非常漂亮，棕色衣服上有"蓓蕾"俩字绣着。她见到丁西，转了一下头看父亲，说你是他儿子吗？丁西说是的。丁西反问说你是谁？她说她是护工，是医院院长亲自安排她来的，她本来已经在同一层楼陪护另一个干部的。丁西哦了一声，转身往医务室去。他找到父亲的新主治医生，问病房里多了一个护工，她的工资谁出。医生说你不知道吗，你父亲转为特级医护，医院与蓓蕾护理公司结算。你父亲往后的所有费用，你们家属就不要管了。丁西故意问，那是谁支付费用呢。医生说，我们医院可不会白白为人治病，当然会有账到。院长对我们说，用最有效的药进行治疗，不管进口与否。

丁西走出医务室，拍了一下巴掌，随即掏出手机给彩凤打电话。彩凤问，怎么样呢。丁西说你猜猜。彩凤说，是处理了！你一张嘴我就知道你是什么意思，还猜。丁西嘿嘿笑起来，嗨，这下好了。医院还请了很漂亮的女护工，都不用我们管了。

丁西回到病房，问护工，我爸怎么还在睡呢。护工轻轻说，我来时，你爸突然眼睛发光，大叫了几声，美人！美人！我问了几句，见他精神是正常的。他说他恍惚，他说他昨晚一夜没睡。我说怎么回事，二十五层没有蚊子吧。他说他想起很多很多事，很兴奋。他说你离我近一点。我说好的。我正问他兴奋什么，这时医生和护士们来了，对他很体贴，很尊敬，仔仔细细问了他一些情况，便开了药。一会儿护士又来，给他挂起了点滴，他就睡着了。

护工指着上面一瓶乳白色，说，这是顶级人血白蛋白，六百来块一瓶。

丁西很高兴，艰难的日子总算要好起来，父亲的病也很快要好起来。他对护工说，谢谢你照顾，我爸病好我给你红包。护工说，好的，谢谢。

丁西走到楼下，已经有人坐在三轮车上等他了。客人说到谢池巷。谢池巷离医院很近，三四百米，其实蹀蹀就到，看来这是个大懒人。把大懒人送到谢池巷，大懒人给他一张十元钱，说不找了。丁西觉得这是一个好兆头，好事来了就是成群结队地来，事情顺了就是路路顺下去，怎么挡都挡不住，没有办法。

下午两点左右，丁西接到一个电话，让他到医院一趟。丁西想，自己上午到了医院，护工也有了，还有什么事呢。三轮车离小酒店近，他就回来同老婆说了。老婆说，可能前面的医药费还有尾巴，或者省领导找你谈话，交接交代一些事。反正你快快去。

三轮车从小巷转到医院，电梯到了二十五楼，病房里空无一人。难道一个上午的点滴已经治好父亲的病，父亲回家了？这不可能。丁西有些慌张，这是怎么回事呢！他马上跑到医务室。主治医生不在，丁西大声叫道：

"我爸呢！"

几个穿白衣的一齐回头："谁？"

丁西说："三十五床病人。"

有人不轻不重地答："三十五床在 ICU。"

"什么 ICU 啊！"

"就是抢救室。"

丁西说："好好的一个人，怎么进抢救室啊！"

白衣们再不说话了。

他去找抢救室，在长廊里跑来跑去都没有找到。

一个护士说，ICU 在四楼。

他要跑下去，但想着还是电梯快。等来电梯，进去后却是向上的。好在向上三楼就下来了。

到了四楼，遇到一个男白衣，问抢救室在哪里。男白衣努一下嘴，意为左到底就是 ICU。

ICU 关着门。丁西擂门。很快有女白衣一个头探出门来，轻声说，不能这样擂门，什么事。丁西说，二十五楼三十五床怎么样。女白衣说，你在这里稍稍等一等，我看看马上向你汇报。

白衣女出来，把丁西引到边上一个空房间，让丁西坐下。她谦和、温文，像是专门做病死家属的思想工作的。她说病人中午时睡中呕吐，摇他不醒，医生认为脑出血的可能性很大，马上做了脑部 CT，发现脑干大面积出血。

丁西说，到抢救室了，应该没问题了吧。女人说问题大，如果不是脑干出血，是其他毛细血管渗血，我们还有办法，以后手脚不便，人总能活下去。病人这种情况，说明脑干破裂了，活下来没有希望，你是他儿子吧，看来就是这两天内的事，你要有思想准备，节哀。

丁西说让我看看。女人说好，跟我来。

到了父亲床边，父亲的眼睛睁着。丁西叫道，"爸！"爸毫无反应。女人嘘了一声，指指病室里三十来个危重病人。丁西还是说道："怎么会是这样！"

丁西返回到了医务室，这时主治医生在。丁西说我爸怎么会是这样，用了好药，反而送进了抢救室。主治医生说，我想和用药没有关系。你爸的血压一直控制住，上压在 140 上下，下压在 100 上下，护工说你爸昨晚一夜没睡，很兴奋，问题可能出在这里，所以血压飙升了。

"兴奋怎么会使血压升高呢？"丁西问。

医生说，血压总在波动，睡觉时血压就低，睡不了觉，活动、激动、运动、兴奋、生气、紧张，血压就高。问题是，他这个年龄了，还兴奋什么呢，真是的。

丁西也不好问父亲了，为什么兴奋。父亲回家做农民后，每天起早摸黑，挣一点点工分，日子艰难。就是改革开放，土里也刨不出戒指、彩电。丁西出生时，吃的还是黑黑的番薯丝，总是长不大。父亲经常叹气，怀疑当年的离职决定，说对不起母亲，对不起丁西，也对不起自己。昨天省领导来，这人当年是他的文书呢，他小丁小丁地叫，这人后来慢慢地，成了一个省的领导，自己和他的处境相差一个太平洋。当年的小丁现在一出手，马上把他的费用给付了！这可是天大的喜事啊。他肯定浮想联翩，夜不能寐。到了上午，护工派来了，是个非常漂亮的女人。果真，医药费等都被付了，见到人血白蛋白，脑袋就炸了……

丁西说："医生医生，行行好，你一定要把我爸医好，不管用什么药，不管有多贵，美国的、欧洲的。"

医生摇摇头，说："这种情况，扁鹊、华佗都没有办法了。"

还不能就这么放弃。他想到大领导和郝叔，说不定他们和医院说，医院会诊，万一有什么希望。给郝叔打电话，还是给大领导打电话呢。他想了半天，还是决定给郝叔打。他坐在走廊里的固定椅子上，把郝叔的名片掏出来。

郝叔接起了电话，听了丁西说他爸不行了，好像根本不相信。丁西说了大半天经过，郝叔才说哦哦哦哦马上来。

真的是马上，三十分钟吧，主治医生过来招呼丁西跟他到院长办公室。二楼，郝叔和丁主席已在院长办公室了。还有一个人，后来才知道是天州负责文教卫生的副市长。

ICU 主任拿来几张片子，告诉院长病人出血面积之大。主治医生也介绍了发现和抢救的过程。院长谦谦地，一字一顿地对丁西说，老先生的病大有意外，是兴奋过度。我们已经尽最大努力了，再行医治价值已经不大。丁西忽然觉得自己身价很高，说：

"继续抢救！"

院长听话，说："好的，继续抢救。"

丁主席脸色凝重，表情痛苦，始终没说一句话。他站起来，说要去看看病人。到了 ICU，慢慢走到丁西他爸的身边，他俯下身子，脸贴着老人的脸，很久很久，大约有十分钟的样子。起身时，热泪盈眶。出来后，他同副市长、院长以及两位医生握了手，和郝叔走了。

三

兴奋过度，怎么会出人命呢？老婆董彩凤嘟囔着。

父亲是三天后死的。丁西每一天都去看父亲几次，ICU 不让进，他都是在走廊里固定的椅子上坐一坐，回家时再往 ICU 那里看一看。今天医院来电，不说来拿病危通知书，而直接说你父亲去世了。还说是医院让殡仪馆直接拉走呢，还是你自己想法先拉到家。丁西说，要让我父亲先回家。于是和老婆商量。老婆说，你去把父亲背下来，我和父亲在三轮车后座，你慢慢骑，我能固定住他。

想到总要告诉一下大领导和郝叔。丁西不犹豫，直接给大领导打电话了。说父亲走了，正准备用三轮车运回家。大领导说，你在家准备一下地方，我到医院去，让医院的救护车把他运回来。丁西说，我还是去，我要接我爸。他便骑着三轮车去了。

丁西到了 ICU，见已经有人在给父亲裹上白被子，推车已在边上。丁西说，我来我来。丁西抱着头肩部，另两人抱了腰和大腿，把人转移到推车上。ICU 有电梯，直接送到一楼。

想不到大领导、郝叔、医院院长已经站在救护车边。推车过来时，大领导掀开白被子，定睛看了人脸，他双眼红了。丁西先跳上车，两个男护工把推车抬上，丁西拉，另俩人轻轻一推，固定住。丁西和另两人坐下。司机问，哪里。丁西答，城西路三十三号。司机探出头，对谁重复了一句，城西路三十三号。

车开了，一会儿就到了。郝叔的宾利车也到了。一部装有冰柜的车也到了。彩凤把门打开大大的。冰柜先进屋，接上电，推车抬下，丁西和护工把人抱进了冰柜。这时大领导和郝叔进屋，坐下。彩凤不知所措的样子，还是想着给两位沏茶。郝叔说不要了。

郝叔说，对于丁老的死亡，丁主席非常沉痛。我决定资助你们十八万元人民币补贴家用，一会儿叫司机送来。

郝叔又说，丁主席的意见，你们精力有限，遗体在家时间不宜过长。还有，你父亲一生不容易，届时在殡仪馆搞个告别仪式。

丁西夫妇连忙点头，说是是是。

他们商定时间，三天后，星期六火化出殡。郝叔说，丁主席要找一块好的墓地给你爸。郝叔又把丁西父亲的照片和出生年月要了去。

丁西和彩凤赶忙看冰柜里的父亲。非常安详。丁西悲喜交加，人走了，还带来十八万块钱，"爸，"丁西叫道。丁西哭了，断断续续大声说："爸，你兴奋……什么呢，爸，你只管睡嘛，爸！"

彩凤也只是摇头。

丁西说："他一辈子没打过我。"

彩凤说："你爸就是个好人。"

这时郝叔的司机来了，打了两个嗝，看到冰柜和遗体，就把一个黑袋子递给丁西。说你点一下，是十八万块。

丁西转递给老婆。老婆接过来一点，十八大沓，每一沓中间有白纸条箍着，白纸条上还有印章名字。这就清楚得很，一沓一百张一百元的。便对司机说，这地方现在不便请你喝茶，谢谢你了。司机没说什么，又打了两个嗝，走了。

丁西又从老婆手里拿回，也点了一次，是十八沓，又还给了老婆。老婆看了一眼冰柜，便拿到楼上藏起来。

"你的三轮车呢？"老婆下楼，问。

"哎呀，忘了，在医院。我去骑来。"

平时，丁西去看父亲，三轮车大多停在后院太平间边。那里交警是不去的。今天事出紧急，想不到那么多了，车就停在住院部楼下，不知有没有问题。多少年来，丁西被没收的三轮车有七八辆了吧，还好，没有被罚款过。被罚款的同行车友总是说他个子小，溜得快，运气好。他说："我和你们不一样。"又指着脑子说，"是我聪明，交警堵住我了，车还能逃吗。人逃！"

丁西想着坐出租车去，想想又舍不得，又想着坐三轮车，又觉得同行车友个个都不怎么的，仗着人高马大，经常抢他的生意。丁西跑起来了，他跑得很快，他不会比同行的三轮车友跑得慢。

跑到大榕桥榕树下，有人拦住了他，两颗金牙齿对着丁西笑。问："你怎么跑，干什么呢？"

丁西说："三轮车又被扣下了。"

这人是薛蒙霸，几年前和他老婆通奸的那一位。拎来一瓶酒，说了对不起，后来相处挺好，老婆再也没有和他好了。

丁西便把父亲突然死了、慌忙里三轮车落在了医院的事说了一遍。又说："一个大领导知道我的父亲病重，来看望，并说以后的医药费由他包了。父亲过于兴奋，去世了。"

"笑话，大家都说兴奋是正能量，兴奋怎么会死人！"薛蒙霸说。

丁西说："我不同你说了，同你说你也不懂。"丁西又要拔腿跑。

薛蒙霸说："丁西，跑得快有什么用呢。三轮车值多少钱？别捡了芝麻丢了西瓜。"

丁西茫然。

薛蒙霸戳着自己的脑袋，说：

"人要靠脑子活着，不靠大腿活着，我对你说，这里有文章好做。你看，大领导一说，医院就下大药，用进口药，这样医生就得利，医院就得利，你知道吗。"

丁西点了点头。

薛蒙霸又说：

"你爸平时用的药可是轻药，一般药，用药要有一个过程，从轻到重，对不对。而且，中国人也不能用洋药，中国人是黄种人，白人一个个牛一样，洋药、猛药，你爸受得了吗？"

"你是什么意思？"丁西问。

"我替你出谋划策，弄点大钱给你。"

"你替我弄钱吗？"丁西奇怪地看着薛蒙霸。

"简单对你说，这是医疗事故！"

"这是医疗事故吗？"

"当然了，当然是医疗事故，你还听不懂！"

"人都没了，还说什么。"

"我看啊，你把你爸的遗体搬到医院门口，再搬些花圈来。叫彩凤过来哭，闹起来再说。"

丁西觉得好奇怪，问：

"你这是什么意思？"

薛蒙霸又戳着自己的脑袋，说：

"闹起来，大家就围拢来了，医疗事故死了人，这还了得，医院就没生意了，医生白大褂也不用穿了。"

"这有什么好处呢？"

薛蒙霸摇了摇脑袋，说：

"哎呀呀，你啊……医院没生意了，怎么办？他们就会找我们谈判，给我们钱！"

丁西傻在那里。

薛蒙霸说自己的一个姨父死了，他组织人闹了一闹，医院马上找他们谈，给了十五万块。来钱多快啊，还找什么三轮车。

丁西犹豫了半天，还是动了心，说：

"这事我得和彩凤商量一下。"

"男子汉，说了算，和妇人商量什么。"

"我要和彩凤商量一下。"

"那好吧，我们一起去，说服彩凤。你一个人说服不了她。事成之后，我们五五分成。"

"那不行，三七分成，你三我七。人是我爸。对了，我爸是不能再拉到医院去，我不能折腾他，要让他安息。"

"人已经死了，还什么折腾不折腾，他又不知道。"

"蒙霸，你哪有这样说话的！是你爸的话，你也拉过去吗？"

"我爸还没死，死了我也拉过去。"

丁西大怒，迈开了步，要到医院去，却被薛蒙霸拉住了。薛蒙霸说好好好，你爸的尸体就不搬了。

丁西停住了脚步。

薛蒙霸说：

"我叫我老婆也过来哭，和你老婆一起哭，声音嘹亮。五五分成吧。"

"这是我爸死了，又不是你爸死了。"

"那么，花圈我买，四六分成，我四你六。"薛蒙霸拍拍丁西的肩膀。

丁西没有作声。

两人大步走，到了家边，丁西说：

"我想了又想，你不要进来，我自己同彩凤说。"

"为什么，你能说得服她吗？"

"她现在很烦你。她说过，你是个没用的人，她不想见到你了。她已经这样说了，我还能把你带到家吗。你过来，事情准黄了呢。"

"那好吧。但事情要抓紧，趁热打铁，傍晚前就要闹起来，今天的事情今天办，过了这个村就没这个店。"

"知道。"丁西说。

丁西回到家，说碰到薛蒙霸，薛蒙霸说是医疗事故，撺掇他一起医闹，逼迫医院找我们谈判，给我们钱。他们家曾经医闹，得了十五万块。薛蒙霸说，堵塞医院大门的花圈他来做，他老婆来哭，事成之后，四六分成，我们得大头，六……不过，你也要一起来哭一哭。

董彩凤虎起脸来，说：

"薛蒙霸骗我睡我，妈的他连老婆都拦不住，我的脸上被抓耙了十来条血蚯蚓，你倒还要听他的，你这个人啊……"

"他认错了嘛。事情过去几年了嘛。"

"那你有本事把他老婆睡回来。"

"睡回来，腐朽的灵魂。别说那些事了。今天这个事，来钱还是快的，其他事情我们别管，你就哭一哭吧。"

"妈的你要听他的，你去哭。"

"哭丧的都是女人，哪有我们男人哭丧的。"

"你想想，你爸是脑出血死的，是兴奋、激动死的。这不是医疗事故。明明白白不是医疗事故，却硬说是医疗事故，这怎么可以呢。"

"医院有钱，钱又不是院长的。四六分成，六，我们就是九万啊。开小酒店不知要多久，更不要说我骑三轮车了。"

"你妈的，不是医疗事故，却要医闹，这和偷有什么区别。这是讹诈！不是你的钱，你一分也不能要，你爸教导你一世，你就记不住。郝叔给我们十八万块钱，他是自愿，是大领导的面子，是你爸修行修来的德。你不要见钱眼开。"

"那我给薛蒙霸回话……他站在外面，医闹取消。"

"叫他进来，刀给他吃，坏人专做坏事！"

"那不行。"

董彩凤想了一想，说：

"他妈的，他要闹他去闹，叫他老婆去哭，她哭死我就快活了。"

丁西就出了门，远远地，薛蒙霸在抽香烟。丁西过去，说："彩凤不肯哭，让我也不要闹了。"

薛蒙霸说：

"我同你说过，不用问女人。女流之辈，头发长见识短，钱那么好挣吗。我去做做她的思想工作。"

"她说刀给你吃。不过，她说你要闹你就去闹，让你老婆去哭。"

薛蒙霸吐出一口长烟。半天，说："可以，可以，一切我来主持，我来办。不过，事成之后，四六分成，你四我六。"

"给我一支烟。"丁西说，"我没有带烟。"

薛蒙霸摸出一包烟，食指弹了包底，一支烟跳出了半身。丁西点了烟，抽了一口，说："好吧，那就这样吧。"

薛蒙霸好像看傻瓜一样看了丁西一眼，风风火火地走了。

父亲啊，我没有给你丢脸。丁西这样想，踱回了家。在门口把烟抽完，才进门。他爸一生不抽烟，叫丁西也不抽烟，丁西从来不在他爸面前抽烟。

他走到父亲身边，想起父亲勤俭困苦的一生，想起对自己的教诲对自己的好，种种事迹，不想悲从中来，眼泪滴在冰柜上。一会儿，脸庞荡漾开来，丁西哭出了声，既然已经开哭，丁西情不自禁放声大哭起来。

董彩凤想不到老公趴在冰柜上这么哭。她从背后抱住了丁西，后来丁西发现自己的背上有一片水。

又想到三轮车，已是傍晚的事。他说，呀，三轮车！就做跑步状。老婆说，你不是骑来了吗。丁西说，忘记了，给薛蒙霸弄糊涂了。老婆说，你昏昏沉沉的，不要跑，路上车多。丁西想想也对，如果三轮车已被警察所得，也是很有一些时间了，跑也没用，不差一点点时间。他便改快跑为快走。

想不到医院门口已经摆满了花圈，有十来个。薛蒙霸的金牙齿晃来晃去，嚷嚷道，快哭，快哭，你们哭起来。他是对自己的老婆和两个姐姐说。两个女人和薛蒙霸长得贼像，肯定是姐姐。

丁西不想让薛蒙霸看到自己，他猫身从花圈间过去了，可是薛蒙霸早看在眼里，追了过来，抓住了丁西的衣领。说，你也哭，你也哭。丁西摇摇头，说，我们说好的，我不哭。薛蒙霸说，不哭站在这里也好。丁西说，我站在这里干什么，我们不是说好的吗，你来主持，你来办。事成之后，四六分成，我四你六。

"那你来干什么？"

"我来看我的三轮车，还在不在。"

"三、轮、车！"薛蒙霸不屑地嘟囔道。

丁西找不到他的三轮车。住院部门边当然没有，他想说不定保安经常见我把三轮车放在太平间边，从而移到那边去。可是走到那边，没有。

完了，又是一辆！又是三四百元没有了。父亲今天死了，连这辆三轮车也失去了。丁西的眼泪好像还没流完，出院门时又流淌着。

一个人客客气气地拦住了他，这人看了一眼大门口，好像有求于他。他觉得意外，泪眼瞪着这个人。

这个人说："这，怎么回事呢？"

丁西正在难受着，见这人这样问，他好像很是动了气，差不多是吼道："什么这怎么回事呢！"

这人摇了摇头，迈开步子，又踯躅了一下，说："我是这里的院长，我们见过面的，有话我们好好说。"丁西不知道怎么回话。院长向医院里边走去。丁西想起，这的确是医院院长，他见过的，那天穿着白大褂，今天是便衣，丁西认不得。丁西想，他肯定是以为我在无理医闹呢。

到了门口，见到薛蒙霸。丁西就问薛蒙霸，刚才医院院长对你说什么。薛蒙霸说哪个是院长，不知道。丁西说，刚才从你这里回去的那个人。一回头，见院长远远的背影，丁西手指着，说，就是那个人。

薛蒙霸有些得意，说："屁都放不出来，走了。好。"

"院长问过我，说：'这，怎么回事呢？'"

"你是怎么回答他的？"

"我三轮车没了，正生气，差不多是吼他，说：'什么这怎么回事呢！'"

"好，你回答得非常好，不给钱我们软硬不吃。一会儿就可能找我们谈判了。我先开个价，五十万，怎么样？"

"蒙霸，你太狠了吧，嘴巴一张，看到肛门。"

薛蒙霸笑起来，说：

"谈判都是这样的。美国人别说和敌国，就是和英国人谈判，也是这样的。"

这种事丁西没有干过。特别的事、大一点的事丁西都没有干过，反正丁西和薛蒙霸不是一种人，丁西觉得老婆的话是对的，薛蒙霸这样干是错的，是讹诈。

丁西见门口哭成一团，薛蒙霸两个姐姐一边大声哭，一边双手拍地。丁西非常奇怪。薛蒙霸的老婆个子小，哭声异常高亢。丁西想起知了，个儿越小叫得越响。薛蒙霸老婆叫道："阿爸哎，你死得苦啊！好好的一个人直着进去，横着出来，活活被人弄死了！"

丁西想，明明是我爸，却说成你爸，别的东西可以乱认，比如河里一个瓢，你说是你的，这可以，爸怎么好乱认呢。他听薛蒙霸说过，自己的老婆人小鬼大。丁西觉得这女人不仅仅是鬼大，还是出手麻辣的人，那次带领人来捉奸，把董彩凤的脸上抓出十来条血蚯蚓！

丁西仔细看薛蒙霸的老婆，个子小，但白皙，眼睛尽管不大，但绝不难看。当然，这样哭着是不好看的。自己老婆董彩凤比她好看得多，董彩凤居然让自己睡她，嘻，真是肺里想出来的。

他奇怪，薛蒙霸的老婆还是有本事的。死的人不是她爸，也不是薛蒙霸的爸，而是他丁西的爸，也就是曾经和老公薛蒙霸相好过的董彩凤的公公，怎么会哭得起来，而且热热烈烈，样子天昏地暗。有本事。

丁西回家时，薛蒙霸递给丁西一支烟。眼睛盯着丁西，好像是说这个场面可以吧，大钱就是这样挣的，人活着要靠脑子，靠脑子，记得四六分成，你四我六。还说：

"你就回去吧，我一个人干可以。"

丁西忽然想起院长讨好的眼神，觉得自己参与的话，四六分成，自己是六，而现在不参与，自己是四，只有六万了，不免有些不甘。薛蒙霸好像看出他的心思，拍拍他的肩膀，说：

"不关你的事了，你就只管回去吧，事情很快了，很快了。"

丁西回到家，对老婆说三轮车被警察拿走了，薛蒙霸搬来的花圈把医院的大门给塞住了，薛蒙霸老婆和两个姐姐抢天拍地，哭得贼响。

彩凤笑起来，说：

"好啊，有好戏看，我就不相信会被允许。这贼女！"

丁西还说碰到医院院长了，一脸的讨好，看来薛蒙霸医闹，他能得九万，我们只得六万。

"什么六万！你和薛蒙霸这狗儿商量什么了。我同你说过，不是我们的钱，一分钱也不要，要了吃了肚子痛。"

"我们又没有医闹，我们得六万是薛蒙霸利用了我爸，我爸的名字是个资源，利用当然要给钱。"

"我同你说过，不要见钱眼开。他医闹，这是犯罪，你知道吗？我们拿钱，就说明我们参与了，我们也是犯罪。让他们拿钱多好啊。"

"如果钱拿来，我们也收起来。我们不给收条，鬼也不知道我们参与了。"

"不给收条，公安局就查不出来吗。蒙霸这狗儿说自己的亲戚死了医闹过，得了钱，多半是他瞎编的。即使是真的，说明真的是医疗事故。你爸一夜不睡，激动啊，兴奋啊，过了头，脑出血了，怎么怨得着医院呢。什么收条，医院能给钱吗？"

丁西有些服气了，看着老婆。

老婆又说："我想很快医院就会到我们这儿来，因为有大领导这一层关系。你说你碰到过院长，院长还真以为是我们在医闹。他们过来，我们就实话实说，是薛蒙霸夫妇闹的，和我们无关。"

"如果我说是我组织的，医院客客气气马上给我们那么多钱，花圈马上撤了，也是好事嘛。"丁西偷偷看一眼老婆，说。

"脑！脑！猪脑！同你说了那么多话，都听不进去！你问你爸吧！"董彩凤拉着老公，到公公边上。

"我知道了，我知道了。"丁西求饶似的说。

董彩凤叹了一口气，说：

"你读书太少啊，一会儿医院来人，不能随便乱说。说你参与，那是很丢人的，你丢人，我丢人，你爸也丢人。大领导，还有郝叔，会把我们看得像一条虫的。"

丁西豁然开朗似的，说，"我知道了，我知道了。"

晚饭后，果然，医院里来了三个人。"是丁西先生吧？"其中一个问。

丁西说："是，我是丁西，这位是我夫人，董彩凤。"

开口的人自我介绍，说自己是天州医院办公室主任。丁西马上说请坐请坐。董彩凤给客人沏了三杯白茶，但三人并不坐下，也不喝茶，而是围着冰柜先行三鞠躬。办公室主任才悲戚地对丁西说，你父亲的一生，是革命的一生，伟大的一生。他一九四年前参加地下党，在枪林弹雨中出生入死，抛头颅洒热血，一九四九年后兢兢业业工作，一心为公，当国家困难时，他顾全大局，毅然决然为党分忧，辞去领导工作，当农民，拿锄头，起早摸黑。

丁西心想，我爸有这么厉害吗，你说这些有什么用。

三人退回，坐下，各人捧起一杯白茶，眼睛里和茶杯里都氤氤氲氲的。办公室主任又说，我们都听说，丁西先生继承父亲的美好基因，善良淳朴，勤勤恳恳骑三轮车，以汗水换吃食，从来没有利用父亲的社会名望……

董彩凤说：

"你们说医院门口花圈的事情，就直接说，不要绕来绕去，我家丁西只骑三轮车，不喜欢这些高谈阔论。"

主任说：

"丁先生父子的确是难得的好人，我们现在就谈医院门口花圈的事情。花圈把医院的大门给堵住了，不方便病人就医，三个人哭也哭了几个来小时了吧，很累，也应回家休息。我们看看，怎么处理好。"

丁西说：

"你们说，你们看着办，你们怎么处理就怎么处理，你们说了算，我和夫人没有任何意见。"

主任说："我就说过，丁家父子觉悟就是高，这样我们就容易商量。"

丁西说：

"就是就是，好商量，主任，怎么处理你说了算。"

主任说："护士给丁老先生量血压，时在七点半，下压是一百一十五，上压是一百八十五，主治医生到岗后让护士再给丁老先生测一测，结果还是差不多。主治医生翻看昨天的用药，是否有药使血压飙升，没有发现。在这之前，主治医生已经接到领导来电，丁老先生是特治病人，用药不限，开药时增加了一定剂量的降压药。八点半，护工到岗，丁老先生说自己一夜没睡，非常激动。我们把药挂起来时，丁老先生就睡过去了。一会儿出现呕吐，护工还是有经验的，马上报告了。主治医生断定是脑出血，一做CT，果然是，我们马上抢救了。"

主任又说："丁老先生是受了刺激，但我们院长说，人毕竟是在我们医院发生意外，我们有责任。我们愿意适当补偿。丁西先生说我们怎么处理就怎么处理，因此原来设想的艰难谈判可以省略了。"主任笑起来。

丁西看了老婆一眼，说："你们就看着办吧，做适当补偿即可。"

主任说："如果法医鉴定，真正的医疗事故，通过谈判，或法庭判决，赔偿的上限是十五万块。我们考虑到丁老先生是老一辈革命家，愿意拿出二十万元作为补偿。可以不？"

"谢谢，够！很够！"

"但是，"主任说，"这事只有医院一方和你俩知道，对外不说赔偿或者补偿。而且，马上撤走花圈，你们那三个哭的人也马上回家。"

董彩凤轻轻地说：

"那些堵塞大门的花圈不是我们叫摆的，那三个哭叫的女人我也不认识。"

医院三个人立刻惊愕，像是被雷劈着了，面面相觑，这怎么回事啊。

董彩凤说："这件事和我们没关系，和我家丁西也没关系。"

主任说："我们刚才过来的确没看到你们。但院长说，丁西先生在医院。"

"我到过医院，看到过院长，但我没有参与医闹，我是寻找我的……车。"

主任说："那些堵塞大门的花圈不是你们摆的，那三个哭得死去活来的女人也不是你们的亲戚。那么就是说，整场医闹和你们没关系。"

"我是有道德的人。我爸教导出来的，我能够无理取闹吗。不是医疗事故，我能够说这是医疗事故吗。"

主任马上说："丁老先生那么高尚，丁西先生当然也是高尚的人。你知道不知道谁在医闹，这个谁你们认识不认识？"

"是薛蒙霸夫妇。"

"这夫妻俩是你们的朋友吗？"

"不是朋友。"

"他们医闹告诉过你吗？"

"告诉过。但我说坚决不闹，我态度很明确，不是医疗事故怎么能够医闹呢，不是我的钱，我一分也不要。至于医院补偿，那是另外一回事。"

"丁西先生，我们一直要求公安局打击医闹。现在这个薛蒙霸夫妇，正好撞上枪口，我们可要狠狠打击了，以儆效尤。"

"可以的……可以的。"丁西说。

这时董彩凤说：

"不是一般可以，是非常可以。男的游手好闲，女的心狠手辣，男的是被女的教唆的，你们狠狠惩治，特别是这个女的，惩治了坏人，社会正气就会上升，我们不要医院任何补偿。"

三个人都盯着董彩凤看，觉得这个女人怎么会有这样高的觉悟。主任便站了起来，说：

"我们院长说晚上要过来守夜的，要我先跟你们打个招呼。"

董彩凤说：

"我家亲戚来守夜的已经有五六个，院长事情多，免了免了。"

主任说：

"他一定要来。他是说到做到的人。"

丁西说：

"那好吧。"

主任和丁西握手，也和董彩凤握手。说，节哀顺变，节哀顺变。丁西也对主任说，节哀顺变，节哀顺变。

三人走了。

丁西对老婆说：

"医院愿意给我们补偿，我们只管拿来，你客气什么，为什么不要医院任何补偿？"

董彩凤说：

"医院是真心要补偿你吗？不是的，那是由于大领导的原因，院长是有所图。今天晚上院长说要过来守夜，出人意料，如果真的来了，也是这个原因。而大领导是给过我们钱的，那就是郝叔的十八万块钱。十八万块钱你还不够吗。而且，接下去，薛蒙霸夫妇进局，肯定会说是和你一起医闹的。薛蒙霸这个贼蟹儿脑里有几条虫我还不知道吗，他一定把你咬出来。你不是四六分成吗，你四他六。实际上这就是合作了。起码你是默认薛蒙霸的医闹。认真查办，对质起来，你也有罪，只是他主动一些，明显地敲诈勒索。"

"那么我也要坐牢吗？"

"一会儿见钱眼开，一会儿见棺材就跑。你妈的放心，你不会坐牢。在公安局出手之前，我们刚才把事情说清楚了，而且你是真的死了父亲，没有去参加医闹，主要的，我们背后有大领导。"

"彩凤，奇怪，大领导已经退休了，还这么吃香。"

"古话说，百脚虫死了不僵。他原来是省里的头儿。医院要补偿，院长有自己的考虑，他的官小，他要进步呢。"

"补偿是他们自愿的，和郝叔一样，给我们我们就拿嘛。"

"妈的你又来了！"

丁西便不再说话。

这时宾利车到。郝叔来了，说："有一件事情，你们好好想想。院长同我说，要给你们一定的补偿，你们说要不要。"

丁西做沉思的样子。他当然想要，但老婆的态度已经明确，她是说不要的。问题是郝叔是什么意见，他觉得可以拿，二比一，那就是可以拿，老婆坚决反对也没有大理由。丁西问：

"郝叔，你说这钱我要不要？"

"这个事情你们自己拿主意。"

"医院一定要给我们一定的补偿，当然有他们的理由，是不是？"

"你们自己考虑吧。"

"院长真好，还说今晚来守夜。"丁西说。

"真的这么说？不至于吧？"郝叔说。

彩凤说：

"院长的心意我们已经领了。丁西，还不明白吗，是医疗事故，这钱我们拿来，不是医疗事故，这钱就不是我们的。"

"我爸死在他们医院，医院愿意拿钱补偿，医院是自甘自愿的，拿来有什么关系呢？"

郝叔对丁西说：

"院长对我说，医闹时你也在，流着眼泪。考虑到这个因素，院长决定给些补偿。"

丁西说：

"我们碰到过。"

"那么你也在闹。"郝叔说。

"我没有闹。我是去找我的三轮车。因为三轮车又被警察拿走了，拿走很多辆了，这当儿想到了我爸的死，掉了眼泪。"

"那么你是为你爸流泪，而不是医闹。"

"不是医闹。"

郝叔说：

"医院说补偿，其实还是院长有企图，院长看着丁主席和你们的关系，而他知道我们市长和丁主席的关系，明白了吗？"

董彩凤说：

"我当然明白。这钱坚决不拿。这钱拿了，会给丁主席抹黑。"

董彩凤看了丁西一眼，好像说，和我说的一样吧。

郝叔说：

"彩凤想到这个问题，真是不容易，是人杰，外美内秀。其实啊，医院说补偿，丁主席还不知道。如果知道了，他也不会赞成，即使你说医院哪怕的确有一点责任。"

"不要，坚决不要！"董彩凤说。

丁西见事已至此，他也哦了一声。

郝叔问：

"丁西，那个关起来的薛蒙霸是你朋友吗？"

丁西想把薛蒙霸这个人具体介绍一下，当发现老婆向他眨眼，就说薛蒙霸不是朋友，是熟人，是个混混。

晚上约莫十一点钟，院长居然果然来守夜。丁西和彩凤还是意外。彩凤表示欢迎，但客气的背后有些看不起。而丁西觉得自豪，院长为了自己的利益总是没有错的。院长和丁西念叨交流了大半天，好像老朋友。之后默默坐在一边烧纸钱，样子很可怜，眼里噙着泪水。

有亲戚悄悄问丁西，这人是谁啊。丁西说是天州医院院长。亲戚说，他怎么来守夜呢。丁西说，我爸住院很久，是他们的大客户啊。亲戚说，医生啊，办公室主任啊，怎么都不来呢。丁西说，办公室主任他们来吊唁过，他们哪里有守夜的资格啊。

院长守夜，居然一夜守到天亮才回去。

丁西很感动，觉得院长就是自己人。他给丁西二十万块钱，他是真心真意的，他应当拿来，不拿来反而显得生疏了，见外了。二十万块钱，天文数字啊，丁西要骑多少趟三轮车，要骑多少年三轮车，老婆彩凤要烧多少个菜，要洗多少个盘子啊！父亲住院时，医生和丁西熟了，知道丁西家没多少钱，非常好心，总是开国产药，低价的药。可是每个星期要交钱，两三千块、两三千块，好像是一会儿就没有了，一会儿就没有了。看着哗哗流出去的钱，流水一样，永不回头，好不心疼。现在回头了，医院给他丁西二十万块钱，还有不拿的吗。他丁西是个三轮车夫，他拿钱不烫手，而且心安理得。

丁西送院长走了几十米，院长说："兄弟留步。"

丁西说：

"院长，你给我的二十万块钱补偿，我想了又想，这是你院长大哥的心意，我最终决定，心意我领，我要。"

院长说：

"好的，我今天要休息，我交代一下，你下午到我们医院办公大楼二楼财务科领取，我的签字我明天补上。"

丁西说：

"那你能不能不同别人说，比如蓝石发展公司的郝总。"

"好的，知道的，我一定不同郝总说。"

四

下午，丁西想着二十万块钱，而彩凤叫他到殡仪馆。丁西坐公交车到了殡仪馆。火化在星期六，他和老婆商定，具体时间在上午七点到八点，这样，亲朋好友不必起得太早，过来参加遗体告别仪式。

殡仪馆好大，营业不到半年。丁西找到了业务窗口，说自己的父亲病故，星期六七八点钟火化，问火化钱多少。里头的女人白白胖胖，嘴唇涂得猩红，丁西总觉得这女人哪里不对。女人笑着问，死亡证明呢。丁西说，我父亲是昨天死的，遗体现在家里。白白胖胖的女人说，不好意思，我们必须要死亡证明的。丁西说，我爸如果活着的话，做儿子的会说已经死了吗？明明已经不在了嘛。里头的女人还是微笑说，这个我理解，但是程序是这样，我也没有法子，对不起。

丁西见她态度好，厉声说："程序是死的，人是活的！"

女人好像非常体谅死者家属的心态，微笑说："不好意思，为什么要死亡证明，这涉及很多问题，要说要一个下午。麻烦你了，你去开一张证明吧。"

"哪里开！"

"最后的医院，先生。"

这倒也好，两件事情一并处理了。丁西又乘公交车到了医院，找到主治医生，请他开证明。医生说我已经签了字，你到二楼，找办公室主任。丁西到了办公室，主任在。主任很客气，让座，沏茶递给丁西，问，是开证明吧。丁西说是。主任开了死亡证明，盖了章，递给了丁西。

丁西顺便问，昨天晚上后来碰到薛蒙霸了吧。主任说，碰到了，我把这夫妻俩请到我这里"谈判"，问要多少钱，这男的一开口，五十万块钱。实际上警察已在隔壁，我对他说，你等等，我让我领导回复你。警察穿着便衣，也问他要多少钱，他也说是五十万块钱。警察马上把他像捆青蟹一样捆起来，夫妻俩戴上手铐，带走了。敲诈勒索罪，敲诈一万块可判一年，五十万块钱就是五十年，这两个狗男女牢底是坐穿了。

丁西心里紧了一下。怎么会这样呢？这样闹一闹也就是闹一闹，要牢底坐穿吗？不会吧。但他也不好多说，谢了主任，就急忙忙到财务科去了。财务科很客气，称院长已经吩咐了，让丁西出示身份证即可。身份证出示了，复印了，财务科就把一张银行卡递给了丁西，说里头有二十万块钱，密码是666888。接过银行卡时，丁西脑袋轰鸣起来，但总算控制住脚步，谢过，继而大踏步离开了医院。好像不大踏步，他们会要回去。他感激院长，院长是个说到做到的人，说来守夜就来守夜，说给钱就给钱，好人啊！

丁西心情激动，二十万块钱啊！别人给你，还能不要的。又不是讹诈，又不是偷窃，又不是抢劫。这是医院给的，又不是院长个人的。医院日进万金，拿它又有什么关系。是的，父亲还是医院的大客户呢。我又不是傻瓜。

丁西终于明白，像他和彩凤干活都挣不了大钱，勤劳可能使人饿不死，但不可能使人发财。别人也一样。挣大钱，发大财，手段通常类似是这样的。

到了楼下，他还是扭头看了看，说不定自己的三轮车被人错骑走了，这会儿骑回来了呢。他和三轮车是有感情的。可是没有。丁西出了大门，这当儿接到彩凤一个电话，问火化具体时间落实了吗，丁西说还没。彩凤说刚才亲戚说，殡仪馆是要给红包的，否则就安排在凌晨三四点钟火化。那样许多人就一夜无眠了。一夜无眠，弄不好有的亲眷就脑出血了。丁西说是是，问红包多少钱呢，彩凤说一般是一千元，没法子的，当给也要给，不要心痛。丁西哦了一声，就到医院门口两角钱买了一个红包，从两个兜里凑出一千元，塞了进去。到了汽车站头，又乘公交车，半个多小时，殡仪馆站下。

窗口里白白胖胖的女人，这下双手捧着自己的宝贝脸，眼睛眯着，看来火葬场不是很忙。丁西有些生气，在火葬场，你把嘴唇涂得猩红干什么！他把死亡证明差一点是掷了进去，说，安排在星期六上午七八点钟。女人瞬刻睁开眼，似乎讨好似的，笑道，我提个建议好不好，下午三点左右火化为妥。为什么呢，如果上午七点钟火化，你们一干人四五点钟都要行动起来了，几天来守夜啊什么的你们精力已经够呛。现在不少人火化改成了下午，次日出殡从从容容。先生你自己参考吧。

丁西觉得这女人有猫腻，起了戒心，不过无论多大的猫腻，反正是钱。丁西把红包递给了女人。说："我们就要周六七八点钟。"

女人把红包推出来，轻声说："走了人了，还要向别人送红包，有这个理吗。"

丁西听了这话，却有些怪异，哪有红包不要的。他差一点流了泪。女人不说话。拿着证明书在查看什么。不料女人说，呀，这位丁老先生已经安排了，火化时间是星期六早上七点半。丁西奇怪了，问谁安排的。女人说昨天我们头儿跟我说的，要这个时间，还说把一只刚到的崭新的炉让给这位丁老先生第一个使用。女人又嘀咕道，新炉旧炉，要的不是骨灰吗，难道新炉上天堂，旧炉下地狱吗？

丁西忽然觉得女人说得有理。女人又把一张《天州晨报》递给丁西。说，你看讣告，照片，是你爸吗，你爸是哪一级的干部？那眼神分明地说，看你倒看不出。

丁西只看了名字、照片、遗体告别时间，还有什么莅临执绋，懂都不懂，便递还了女人。问，多少钱。女人说，一切处理好了，你不必出一分钱，你慢走。丁西有些傻了，说了声谢谢，也就离开了。

"丁主席，是你叫郝叔过来办的吧。我这辈和下一辈都感谢你啊！"

丁西到了家边，有什么东西在心脏怦怦跳个不停，觉得哪里不是很对。哪里不对呢？啊，在心里跳的是那张银行卡。银行卡滚烫滚烫、噼里啪啦在他的心脏里跳。他有些惶恐。这二十万块钱的银行卡要不要上交，上交了，彩凤肯定会骂，而且恐怕会退还医院。不上交，这种事他丁西没做过，丁西从来没有私钱私密，什么事都一五一十向老婆公开。一个三陪女踢了他几脚，还不给钱，他对老婆说了。老婆问，她喝醉了吗。丁西说是的。老婆说，那你就自认倒霉吧。两个男的骑到点了，把丁西身上所有的钱搜走了。老婆就说，自认了吧，没有殴打你就算好了。

他决定这件事不说，银行卡不上交。反正是家里的财产，他丁西不会给别人钱，糟蹋钱。银行卡里的钱都会用在家里，至于怎么用，怎么上交，那就以后再说了。日子久了，总会想出办法，想出很好很好的办法。即使想不出，即使以后被发现，这钱也回不到医院了，被彩凤骂几句就骂几句。骂几句，他自己还可以补骂几句。

丁西到报亭买了一张《天州晨报》，喘平了一口气，进了家门。他瞥了彩凤一眼，彩凤问：

"事情都办好了吗？"

丁西说：

"顺顺当当，别人都把事情办妥了。"

便递给彩凤《天州晨报》。董彩凤笑起来：

"死后那么荣光，你爸真是个好人。"

"太迟了，太迟了，大领导早点知道早点照顾我爸就好了。"

"大领导退休了，回到天州，才把自己的一生捋一捋，想起了你爸当年的好。没退休，他是一省的大领导，一省多少事他要干，日理万机啊，怎么想到自己的家人和从前的朋友呢。现在能想到，也是不错了。"

"只是好心办坏事，他一出现，我爸就没命了。"丁西嘟囔道。

"世界上许多事情都是这样纠结着。这不能埋怨他，这只能说是你爸的命。"

"也是我的命。"

"你的屁命。"

丁西和老婆拉扯，像是掩盖他的银行卡。是的，银行卡存放在哪里为好，他必须马上想出一个办法，马上！他上了楼，彩凤必须在楼下，因为父亲一定要有一个人守着。但他不能老是待在楼上，他必须回到父亲身边。

银行卡放在哪里好呢？这是个大问题，丁西必须要找到一个非常安全的地方。他想把它放在书里，可家里除了几本彩凤经常翻的菜谱，真没有别的书。又想把卡包一层纸，放在床脚下，又怕时间一久磨坏了。又想着把卡放到自己旧衣服的口袋里，又怕彩凤忽然把旧衣服卖了，卖之前又一个一个口袋地摸……

丁西出了一身汗。最后，他把银行卡放在了他爸的遗物盒里，里头有老照片、工作证、奖章之类，卡放到工作证里，自觉天衣无缝。

这时楼下彩凤叫道：

"有客人来了。"

"好，我下来。"

来的是两个女人。丁西和老婆想不起来是什么亲戚，又觉得她们熟悉。两个女人两手都拎着东西，一条马鲛鱼是看得见的，其他东西用包装袋包着，不知道是什么。她们脸上都带着哀伤，好像是近亲。她们走近冰柜，看着老人，眼泪便出来了，竟呜呜地哭起来。

这一哭，丁西立即明白，她们是薛蒙霸的姐姐，昨天哭得天昏地暗，今天怎么还有力气还有眼泪到这里哭。我爸跟你们有半毛钱关系吗，你们竟呜呜地哭，这究竟是怎么回事呢。丁西悄悄对老婆说了，这两个女人是薛蒙霸的姐姐。董彩凤立即火了，因为从前，薛蒙霸老婆带薛蒙霸家人过来捉奸，只说薛蒙霸出事了，一个人在前面走，这两个女人也在后面跟，自己脸上被薛蒙霸老婆抓把了十来条血蚯蚓。但又想起一句古话，棒子不打上门客。她便强忍着怒火，对丁西说，妈的，她们是来求情的。是为了薛蒙霸两夫妻的。

丁西点点头。

丁西发现薛蒙霸一个姐姐怎么长有四只奶，想想应该是乳罩太宽，奶又太松软，两手拎着东西走着走着奶滑下来了。这样的两个女人在父亲灵前，丁西莫名地难受。他对两个女人说：

"你们拎来鱼，给我爸吃吗，他吃不动了，你们回去吧。"

四只奶说：

"丁西，我是蒙霸的大姐姐，她是小姐姐，这回事情闹大了，我们请求你帮忙。"

"帮什么忙啊？"

"我们是帮着你哭丧的。"

"呸，你们是空医闹！"

"我们是一起合作的。蒙霸说，事成之后，你们三七分成。"

"三七分成，谁三谁七啊。"

"因为走的是你爸，所以你七他三，通情达理。"

"你们俩得多少钱？"

"蒙霸没有说，我们也不要他的钱。"

"蒙霸他妈的太狠了。"

"现在是竹篮打水一场空。"

丁西高声说：

"医闹，三七分成，我一概不知道。花圈是我们买的吗？是我夫人董彩凤去哭了吗？我和薛蒙霸有协议吗？协议书在哪里？通通是薛蒙霸一手制造的，还利用我爸的死敲诈勒索。我爸是什么人，我爸打游击出身，是无产阶级革命家，我爸蒙羞，他老人家如果知道，不知道会怎么生气呢！"

董彩凤有些欣赏地看着丁西。

大姐姐说：

"蒙霸两夫妻关起来了，有些事也说不清。但他俩是你的朋友，在这紧急关头，你一定要全力帮忙，去世的是你爸，你们出来说话才有力。"

不想董彩凤说：

"妈的，你弟弟薛蒙霸骗我把我睡了，你们知道不知道。我是谁，丁西的老婆。你们知道吗？丁西还是你们薛蒙霸的朋友，是敌人！你们弟媳更不是好东西，太凶恶了。有话好好说嘛，竟把我脸上抓耙出十来条血蚯蚓。我当时只顾着治脸，也没想她这样抓耙是不是犯罪。我和薛蒙霸的事情是通奸，你干吗把我脸上抓耙出十来条血蚯蚓呢？现在好了，他们两夫妻要判五十年，那就判五十年再说。"

"天，哎呀妹妹，哪里来的五十年。"大姐姐说。

"一个大主任说的，调查研究后说的。"丁西说。

两个女人大大觉得意外。呜呜又哭起来，说：

"看在我们姐妹俩的面子上，你们行行好，出出手。"

董彩凤说：

"当时薛蒙霸那个疯女人抓耙我时，你们都在场。我的脸是血肉模糊啊，你们俩有行行好，出出手了吗？"

"当时我们不知道情况啊，她一进门就抓耙了，事出意外啊。后来我们也把她拉开了。"

大姐姐走到董彩凤身边，说：

"妹妹，对不起啊，你打我几巴掌吧，我也好过些。"

董彩凤才看到大姐姐，心想大姐姐的心思全在弟弟那里，完全想不到自己的装束了，也是可怜。她还是说：

"我不打人，从来不会打人。"

两个女人毫无法子，先后跪在冰柜边大哭。

好久好久，丁西心肠软了，董彩凤的心肠也软了。丁西说，你们先回去吧，我和蒙霸总是老熟人了，能关照我会关照的。

两个女人才起来，又向丁西彩凤磕头，回去了。

丁西和老婆久久无语。

"医院主任说要判五十年吗？"老婆问。

"他是这么说的。"

"这样太重了。可能主任是随便说说的，医院里的人懂医不懂法。"

"的确太重，医闹没有打人，关几天教育教育就算了。"

"关几天教育教育就算了，这不行。"董彩凤说，"薛蒙霸老婆要重判，不重判我不肯，我要出一口气。"

"哦。"

"妈的，你怎么不说薛蒙霸要判重刑呢？他睡了我，睡了你的老婆。"

"过去了的事情纠缠不休也不行。我也是宰相肚里好撑船。"

"我被人睡了，你无所谓，看来你心里也不重视我。"

"那不是！谁要是欺负你，我就杀了他，我要拼命！"

董彩凤看了老公一眼，一只手搭在老公肩上。丁西知道，彩凤是觉得自己通奸对不起他。丁西心想，我这张银行卡瞒着你，也是对不起你啊。

五

上午时候，宾利车停下，郝叔又来了。丁西和董彩凤慌忙站起来，请郝叔坐。他坐下来，董彩凤去沏白茶。郝叔问，我们纸山的茶有没有？董彩凤说有，白茶比我们纸山茶差吗？郝叔说，我就喜欢家乡的味道，从前那个味道。郝叔又对董彩凤说，家乡物美，家乡人美。董彩凤脸上溢出笑意。丁西说，郝叔是五湖四海，见过大世面的人，一准没错。

郝叔捧着一杯纸山茶，说：

"一会儿，殡仪馆的车来，把丁老的遗体请走，他们还要给老人化妆。你们准备一下丁老穿的好衣服。明天七点半，二号厅，有司仪主持，作为儿子，丁西要说几句话，一是父亲的美德，二是感谢参加告别会的人，话不必多，随便说就是。哀乐里，三鞠躬后，大家逆时针告别遗体。你俩和亲戚先告别，站在一侧，大家和你们握手后就回去了。"

郝叔特别强调说：

"明天丁主席来，市长也来，有些人也可能跟着来。为什么呢，丁主席顺便对市长说了你父亲精减自己的光荣事迹。你父亲的光荣事迹不是一般人做得到的。市长非常感佩，他只说了一句，这位前辈有情怀啊。"

丁西不知道情怀是什么意思，但肯定是褒奖的。于是说：

"这个市长也是有情怀的。"

郝叔说：

"这还真是。他说天州领导人变换太快，不利于稳定发展，自己起码五年不离开天州，规划和发展天州的特色经济，打造一个崭新的天州。"

郝叔又说：

"讣告是出了，你这边有哪些人呢，多不多，多一些人对在九天的丁老也是慰藉。"

丁西和董彩凤说：

"亲戚是来的，人不多。"

郝叔又说：

"这你们自己看吧。火化大约五十分钟，殡仪馆骨灰盒准备好了，接送的车也准备好了。丁主席可能要送到墓地。墓地在怡和陵园，天州最高级别的陵园，天州城对岸，面朝东南和东海，阳光一出就照耀，直到傍晚。"

董彩凤说谢谢，丁西也说太谢谢了。

"要谢的人是丁主席，这个不要谢我。"郝叔说，"我同你俩说，殡仪馆所有的费用都是丁主席出的，骨灰盒很精美，墓地是丁主席亲自选的，墓地的钱也是丁主席出的，你父亲在医院的钱也是丁主席出的，他本来要把你父亲医治到底的。我对丁主席说，丁老先生这几块钱算什么，通通由我来付。丁主席虎起脸，说这个钱你付不着，他必须自己付。光墓地就要二十万元。丁主席真是高尚的人。他说你爸是他的第一个上级，你爸的人格烙印一直在他的心上。还说当年你爸写了证明，说他是学习毛主席著作的积极分子，否则也许他的命也没有了。他说自己几十年没有钱包，从前没有学会用钱，现在要学了。"

"谢谢丁主席，谢谢丁主席。"董彩凤和丁西都这么说。

丁主席个人出钱，这个是夫妻俩万万想不到的。

郝叔说：

"我们天州风俗，明天每个客人签到时领走一朵白花，给他一个红包，红包里是十块钱。说是红包，实是信封，白喜事不用红色。信封和白花由殡仪馆提供，丁主席是付钱了的。明天晚上摆酒答谢客人，丁主席和我，以及你不认识的客人，不参加晚宴。晚宴多少人，摆几桌，你自己盘算。红包和晚宴的钱，丁主席说由你们自己管。"

董彩凤忙说：

"郝叔周到，这些小花销哪还用你们。"

郝叔走了。丁西就和老婆商量酒店和人数。酒店就定公社饭店，公社饭店便宜，天州人白喜事都来这儿，久而久之，红喜事远离公社饭店，其他人喝酒，也不来了。关于客人人数，丁西和老婆双方亲戚大约三十人，丁西的朋友大多是三轮车夫。大约能来的也就二十来人。

丁西掏出手机，给三轮车车友打电话，告诉他们明天过来送自己父亲一程。这些车友大多骑的是白卵车，也有有牌照的车。有牌照的车月月上税，什么时候都可以光明正大地在大街小巷里拉客，白卵车只能在小巷里穿梭，或者在夜里出没。因此，有牌照的是很看不起白卵的。而白卵的很是仇视有牌照的，太叫他们嫉妒了。而白卵同行互相也有怨气，并不友好。可是丁西人小，从不强悍，对白卵同行总是谦让，这让同行很有好感。对于有牌照的，丁西是真正尊敬，像是丫头对大太太，老是掏烟让他们抽。在码头，或者车站，彼此客客气气。丁西家还有一间小酒店，不管是白卵的，还是有牌照的，经常到这里吃菜喝酒。董彩凤人长得好看，菜做得可口，主要的，董彩凤大方，是丁西的车友，结账时，一概给打八五折。有时丁西在，丁西一起吃，结账时，董彩凤就说今天免单，下次再来。

许多车友喜欢丁西。

丁西给车友打电话，问有没有看到《天州晨报》上的讣告。说那么大一块讣告都没看见吗。你和大家都说一说，传达一下我的精神，明天上午七点钟，在殡仪馆二号厅门口领取白花和十元钱。十元钱是让你们来回坐公交车的。三轮车千万不要骑过来，三轮车骑过来不好看。这个一定要注意。明天省主席到场，天州市长也到场。省市领导平时你们根本看不到。我不是吹牛。你们明天晚上还有喝酒，六点，公社饭店，我明天忙，我就不打电话了，你们自己来就是。

丁西给每个人打电话，都叫对方转告其他车友，他想这样人就多了。

丁西对老婆说，省市领导肯定不拿钱，准备五十个红包好了。老婆说准备一百个。丁西说干吗那么多啊。老婆说到银行兑换一百张十元的，反正分不了拿回来，人民币不会馊。我们店里也用得着。又讨论在公社饭店订几桌，丁西意见是订四备二，四桌订了就要给钱的，四不够了，才启动二。老婆说，万一六桌不够，那是很难堪的，订七备三吧，万一浪费就浪费吧。丁西不肯，认为不可能有那么多人，眼看着浪费为什么还浪费呢，这不是糟蹋钱吗。老婆说不服他，也就算了。

没有死人公社饭店是不备菜的，因此四桌的钱必须先付。丁西要走一趟公社饭店，顺便到银行换钱。

次日，丁西和董彩凤六点钟前就到殡仪馆了。他们去瞻仰父亲，工作人员正在梳理父亲的头发，样子非常认真。这是一个姑娘，听口音也是天州人。她一个人在这样阴森的地方不怕吗？奇怪。丁西觉得她这个职业应该是最差的了，自己骑三轮车比她优越得多。丁西递给她五百元的红包，说谢谢，小意思。姑娘说，我不要红包，红包给不给，我都一样认真。董彩凤说，谢谢你，你收起来吧。姑娘说，我不习惯收死者家属的钱。董彩凤就不坚持了。姑娘在父亲脸上抹上一些胭脂，两颊拉了一下，效果是父亲好像在微笑，对这个世界非常满意。

二号厅的门口有讣告，一个亲戚在桌上摊开大白纸、毛笔、砚墨，一个亲戚发白花和红包。七点没到，过来一个中等个子的人，手里夹着香烟。亲戚见客人来了，很是客气。中等个子瞅一下讣告，夹烟的手拿起毛笔，写上丁白俩字。亲戚给了白花和红包。中等个子进了厅，不到一分钟，即慢慢踱出来，慢慢向另一边四号厅走出，在那边也签字，领白花和红包。后又向六号厅、八号厅、十号厅走去，一会儿又折回，在五号厅、三号厅、一号厅签字……俩亲戚面面相觑，但又不知如何是好。

亲戚这时听得嘎咕嘎咕的声音，发现成群结队的三轮车进了殡仪馆停车场。不久一会儿，三轮车多得数也数不清了。紧接着三轮车夫踢踢踏踏上来了，大声说，白喜事也是喜事——对于三轮车夫，平时拉一趟三五元钱，一天辛辛苦苦也就挣几十元钱。早晨路宽，空车又轻，殡仪馆停车场又不收费。拿了十元钱，告别厅里站一下就回来，多好。更重要的，还有晚宴，好吃好喝。接到电话，马上说，去，去！这还有不去的，我又不是白痴。

到了告别厅门口，有的三轮车夫自己出手写字。但是，大多人不会写毛笔字，更有人连自己的名字都不会写。所以，门口一片央求的声音。张三，你替我的名字写上。张三，你替我也写一写。张三一直在写，有些自豪。但有时对某人说，我不替你写，你从前打过我一巴掌。某人就把手搭在张三的肩膀，说，后来我们不是好了吗，还记仇。张三写多了，也累了，马上放下笔，逃进告别厅。剩下的人公推李四执笔，李四笔粗，亲戚看着拥挤着的人，觉得可能带来的几张白纸写不下，说，麻烦你，字写得小一些。李四说，嘻，我是大老粗，没法子的……

七点十分，丁西和老婆护送父亲出了化妆室，进入告别大厅。二号厅很大。中央显示一行电子红字：丁老先生一路走好。西墙上有大字：不管你去多远，我们都能看到你的身影。东墙上也是一行大字：不管你去多久，我们都能听到你的声音。丁主席的花圈摆放在中央下方，边上是市长送的花圈和其他领导送的花圈，有一些单位如老干部局都送了花圈。

想不到丁主席已经来了，丁西和老婆忙不迭地向丁主席点头致意。郝叔向丁西介绍这是市长某某某,这是市委副书记某某某,这是……医院院长丁西是认得的。丁西都得体地点头,说谢谢,辛苦。董彩凤也频频向他们点头致谢。领导二十来人,都穿着正装,站在靠东靠前一边。亲戚们也都到了。而三轮车夫是黑压压的一大片啊,占据大厅四分之三的位置。他们晃着头在打量,有吸烟,有咳嗽,有人高声说,真的市长在!真的市长在!手指着市长,那个!那个!电视上我见到的,就是他。那么,有人说,市长前边那个就是省主席了。是,应该是,大家说。

有人就嘀咕:"丁西也太厉害了吧,丁西还骑什么三轮车,他爸走了省主席和市长都来送,可见他们的关系就不是一般的关系。丁西到市政府工作也可以,到公安局工作也可以,到税务局工作也可以,到银行工作也可以。三轮车是我们底层的人没饭吃了,不能活了,才去骑的。"

某人说:"丁西说不定是国家的人,为什么这么说呢,中央需要了解民情,底层、中层都要有他们的眼线,随时向上汇报。"

他的话被人否定了,说:"邪乎,不像,丁西老实,做不了眼线。"

有人反驳,说:"老实是装的,丁西从来不争客,好像对钱不在乎,又是为什么呢?"

"那是他人小,打不过你!"

嘿嘿嘿嘿,大家暗暗笑道。

"我是知道的,丁西他爸就是个农民,这些大领导会为一个脚踏烂淤泥的农民送终吗?这个信号最重大了。丁西肯定是有名堂的!"

"这样说也对。这样说也对。"

三轮车夫只管自己说话,七点半女司仪的话筒响了,他们根本不听。这个活动本身和他们没有关系。司仪的哀悼语,从"今天,我们怀着极其沉痛的心情",到"送丁老先生最后一程"结束,是千篇一律的,放之四海而皆准的。但女司仪的这种哀悼词,高度概括了父亲高尚的为人,却使丁西非常地激动。他没有听过,而大家都沉默接受,从省主席、市长到白卵车夫,都以沉痛的心情敬仰父亲。父亲的哀荣让他莫名地自豪,也使他莫名地感慨,他的心里五味杂陈。父亲不主动离职的话,他丁西本来是和二十来个领导人一起的,却落得和六十来个三轮车夫为伍了。

司仪说,现在请丁老先生之子丁西致答谢词。司仪毫不留情地把话筒递给了丁西。昨天郝叔走后，丁西是想了几句话的。郝叔说话不必多，随便说，一是父亲的美德，二是感谢参加告别会的人。丁西想好了就和董彩凤商量，董彩凤出了大主意，去了一些不当的，增加了几句必要的。开头是各位领导，各位亲朋好友，然后是说父亲一九四九年前在括苍山上打游击，提着脑袋闹革命，一九四九年后兢兢业业干工作，为党为人民作出贡献……最后又是各位领导，各位亲朋好友，你们日理万机不辞辛劳来到这里，送我父亲最后一程，使我没齿难忘，我代表我一家致以衷心感谢，云云。这会儿，司仪把话筒递给了丁西，他接过来，这是平生第一回拿话筒，这话筒像是有千斤重了。他的脸白了，他看看领导们，又看看三轮车夫们，忽然把昨天想好的话忘了。

董彩凤在边上提醒，各位领导，各位领导。可是丁西听不到，丁西的眼睛这时落在父亲的脸上，父亲一会儿就化作一缕青烟，一堆白骨，丁西哇的一声，丁西哭开了。丁西哭，应该不是什么问题，也许比讲话效果更好。问题是后来丁西又说话了，丁西断断续续说：

"你参加革命，你是一镇领导，可是你千不该万不该辞职回家，拿起锄头，起早摸黑。别人不辞职，都当了省领导……"

丁西正想说你牵连到我，当了三轮车夫，苦不堪言。这时董彩凤狠狠扭了老公腰间一把，说："感谢！""感谢！"

丁西恍然大悟，才知道打住了，马上说："你们辛苦啊，谢谢你们，谢谢你们……"

司仪见多了，父亲死了，儿子慌不择言的不少。她不慌不忙从丁西手中摘回话筒，说，奏哀乐。哀乐响起来。司仪又说大家向丁老先生三鞠躬，一鞠躬……再鞠躬……三鞠躬……

最后的环节就是告别遗体。丁西董彩凤和亲戚先行告别，然后是穿正装的人们，最后是三轮车夫。告别后，丁西站在西首第一个位置，他见丁主席仍给父亲行三鞠躬礼，他忽然觉得自己刚才说错了话，对不起啊。当丁主席过来跟他握手时，他扑通一声跪了下来。事出意外。丁主席缩手只管自己走了。

三轮车夫注意的是省主席和市长。省主席给丁西父亲行三鞠躬礼。他们都向省主席和市长行注目礼。省主席和市长缓缓走近时，西边的三轮车夫都说，大领导好，大领导好。大领导平易近人，频频向他们点头，走到门口了还向他们挥了一下手。

父亲在怡和陵园下葬时，丁主席没来。丁西知道，自己说话欠妥，得罪了丁主席。三轮车夫都没有来，他们等着晚上到公社饭店喝酒呢。

下葬完毕，董彩凤对丁西说，一共发出了六十三个红包，除了其中一个是冒牌的，都是骑三轮车的拿走的，亲戚和领导一个都没有拿。晚上公社饭店是坐不下了，六十二个骑三轮车的坐公社饭店，亲戚就安排在斜对面的国际大酒店。国际大酒店有许多厅，包厢也多，那儿不怕没有菜，三十来个亲戚，三桌，随便怎么都可以安排。

丁西说："这要多少钱啊，再找找别的酒店吧。"

彩凤说："按照天州乡俗，你我白喜事也要向大家敬酒道谢的。这边附近哪有档次接近的酒店呢，贵就贵一点，没有办法了。我们俩分开来两边轮换着走，这边人多，你先负责公社饭店这一边，我去国际大酒店那一边。到时我到你这一边来，你再到对面去。"

丁西还是说："国际大酒店太贵了，小的酒店就没有吗，找找看。"

"别啰唆！我早同你说了，在公社饭店订七备三。你就是不听！"

丁西就不再说话了。

下午五点半左右，三轮车夫几乎都到了。有牌照的，三轮车就堂而皇之停在楼下。白卯的，公交车过来。过来后，踢踢踏踏冲上楼，都是熟人，今天喝酒，同行没有怨气，很快自动拼桌。桌上四个冷盘，白斩鸡、猪头肉、海蜇、黄鱼干。两瓶古井贡酒。桌下有成箱的蓝带啤酒。有人扭开了古井贡酒，有人用牙开了蓝带啤酒。他们不再看看一桌是不是已经十个人了，筷子早已伸出……到热菜主食炒面端过来，冷菜差不多已经不见了。豆瓣白鱼、手撕羊肉、高汤鲨鱼皮、干蒸青蟹、盐焗蛏子、红烧墨鱼、红烧膀蹄、金针羊肚煲……豆腐鲞（豆腐晾晒一下，两边煎黄）是一定要上的，这是天州白喜事的标志，能够剩下的也就这一个菜，因为这个菜太平常了。

六十二个人好不热闹。猜拳吆喝，不会猜拳的在空盘子里划调羹，调羹头指向谁，谁就喝一杯。个个喝酒太多了，有的舌头大了，出拳了，嘴巴数字跟不上，当然要喝酒。喝！他就是找个输的理由喝。有人提议每个人讲一个黄段子，讲后喝一杯，不讲的连喝三杯。黄段子的提议本身不合时宜，可是大家都说好。有人想不出，就说自己和老婆的，或说老婆的什么是什么样子的。这样也可以。大家都拍掌。有人丢下一支筷子，起身去捡，刚一起身，一阵晕眩，踉踉跄跄向后跌倒了，脑袋咣的一声，撞在了大理石地面上。他一滚又急急起身，捡来了那支筷子。继续夹菜，继续喝酒。有人呕吐了，居然吐到前面的桌上。但大家还不离席，继续吃，继续喝。

老婆过来后，丁西就向大家敬酒，道谢。大家对丁西突然起了敬意。不起敬意说不过去，人家省领导、市领导为他父亲送终。这是大家亲眼看到的，不是道听途说。个别人觉得自己从前对丁西怠慢，时有欺负，心里非常内疚。后来，有人悄悄地问丁西，你到底是骑三轮车呢，还是另有革命工作。

丁西问：

"什么革命工作？"

"你爸就是个正宗的农民，对吧？"

"对啊。"

"一个农民的死怎么惊动省市领导？"

"这你们都看到了，的确是省市领导。"

"丁西，你就是有名堂的人。"

"什么名堂？"

"我们都说，你骑三轮车根本不积极，老是谦让。你不像是骑三轮车拉客的人。还有，警察扣你的车，但从来没有扣你的人罚款。可是别人是扣车又罚款的。我想警察碍于颜面先扣车，第二天就发还了。我们大家私下里说，你是上面的人，三轮车是道具，你的目的是体察下层民情、底下百姓生活是怎么个样子的，然后向你的上级汇报。"

这话说得丁西笑了起来。

"你是不是上面的人，丁西？你是不是，丁西？"

丁西不说话，两手按了一下这人的肩膀。这人连忙站起来，双手握着丁西的手，摇了好久。

有人说：

"丁西给我打电话，说看到报纸上的讣告没有。后来我看到了，那么大，还有照片。版面这么大，没有一万元，也要八千元。如果是我们三轮车夫，哪有这么多钱拿来打广告，这分明是政府替丁西打的。"

"对啊对啊。"大家认为找到了重要佐证。

丁西笑笑，对大家说：

"我得到对面国际大酒店去一下,一会儿回来再敬你们酒。"

"到国际大酒店干什么,丁西?"

"那边也有几桌酒席,刚才是我老婆在那一边陪侍,我更要去敬一敬啊。"

大家立即明白,对面肯定坐着省市领导。国际大酒店是五星级的,谁都明白,省市领导和他们三轮车夫一起坐在公社饭店,那成什么样子。

这时一个大个子站了起来,狠狠拍了一下丁西的肩膀,说:

"丁西兄弟,你的确是有名堂的。厉害了!但你让你老婆到国际大酒店,自己先陪我们在这里,你够意思啊,你这个人有情怀啊!"

丁西觉得对"情怀"两字有些懂了,只是呵呵地笑,说:

"没有情怀,没有情怀,我现在到国际大酒店敬酒去,一会儿再来。"

六

父亲的丧事轰轰烈烈,省领导、市领导都光临,三轮车同行对丁西分外艳羡,使丁西对父亲有了新的认识。他依稀听得说有的人的死轻如鸿毛,而有的人的死重如泰山,他觉得父亲应当是重如泰山的人吧。想起从前总把父亲叫猪,他抽了自己一个耳光。

但有一件事非常严重,那就是得罪了省主席,虽然他不会报复,但和丁西一家情缘已断,这是铁板钉钉的事了。老婆董彩凤说,你叫省主席把以前的医疗费也处理了,丁主席已经忍你了,想不到致谢时你又胡乱说话。人的贪欲,人的无知,把好端端的人脉剪断了,可悲啊。丁西也觉得自己太错,又暗暗抽了自己一个大嘴巴。

同行说他骑三轮车是为了掩护,他是上面的人,给了他前所未有的尊重,大大出乎意料,暗地里他真想手舞足蹈。但他丁西实际上就是个道道地地的三轮车夫,还是白卵车夫。这个是改变不了的。但他觉得,还是让同行就这样认为他是上面的人好了,人生在世有颜面,受人尊敬,是非常非常要紧的事。只是他丁西是个善良的人,不去欺骗别人,绝不自己说自己是上面的人,你认为是你的事情,他丁西绝不讲自己是上面的人。

第二天,小酒店又开张了。可是客人却少得可怜。老婆一直说,店是靠守的,不守只有数天,这店就明显趴下了。

丁西便打了几个电话，就是接近的几个同行，他们的积极，才叫来了那么多人，场面才够宏大。再犒劳一下吧，更为了提一提小酒店的人气。

不用说，八九个三轮车夫马上来了。

三轮车横七竖八地停在门口。进门都和丁西董彩凤打招呼，说你夫妻俩太客气了，公社饭店已经喝了酒，今天还叫我们来。董彩凤非常客气，说，自己开的店，随便吃一点。

几个菜吃下，三五两下肚，三轮车夫就说开了：

"丁西兄弟，从前是小看了你，原来你是为党工作的人，你这个工作叫特务吧？"

另一个说：

"不能叫特务，特务搜集对方情报，毁坏对方桥梁，特务俩字不好听。"

马上有人说：

"毛主席说你中有我，我中有你，特务就是特种服务的人，除了搜集敌人情报，毁坏敌人桥梁，还有不让敌人搜集我们的情报，不让敌人毁坏我们的桥梁，哪有不好听的。"

"丁西也不是搜集敌人情报，毁坏敌人桥梁，或者不让敌人搜集我们情报，不让敌人毁坏我们桥梁的人。所以，丁西也不像我们电影电视里看到的特务。"

"这还真是的。丁西是伏在社会底层体察民情的人，然后把这民情向上传达，上面才好制定方针政策。中央是完全为我们好的，为我们老百姓伤尽脑筋，但没有丁西这种人，上面就不知道我们社会底层究竟怎么样，因为许多干部往往作假，说自己的市、自己的区怎么好怎么好。只有丁西他们真真切切地体察，直接报到中央才行。叫特务的确有些不合适。那么应该叫什么好呢？"

"叫体察师吧。"有人想了一会，终于觉得体察师这个名称好。

有人拉着丁西一条胳膊，说：

"丁西丁西，你坐着，别走来走去，你是不是体察师啊？"

丁西说：

"这是你们说的，我没有说。"

"群众的眼睛是雪亮的，你还想否认吗。现在想来，你从前种种事情都是不正常的，甚至有一次在渡口，轮到是你出车了，你被车友打了一耳光，转车离开了。要是我，刀就拿出了。不过有一回我也对不起你，三个人过来，轮到的是你，我扯了你的肩膀，说，让我，你拉不动的。我郑重向你道歉。"

"你丁西就和我们几个人最好了，对我们几个人可不能掩着盖着。你要说的，做体察师一个月多少钱？"

丁西嘿嘿笑着，只管给他们端菜端水，他们的话好像没有听到。

有车友说，七八千元应该是有的吧。一个粗喉咙的说，一二万元总是有的吧。有人否定，一二万元不可能，丁西住也住不好，酒店也是小酒店。粗喉咙说，那是装穷，平时装穷是他的工作性质决定的，不能显山露水，给丁西的钱都在银行里。一旦工作起了变化，你也看不到丁西了，丁西可能住大房子，开宾利车了。好几个人以为粗喉咙有理，说，丁西银行卡里的钱不知道有多少啊。不知道啊，人家工作好，福气好啊。

听闻"银行卡"三字，丁西的心脏一阵兴奋和紧张。

差不多吃好喝好了，他们一定让丁西坐下。他们只说一件事，就是他们也希望干这件事。"我们天州俗话说，国民党，独自爽，你丁西可不能学国民党。我们也要有难同当，有福同享。我们也干体察师这个行当，如果我们和你丁西不能平起平坐，我们愿意在你的领导下干活，你叫我们干什么，我们就干什么，你丁西指向哪里，我们就打到哪里。革命总是以力量大为好，众人拾柴火焰高嘛。"

丁西说：

"我没有说我是什么体察师，我还是骑我的三轮车，你们也不要想多了。你们还是好好喝酒吧，能喝的再喝一点，我这白酒可是货真价实的糯米做的纸山酒。"

董彩凤和丁西相反，她生怕他们喝得太多了，他们喝的都是烈酒，喝太多的烈酒会死人的。回去路上，骑车碰伤，出事就麻烦了。他们都是家里的顶梁柱。于是也就把煤气罐关了，只是看着他们，脸上做热情状。

大家走后，粗喉咙偷偷留下来，对丁西说：

"你我是最好的朋友了，对不对？"

"对，你我的确是最好的朋友。"

"这种特别的工作，不一定需要那么多人，他们都走了，现在只有我一人，你就把我收起来吧。我们关系最铁，我们做搭档，并肩战斗，肯定能乘风破浪向前进……"

丁西听到这话，心里很舒服，说：

"我有数了，我会记着，你慢慢回家吧。"

粗喉咙就和丁西拥抱起来，在丁西脸上亲了又亲。

松开已是一会儿了。粗喉咙才蹒跚着，艰难地骑上了自己的三轮车。粗喉咙骑上去了，还是艰难地回身说：

"丁西，兄弟，我、我、我说的这事，你、你、你记一下。"

丁西长吁一口气。一个晚上赔说赔笑，丁西觉得有点累。丁主席和市长他们来为父亲送别，给了丁西莫大的荣光，自己变成了体察师。丁西有些看不起三轮车友了，他们的表现实在不怎么样。

丁西对老婆说："我陪他们吃了一点，喝了一点，而你还没吃呢，我炒两个菜给你吧。"

老婆重新扭开煤气罐，说："我自己来，你陪陪这个招呼那个的，也累。"

彩凤烧好菜，丁西陪她再喝一点。老婆说：

"今天晚了，打扰大领导休息不好，明天吧，你给大领导要打个电话，要感谢，非常感谢。大事情办下来，我们也算是非常体面了，郝叔给我们的十八万块，背后也是他。依我看，郝叔的电话就不要打了。"

说到丁主席，丁西很是后悔，昨天自己在灵堂里不合时宜地哭叙。他对老婆说：

"我做事对不起他了，前回给他打电话，说话也是不三不四，明天你来打吧。"

老婆说："我打不合适，丁主席会想，为什么丁西不打而是他老婆打呢，丁西还有什么不满吗？"

"我不敢打，丁西说，我给郝叔打可以。"

"郝叔打不打没关系。"

"要打的。郝叔慷慨资助我们，从讣告到殡仪馆都是他一手安排的，无微不至。"

彩凤转而又说：

"今天的事，明天再打太迟。这样吧，你发信息感谢吧。马上给他俩发，是今天的信息，他俩什么时候看到都可以，也不打扰他们。"

丁西说：

"你写，妥当些。"

彩凤说：

"你刚才说郝叔慷慨资助，从讣告到殡仪馆都是他一手安排的，无微不至，再加一句非常感谢，这样写就很好嘛。丁主席呢，只能写对你爸和我们的关怀，我们感谢他的大恩大德。"

丁西还是说："你有才。"他把自己的手机递给了老婆，说，你打字发出去吧。彩凤接过手机，两个指头频频按键，一会儿就发出了。

想不到，郝叔马上打电话给彩凤。彩凤笑了。彩凤放下手机，说："郝叔明晚九点来钟到这里吃饭。"

他俩耐心等丁主席的回复。没有。整个晚上都没有回复。丁西知道，丁主席说好的葬礼没有参加，他生气了，不会理他了。

关了门，丁西和彩凤打的回家。丁西说：

"我爸走了，以后我们积攒点钱，买部轿车来。"

"先买电梯楼房吧。"

"让郝叔打折给我们。"

"你又来了。"彩凤说，"我们没有为他做事，你凭什么叫别人打折……"

的确是累了，夫妻俩一夜睡得很好。彩凤下楼做了牛肉拌面，吃了早餐，彩凤说，今晚郝叔来吃饭，除店里平时需要的家常菜，你去菜场买点高档一些的海鲜，我们招待他。丁西问，买什么呢。彩凤说，看看石斑鱼唇、海鲫鱼、海瓜子、螃蟹。

"螃蟹买青蟹、梭子蟹，还是籽蟹？"

"籽蟹不要买，一个蟹身上有上万个小蟹，渔民是应当放回大海的，罪过。"

丁西对老婆的话深以为然。但还是说：

"籽蟹到了菜场，也回不去大海了，要吃也没关系。"

"不要。大家都不买，渔民就知道了。"

"这不可能。"

"叫你别买就别买嘛！"

"好好好。"

丁西走出门，觉得没有了三轮车还真不方便，到菜场还可以步行去，到酒店就只能坐别人的三轮车了。他走着走着就小跑起来，这时后面嘎咕一声，有三轮车过来，说：

"丁西，你的车呢，到哪？坐我的车吧。"

"不啦，我跑步锻炼，"丁西说。

"好，丁体察师，注意安全。"

丁西不再搭理他。不再搭理他，他偏偏回头密密向丁西点头。

到了菜场，拎来篮车，主食在哪家，平常菜在哪里，看看有什么新菜，该买的都买了，再买下石斑鱼唇、海鲫鱼、海瓜子和梭子蟹。这个螃蟹摊是最大的了，有籽蟹。丁西对摊主说：

"一个籽蟹万条命，你以后就别进了。"

摊主说："天天卖光，为什么不进呢？"

丁西说："吃了一只籽蟹，上万只蟹就没了，你说你做得对吗？记住，吃籽蟹是罪过，你们都不进了，渔民就把它放生了，懂吗！"

摊主点头，知道丁西是老客户、大客户。

丁西问："那你以后还进籽蟹不？"

摊主说："不了，你我天天见面，我以后不进了，说到做到。"

丁西说："你说到做到，我以后梭子蟹、青蟹都在你这里买，我也说到做到。"

菜场口，几个三轮车夫过来了，见是丁西，问，你的车呢？丁西说，链条坏了。一个说，那好，坐我的车吧。这人把丁西的菜叠在踏脚板上，叫丁西的脚搁在他的坐垫上。丁西说我人小，就蜷在座位上，没问题。这人说，我们是那么好的朋友，你客气什么，我站着骑就是了。丁西过意不去，就依了他。

路上，这人说：

"丁西，你三轮车不骑了是不是，回到总部工作了是不是？"

"什么总部？"

"体察师总部啊。"

"我还是骑三轮车的。"

"那么还是做基层体察师吧。"

"我们做平民百姓都好啊。"

"我读书读到高二了。"

"你有文化。"

"我只有一个女儿，去年秋天已经出嫁了，嫁的是一个公务员，现在我什么杂事都没有。"

"你享清福了。"

"丁西兄弟，你就考虑我做体察师吧。找你的人肯定不少，但我应该是最合适的。我有时间和精力体察，我还会写报告，做你的下手，我肯定合格，比别人好。他们根本没有文化。毛主席说，没有文化的军队是愚蠢的军队，愚蠢的军队是不能战胜敌人的。"

"你别想多了，还是骑你的三轮车吧。"

"自己人，长话短说，我当了体察师，工资的三分之一贡献给你，好吗？"

"哈哈哈。"丁西笑起来，因为自己的小酒店到了。说，"谢谢谢谢。"

丁西开了门，这人把丁西所买的菜利索地往里头搬，殷勤地问，放在哪里，放在哪里。丁西说随便放哪张桌上都可以。

这人最后扳了扳丁西的肩头，说：

"兄弟，你是知道我的，我不是过河拆桥的人，我认你做老大，你就是永远的老大，我是很忠很忠的人，我会永远忠于你的。"

丁西有些感动，从来没有人认他做老大，而且是永远被忠于的老大。他拿出了五元钱给了这人。这人马上愤怒起来，说："你见外，你见外了，你把我当什么人了，我们是兄弟啊。"死活不要，丁西只好收回。这人说，"这就对了，我们那么好，还说钱的。"

他扳转了三轮车头，说：

"只是兄弟，托你的事情你记一下，哦，记一下。"

丁西只好微微点头，说走好，走好。

丁西想，这个家伙和那个粗喉咙，招哪一个好呢。他不禁大声笑了起来。

傍晚时候，郝叔打来电话，说他想吃笋衣咸肉、纸山豆腐干。丁西说今晚是他和彩凤请郝叔吃饭，已为你买了石斑鱼唇、海鲫鱼、海瓜子和梭子蟹。郝叔说谢谢，这些烧不烧无所谓。

郝叔车到。郝叔看着石斑鱼唇、海鲫鱼、海瓜子和梭子蟹，笑说，请我吃这么好的东西啊。彩凤说，为丁西他爸的事情，你一路关照，还那么破费，我们是略表心意，也不是燕窝虫草。郝叔对彩凤说，燕窝虫草好吃吗，我很多，你要你拿走。丁西心想，你拿来嘛，我们哪里不要的。

菜做好后，三人一起吃。郝叔夹起一块豆腐干，吃了起来，说，我们纸山的豆腐干真香。又说，纸山豆腐干，天州只有纸山一个地方有。豆腐做好后，晒干，晒干后又放在汤里煮，佐以酱油、茴香、牛肉，煮后又熏，所以这样香。郝叔问彩凤，这是你自己做的吗。彩凤说我哪里有工夫，这是我妈做的。

郝叔对丁西说：

"我真嫉妒你啊，娶到这么美丽聪明的女人。彩凤不仅美丽聪明，而且有品格。"

彩凤笑说：

"郝叔你又来了，我有什么美丽聪明，我有什么品格的。"

郝叔说：

"美丽聪明的女人很多，但有品格的女人很少。女人大多见钱眼开，给了钱，当然是一大笔钱，女人就失去定力，有的女人连人都不像了。医院要给你们一大笔钱，彩凤坚决不要，称这钱不是该拿的，不该拿的钱一分也不要，这种女人太少了。这就是有品格的人。真不容易啊，丁西，你说对不对？"

丁西心里紧张，是不是院长同他说了二十万元的事情呢。说：

"郝叔，你不要再夸她了。她在家里是老大，再夸她，她的尾巴翘起来，翘起来，按也按不下来，我就没办法了。"

"该夸就是要夸。"

"再夸她不要我了怎么办？"

郝叔笑起来，说：

"这就是我想要达到的效果。哈哈，你们离了，我和彩凤结婚。"

丁西笑起来。

彩凤说：

"郝叔真会开玩笑。"

郝叔笑说：

"丁西，彩凤要和我结婚，你同意不同意？"

丁西说：

"婚姻自由，她同意我也只好同意嘛。"

彩凤说：

"你妈的，看来你不在乎我。"

郝叔也笑起来。转了话题，问丁西今天去拉客了没有。丁西说三轮车没了。郝叔问是怎么回事呢。

"我爸去世那时候，三轮车放在医院里，后来找不到了，被警察拿走了。"

"我让他们送回来。"

郝叔这话，丁西不相信自己的耳朵。

彩凤说：

"叫警察送回来，有那么方便吗？"

"丁西走了父亲，在危难时刻。而且下层平民，靠劳力换伙食，警察应该有悲悯情怀，手下留情。"郝叔说。

郝叔手机拨通了。说自己在哪里朋友的酒店，你叫人骑一部三轮车过来给我，你过来我们一起吃夜宵。

一会儿远远就听见嘎咕一声，很快一个男子骑着一辆三轮车过来，停住。丁西不认识。后座上下来一个人。郝叔举一下手，算是迎接。

丁西心想，这三轮车是给我的吗，一分钱也不需付吗？太不真实了，做戏一样。

这人打量一下小酒店，说：

"郝董怎么在这儿吃。"

"纸山菜。同乡开的酒店。"郝叔指着董彩凤，说，"很能干，菜做得很好，起码合我的胃口，你吃吃就知道……进来进来。"

丁西朝来人笑。董彩凤赶忙从冰箱里端出蟹镶橙，这是最高礼遇了。又加紧做几个菜。这时骑三轮车的说，队长，我先回去了。队长说，好的。

三轮车留在了酒店门外。

七

丁西仔细察看三轮车。因为队长吩咐丁西说，这是白卵车，重要街道少骑，其他地方你随便骑，再也没有人扣你了。哪些是重要街道呢，既然是白卵车，为什么再也没有人扣呢。是三轮车做了什么记号，还是我丁西被警察做了记号呢?

往后几天，丁西不仅在小巷里穿梭，还在一般大街上拉客。路上遇见警察，警察微微一笑，转头做没看见状。这使丁西喜不自禁。重要街道如步行街，有牌照的三轮车也是不准骑行的，那么，他的白卵车和有牌照的也就没有什么区别了。客人也多了，来钱也快了。丁西回家对彩凤说，现在都是好警察，现在都是好警察。

彩凤说:

"认真说起来，没收白卵车是对的，社会总要有秩序。可是我们太穷了，唉……"

丁西说:

"郝叔总是为我们做好事，不知道怎么感谢他。"

彩凤笑而不语。

忽然听到楼下有人敲门，叫:

"丁西! 丁西!"

丁西彩凤听出是王协警。王协警原来在派出所当协警，丁西以为协警也是警察，了不起，一直叫他大哥。董彩凤也叫他王大哥。几年前董彩凤与薛蒙霸通奸，被薛蒙霸老婆脸上抓耙出十来条血蚯蚓，就是王协警调解的，薛蒙霸赔了礼，道了歉。丁西认为已经挽回面子了。王协警和薛蒙霸关系挺好，王协警原来以为薛蒙霸姐夫的表哥是市公安局的局长，王协警想依仗薛蒙霸转一下自己的身份，变为正式警察。后来证明是子虚乌有，原来市公安局局长是薛蒙霸邻居一位姐夫的表哥。有一天，王协警在丁西家小酒店喝了不少，对丁西说，我已经为你报了仇。丁西问大哥为我怎么报了仇啊? 王协警说，我把薛蒙霸老婆睡了。半天，丁西说，你这样做也不对。

王协警后来辞离派出所，干了不少事，先是与人创办了民间司法调解所，他自认为认识几个人，想帮别人把一些事情摆平，从中抽点钱，其实他的能力和人脉极其可怜，几个警察喝了他的酒，抹一抹嘴，也就走了，根本帮不上忙。后来就进了一家讨债公司，结果反倒被人暴打了一顿。再后来是到大连去，说是和人创办一个家具城，卖红星美凯龙等高档家具，但东北经济陷入萧条，他只身回到天州。丁西知道，他没有钱，说什么和人创办，也是说起来好听而已，他究竟去干什么，谁也不知道。回来就是搓麻将，多和薛蒙霸搓，有时五人了，王协警就称自己有事，先告退，跑来找薛蒙霸老婆。

董彩凤说：

"他是为薛蒙霸两夫妻讲情，我们可不能依他。"

丁西下楼开了门。说，大哥有事吗。王协警手里放下一条大黄鱼。往楼上走，好像是说你说了不算，你老婆说了才算。

上了楼，王协警对董彩凤笑笑，问：

"刚才我到了酒店，你们怎么这么早打烊？"

"客人走了，没人了，就早点回。王大哥有事吗？"

"薛蒙霸两个姐姐天天跑到我家哭求，薛蒙霸和他老婆关进去有十几天了。"王协警说，"我问过人，这事可大可小，如果你俩为他们说说话，就可大事化小。"

董彩凤说：

"你开过司法调解所，你有办法。"

"不要取笑我，今天是来求你们的。"

"丁西他爸死了，你也不来送老人家最后一程。薛蒙霸和老婆关起来，你就忙不迭地来，让我们为人讲情……"

"丁西他爸走了，我不知道，真的一点也不知道。"

"薛蒙霸老婆一关起来你就知道了。"

"别这样臭我。你俩替他们说说好话吧。"

"为什么？"

"应该说，薛蒙霸和老婆在那儿摆花圈哭闹，丁西是知道的，是丁西授权的。"

"大哥，不是我授权，我没有叫他们这样做！"丁西说。

"这我就纳闷了。你们没有态度，他怎么知道老人家去世了，把这些花圈买过来，在那儿哭哭闹闹。"

"大哥，我爸是自然死亡，老了，枯了，根本不是医疗事故。这个我怎么不知道呢。他说什么他的一个姨父死了他去闹一闹就得十五万块，他叫我也要闹一闹，我不同意。想不到他闹了。这个和我无关。他是咎由自取。"

"原来是这样，真是这样吗？"

"这还有假。薛蒙霸敲诈勒索五十万元呢，吓死了。我能出这样大的坏主意吗？他是借我爸的死闹事，牟利。这事太大了，我说也没用，我也不敢说。听说敲诈勒索一万元就要判一年，他薛蒙霸两夫妻勒索五十万元，那就是五十年。这事我能说得了吗？"

董彩凤说：

"薛蒙霸两夫妻医闹，别人误以为背后是丁西的事情，大家理所当然都是这样猜测的，真是倒霉透了，丁西正考虑写个状，从严惩罚。所以这两个狗男女就要关起来，判个五十年。"

王协警说：

"丁西、彩凤，你们都是好人，品质高尚的人。你们人品和薛蒙霸两夫妻相差十万八千里。你们大人不计小人过，能拉别人一把就拉别人一把。"

"凭什么？就凭薛蒙霸睡了我，他老婆耙了我？"董彩凤问。

王协警说：

"薛蒙霸和我们都是老熟人了，相处那么久了，抬头不见低头见。"

"我家丁西善良。薛蒙霸骗我，你当和事佬，其实你是偏向薛蒙霸的。薛蒙霸拿来一瓶鹿州老窖二麯，只值两元钱，拍了一下丁西的肩膀，就算过去了。其实他是个人渣，有的事我还没有同丁西说，同别人说，今天我在这里同你俩说，客栈钟点房的钱是我付的，他还向我借钱。我能借给他钱吗，我能肉包子打狗吗！我自己吃了苍蝇，吞进了肚子，说不得。什么老熟人，他首先是丁西的敌人，他对我也不是爱，他就是个孬种。那条母狗，多凶啊，扑过来就把我的脸抓耙出十来条血蚯蚓。"

丁西也来气了。说：

"大哥，这回你也不要当和事佬了，两夫妻就关五十年吧。"

王协警站起来，踌躇了大半天，从两个裤兜里很不情愿地掏出四万块钱，递给丁西。说这点小意思先拿着。说行行好，能为别人解脱就为别人解脱。

丁西见王协警的架势，四万块足以打倒他了。如果丁西早早爽快地答应，王协警肯定不掏裤兜了。丁西瞥了一眼老婆，想接过四万块钱。

董彩凤说：

"不要！我的脸被抓耙出十来条血蚯蚓，四万块买不来。"

丁西一想，接着也说：

"薛蒙霸睡了我老婆，四万块也买不来。"

王协警说：

"总要看我的面子，他们对不起你们，我总对得起你们吧，难道我们不是好朋友吗？"

丁西说：

"大哥，我们没的说，我们永远是朋友，你是你，他们是他们。你把钱收好，把楼下那条黄鱼也一起拿回去。"

王协警下楼了。丁西把那条鱼递还给他。王协警好像有些愤怒，说兄弟开什么玩笑！丁西无奈，只好把鱼放下。

王协警的手搭在丁西的肩上，出门时，说："兄弟，你还是要帮忙的，你要给我面子，我们是多少年的朋友了。"

丁西唯唯，想，对我说有用吗？

丁西关了门，上楼和彩凤商量薛蒙霸夫妇的刑期问题。他多多少少有些得意，因为，他从来是求别人的，什么事都是求人，看别人的冷脸色、丑脸色。为客人拉车，客人也是没有好声气。今天，倒是有人来求他了。拎来一条大黄鱼，还有四万块钱。当然，彩凤的脸色也不是好看，更是不沏茶了。还当面指出你当时是偏向薛蒙霸的。求人的王协警没有吱一声，灰溜溜地走了。这真是惬意的事情。

彩凤说：

"王协警想薛蒙霸的老婆早早出来，他不好说，他拿的四万块钱是薛蒙霸姐姐给的。"

夫妻俩对于能不能判五十年有些怀疑。丁西持肯定态度，他说一九九五年，城西路另一头的一个小学同学家里穷，年关时，夜里拿竹竿去挑别人家的酱油肉、鳗鲞，后来被抓住，公安局认定是三千块钱，后来判三年。现在货币贬值，可能是一万块一年，敲诈勒索也是一样的吧。偷盗是由于贫困，还能原谅。敲诈勒索性质更恶劣。

彩凤表扬说，丁西认识问题不错啊。丁西说，我在我爸身边几十年了嘛，潜移默化。彩凤说：

"我的印象里，判五十年是没有的，好像最高是二十年，更高是无期徒刑，或者死刑。"彩凤又说，"薛蒙霸两夫妻把我们搅进去，起码是和我们有关系，警察一定会找我们核实情况的，我们落井下石，还是拉他们一把，特别是你的确同薛蒙霸商量过分成问题，我们怎么撇清，也是蛮复杂的事情。"

老婆的分析，丁西心服口服。听说警察会找过来，无意识地心脏收紧，立即说，那我们怎么办呢。彩凤说：

"脸上被抓耙出十来条血蚯蚓，我一定要报仇。我们找郝叔商量吧，现在夜里十来点钟，不知郝叔在外应酬呢，还是在家，在家的话肯定没睡，我们先给他打个电话，问在不在家。"

丁西说：

"好，你打吧。"

彩凤说：

"电话应该你打。"

丁西说：

"你打吧，事情说清楚些。"

彩凤说：

"我一个女人，夜里打电话给人不妥，你就说我和彩凤找你有事。"

丁西给郝叔打了电话，说有事找你。郝叔说什么事啊。丁西说，那个冒充医闹的，他姐姐和朋友都来求情了，郝叔看怎么办。郝叔说我马上了解一下情况，你俩来来来，我今天正一个人无聊。

彩凤见到黄鱼，问是王协警拿来的吗？丁西说是的，我还给他，他有些愤怒，说兄弟开什么玩笑。彩凤说，又不是黄金现金，我们拒绝过，是他自己扔下的，我们就不送回去了。这还是野生黄鱼，看来有三斤来重，值四五千元，好，我们给郝叔送去。

丁西推出三轮车，彩凤拿塑料袋套了黄鱼，拎来坐上去。这里离自己的酒店大约一公里，酒店到了，郝叔的白鹭里差不多也就到了，三四百米。丁西骑着三轮车说：

"不知郝叔的白鹭里里头是怎么个样子。"

彩凤说哦。

"里头肯定很大，肯定很豪华。"

彩凤又哦。

"我们一生一世没有他这样的房子了。"

"你妈的想得太多了。"

"想想也是对的，我们也要向高处走。"

"说不定他不比我们幸福。"

"这怎么可能呢。"

"世事世人复杂得很。越尊贵越烦恼，越是人模狗样越是痛苦，都是说不定的。你看郝叔，他那条腿。他多想有我们这样的好腿啊。"

"哦。这还是真的。他得了小儿麻痹症吗？"

"不好问。人活着好啊歹啊就是他自己的感觉。有困难想得开就没有痛苦，想不开就痛苦。"

白鹭里到了。门关着。丁西下车拍了拍大门。门卫从门卫室里探出头，说，别拍啊。丁西说，我们给郝叔送鱼的。门卫走出来了，说三轮车是不让进的。丁西又说我们给郝叔送黄鱼。门卫看到董彩凤，眼神好像说，是送人吧。门卫掏出手机，里头传来郝叔的声音，说，是我的客人。门卫夸张地答，好好好，好好好。

马上开了门。

进了门，郝叔已经下楼在等候了。他坐上三轮车，挨着彩凤，说丁西，你往河边骑，北边骑。郝叔好像很兴奋，说：

"院子里一百五十年以上的香樟树有十五棵。"

丁西听得沙沙有声，好像郝叔的手放在彩凤的腿上，彩凤又不让放。郝叔发出嘻嘻声，好像掩盖。水泥路为了避开香樟树，三轮车蜿蜒了三个S，到了河边。

郝叔下了车，丁西和彩凤也下了车。这是一个码头，台阶近百米下递进河。夜色里有一艘白色的三层游艇泊着。郝叔看丁西、彩凤盯着游艇，说："游艇很少开，但是艇长和水手二十四小时待命，还有厨师和服务员。"丁西、彩凤好像很惊讶，郝叔说，"你们以后上去玩吧。"

围墙里有好多幢楼，主楼六层，左右各是几幢精致的三层小楼。三轮车停在主楼下。丁西拎着黄鱼，跟着郝叔进了电梯，郝叔按了四层，是客厅。丁西忙说，冰箱在哪里，冰箱在哪里，这是大黄鱼。

一个七十来岁的女人，微笑着把大黄鱼拿走了。

郝叔说：

"这是我爸的救命恩人，也是纸山人，我叫她大姐。当年饥荒，我爸饿昏在她家的门前路上，她那时还是个姑娘，蒸了一个番薯，救了我爸一条命。但她的命并不好，后来嫁到庙前村，和住在千年大榕树下的表哥结了婚，先后生的三个孩子都养不活，她的老公是个内向人，在生产队里也没有说几句话。有一天干活时不小心，锄头柄碰了一下生产队长。生产队长一个耳光掴过去，他躲闪一下，一脚踩空，人滚到了下坎的田里。头碰石头出了血，躺下不动了，叫他不醒。大姐赶到时，怎么叫他都没用，有社员跑到大队打电话，一个多小时后叫来救护车，救护车的人一推眼皮，说瞳孔散了，没有抢救价值，拉到医院还得花钱。这是我到意大利后叔公告诉我的，心里暗暗记下。后来回国创业，造了白鹭里后，马上到千年大榕树下，把大姐接过来。我说了那只番薯，她已不记得了。我每月给她五千元钱，她说不要，不需要钱，可是她娘家还有人，还在纸山，还穷。她说我能为你干什么呢，我说你就数佛珠吧。她笑笑，说你总得让我干一点活，否则我不拿钱。我说好好好，我回家吃的时候，电话你，烧一点纸山菜吧。"

　　丁西说：

　　"郝叔真是一个好人。"

　　"我到底是一个什么样的人，我自己也不知道。我带十来个人，找到那个打人的生产队长。我说你当初打死人，今天要偿命了。那人吓死了，说，被打的人肯定自己有病，因为他打过的人多了，只有这一个人死。我说你在上田把人掴到下田，头碰到石头，你还抵赖！你还说自己打过的人多！我把准备好的一个塑料袋解开，是一堆狗屎，说，你吃了，我们两讫，你不吃完，你的狗命我拿走了。这人跪下来拼命吃，好香啊，好像吃油糖锅巴……"

　　彩凤笑死了。问生产队长是纸山哪个村的，郝叔说我说过，是庙前村啊。彩凤忽然说：

　　"啊呀，我也是庙前村的，这个生产队长是我伯父啊。我伯父和我的堂兄堂弟几年找人，究竟是谁让吃狗屎。被一巴掌打死的没有后代，他的亲戚中也没有一个有来头的，他老婆后来走着走着失踪了，成了无头案。原来是你郝叔把她接到这儿了，你让我伯父吃狗屎，你做事真是太绝。后来，一个夜里，我伯父又被人打断了脊梁骨，瘫痪了，这也是你干的吗？"

　　郝叔笑说，我只知道狗屎的事，我可不知道还有哪条脊梁骨。

郝叔又说：

"我是纸山人，我对我们纸山人，除了恨，还是恨。"

丁西赶紧说：

"怨只有解没有结。"

彩凤说：

"我不就是纸山人吗？"

郝叔说：

"你彩凤是例外。我也不知道那人是彩凤伯父。知道了，我让他吃油糖锅巴。"

彩凤笑起来。郝叔趁机亲了一口彩凤。彩凤躲避，说：

"不要这样，你是长辈。"

郝叔问丁西：

"那个薛蒙霸在局里说是和你四六分成的，你四他六，是不是？"

"他说帮我闹，一起闹，彩凤去哭，他老婆也去哭，六四分成，我六他四。我说我不闹，我爸不是医疗事故，我坚决不闹。他说那么他来闹，我不管，四六分成，我默认。"丁西红着脸说。

"丁西，你记住，公安局如果问你，你就说我没有闹，也不同意薛蒙霸闹，也没有四六分成的事情。"

丁西点点头。

彩凤说：

"这两夫妻会怎么判呢？"

"医院强烈要求重判，以儆效尤。但薛蒙霸是你们的熟人，轻判和重判可以由你们说了算，你们告诉我就是。"

"那个女人一定要重判！"彩凤说。

"为什么？"

丁西想开口，彩凤放在丁西腿上的手钳了一下。彩凤说：

"薛蒙霸是她教唆的，女人爱财如命。"

"反馈说，整个组织是薛蒙霸，女人只是哭几声，可以说没有罪。现在彩凤说女人一定要重判，那很好办，那也好办。解决了，彩凤说把女人搭上，那就搭上吧。"

彩凤问：

"重判能判几年，轻判能判几年？"

郝叔对彩凤含情地笑笑。

丁西问郝叔：

"敲诈勒索五十万元，不是说要判五十年的吗？"

郝叔说：

"薛蒙霸是开价五十万元，当不了真。中国毕竟是法治社会。最高五年吧，最低拘役几个月。今天就这样吧，你们回去，好好想想，判几年或几个月由你俩去想想，哈哈，主要是彩凤说了算，把结果告诉我就是。"

八

回来，丁西骑三轮车刚出白鹭里大门，马上说：

"如果早一点认识郝叔，那真是太好了。薛蒙霸骗你睡你，给我戴绿帽，他老婆那么在你脸上抓耙，他们都是主动进攻，如果我们认识郝叔，同郝叔一说，判他们几年就是几年。可是那时，还央求王协警过来调解，最后还是被薛蒙霸吃了一顿回去。"

"通奸是道德问题，你要判薛蒙霸也没法子。后来我知道，他的老婆是有罪的，脸门上抓耙是有罪的，只能重判这条母狗。"

"那时有郝叔，薛蒙霸没罪我们把他弄成有罪就是，有郝叔出面，还没有办法给薛蒙霸安个罪名吗？"

"乱安罪名也不对。"

"这回薛蒙霸两夫妻不是主动侵犯我们，只是利用了我爸的死，倒是让我们来判决，这又叫我们不知如何是好。"

"反正这条母狗要判重。"

"薛蒙霸也要判重。"

判重到底是几年呢？夫妻俩商量起来。丁西说，一年是三百六十天，五年是多少天。董彩凤说一年是三百六十五天，不是三百六十天。丁西不再骑，三轮车慢慢停下来。他掏出手机，调出计算器计算，他啊了一声，说一千八百二十五天。董彩凤笑起来，你妈这要掏计算器干什么。丁西说，五年太多了。董彩凤哦了一声，问你爸在医院躺了几年。丁西说五年。董彩凤说，我们忙死忙活攒钱，你天天往医院跑，好像有十来年了似的。丁西说，没见丁主席之前，我爸多次说停止医治，又费钱又痛苦，度日如年，还是死了的好。

董彩凤说：

"痛苦的人都是挨日子。老实说，我也不想让薛蒙霸两夫妻关多少年，做人多不容易。要不是这条母狗出手太狠，我也会原谅她，只是她太狠了。"

丁西说：

"可能在薛蒙霸身边受够了气，又是骂，又是打，她才得了机会，在你这儿发泄吧。"

董彩凤说：

"我真想打她几个巴掌，狠狠打她几个巴掌，打了就算了，两讫了。"

丁西说：

"那就跟郝叔说，让你进去打几个巴掌。"

董彩凤说：

"这太荒唐了，能让你进公安局打人吗？我可不会让郝叔这么做。"

丁西记着老婆的话。他知道老婆的心很柔软，他自己也觉得不应让薛蒙霸两夫妻判得太重，自己的确是谈过分成的，而且通奸的事情也早已过去，薛蒙霸今后还要碰到，判重了，这个无赖也不好办。

次日下午，丁西接到王协警一个电话，请他五点到 BOBO 咖啡去喝茶。BOBO 咖啡丁西知道，是天州最上档次的咖啡茶室，也是吃西餐的地方。丁西从前拉的客人到 BOBO 咖啡去，男的大多穿着西服，女的挎着爱马仕坤包，有时还有人给丁西小费，多是拿出一张十元的，说谢谢，不找了。

丁西也想着碰碰王协警，不想王协警主动碰他了，心里有些高兴。他想着坐出租车过去，想想又舍不得。还是骑自己的三轮车过去。他经过几条巷弄，就把三轮车锁在胡同口，自己走几步。三轮车放在 BOBO 咖啡门口有些不协调，被人看不起。他想，王协警为什么过来喝茶呢。有什么事情可以坐在三轮车就可以说啊。

五点，王协警在门口等候了。他搭着丁西的肩膀，说薛蒙霸的两个姐姐已经在楼上等候多时了。丁西明知故问，说她们等我干什么？王协警说还有别的事吗，为了薛蒙霸呗。丁西说你昨天不是到过我家吗？王协警说不一样，

不一样，人家在这里款待你。又特别悄悄说：

"刑期往重处说。她们说到钱，你不要说，我说。"

丁西不作声。心想王协警又出鬼名堂了。

见到丁西，两个姐姐忙着站起来。两个姐姐头发都整过，衣服刚熨过，特别是大姐姐，画了眉毛，胸部倒是挺拔得很。另一个样子年轻，楚楚动人。王协警安排丁西同另一个坐在一起，自己和大姐姐坐在另一侧。他说：

"我是不看报纸的人，你爸过世，我真的不知道，不然像我们这样铁的朋友，我不会不去送老人家最后一程。那天遗体告别，省里的主席在，天州市长在，重要部门的领导都在，现在才知道，丁西兄弟不是一般的人，是很有来头的人。"

两个姐姐也说：

"我们也不知道，要不我们也会去送一程的。想不到丁西兄弟那么厉害。"

丁西想，"我们我们"，你们是谁啊。说：

"没有没有，我没有厉害，我还是三轮车夫。"

"我得到消息，你骑三轮车，和别人骑三轮车是不一样的。"王协警说。

"完全一样，完全一样。"

"你不要客气了，今天不说这个了。我打听了一下，案情还是相当麻烦的。蒙霸对医院办公室主任说要五十万元，这个不要紧，问题是他对进来的便衣警察也这么说，要五十万元。被录音了，这是铁证。公安局现在以两个罪名治蒙霸，一是寻衅滋事；二是敲诈勒索。敲诈勒索罪一般的刑期是三到十年，而数额特别巨大的，判十年以上的罪。我问了公安局，什么是数额特别巨大，他说十万以上就是数额特别巨大。那么五十万元究竟要判多少年呢。还有个寻衅滋事罪，两罪合并是判多少年呢。"

"无期徒刑，或者死刑。"丁西说。

王协警赞赏地看了丁西一眼。

两个姐姐哭起来，这还了得吗！她俩的头扭来扭去，好像生不如死。

BOBO咖啡的服务员端上了酒和菜，介绍是四份澳大利亚牛排，四份法国鹅肝，四份冰岛银鳕鱼，一箱荷兰喜力啤酒。王协警喜欢喝啤酒。

王协警说：

"我们先吃，丁西，你先吃。"

丁西虽然自己家开酒店,但澳大利亚牛排、法国鹅肝、冰岛银鳕鱼没吃过。他见到两个姐姐在哭,他伸不出筷子。而且,吃人家的嘴软,他不想伸出去。

王协警厉声说:

"哭哭哭,叫人家怎么吃饭!"

两个姐姐马上噤声。说:

"不好意思,大家吃,大家吃。"

王协警喉咙响得厉害,牛排、鹅肝、银鳕鱼很快不见,喜力铝罐也扔了一地。两个姐姐都把自己的一半牛排、鹅肝、银鳕鱼分给王协警,王协警当仁不让,并不想着分点给丁西。

吃得差不多了,两个姐姐说,都是蒙霸的老婆撺掇的,女人贪财男人就遭殃,她在医院哭得可凶了。王协警说:

"你们不能只怨他老婆,这事蒙霸应该有定力,事情就是蒙霸一手操作的,他要钱。他对钱是格外的贪。"

丁西想,在医院门口,难道你俩哭得不凶吗?

王协警说:

"现在不说责任问题了,今天我们能够把丁西兄弟请来,事情就解决了一半。丁西兄弟会给我们面子的,他有力量,他的话顶话。他会帮助我们的。"

王协警拍拍丁西的肩膀,说:

"你会帮助我们的,对不对?"

丁西只是笑笑,他想着那四万块钱,似乎以后可以拿了。

大姐姐忽然对丁西说:

"我托王大哥给你五万块见面礼,不够你说……"

王协警忙说:

"给他了,他还没拿,还在我这里。"王协警忙着介绍大姐姐说,"她老公做阀门大生意,钱还是有的,人出来,钱好说。"

两个姐姐都点头,说是、是、是。

丁西想,钱还是有的,那还去医闹。他觉得和这三个人在一起有无形的压力。想到王协警不是个好东西,别人给我五万块,你截留了一万块。他站起来,说:

"不是我的钱,我一分也不拿。我不像薛蒙霸,我不会敲诈勒索,也不会行贿受贿。"

王协警马上按着丁西的肩膀。说：

"兄弟别急，为了解救蒙霸两夫妻，你兄弟出力了，把刑期压到最低，你就有大功劳。不要说什么敲诈勒索、行贿受贿，给你的钱是劳务费啊。这和为客人骑车，为国家当体察师是一样的啊。"

"别这么说，我没有把刑期压到最低的能力。"

王协警说：

"解决这么大的问题不是一朝一夕的，我们慢慢来，还要调查刺探，公安局是关键，丁西兄弟是关键，案件能不到检察院是最好的。当然，到了检察院，丁西兄弟也有办法。"

"我们靠丁西兄弟，我们靠丁西兄弟。"两个姐姐说。

"不要靠我，我靠不住的。"

王协警向大姐姐使了个眼色，两个人便同时站了起来。丁西也站了起来。王协警对丁西说，你再待一会儿，小姐姐对你有话说。丁西纳闷。门已被大姐姐带上了。

房间里的姐姐楚楚动人，说，丁哥，你让我拥抱一下好吗？

丁西愕然。出生以来，没人叫过他丁哥。出生以来，没有女人主动要拥抱他。除了和老婆上床，他没有主动拥抱一个女人，他连想都没有想过。老婆被捉奸后，曾对丁西说，你到西站那里嫖一个吧。丁西说，腐朽的灵魂！丁西没有嫖，即使三轮车路过西站，他想都没想到要嫖。

女人已经把丁西抱住了，抱住了两个肩膀，身子等于是死死地贴住了丁西。丁西站在那里一动不动，他不知如何是好。他的双手垂下来，像是两根丝瓜。两条大腿还是坚定的。但楚楚动人的两只乳房顶住了自己的胸腔。啊，热血翻腾，经络跳弹。他明显感觉肩膀上滚烫滚烫，然后传来嘤嘤的哭声。这种嘤嘤嘤嘤让他惊奇、兴奋、恍惚，如梦如幻。

女人喃喃地说：

"丁哥，你和我好，好吗？"

丁西如梦没醒，说：

"什么，你没有老公吗？"

"我老公是小车教练，白天是不回家的，你到我家吧。"

"我不去。"

女人有些不好意思。但想想还是说：

"我和老公很久没有……"

"夫妻闹别扭慢慢会好起来的。"

"丁哥，不是别扭的问题……我去开个房间好吗？"

"我不去的。"

"我家蒙霸对你不起，我让你睡吧，你只管睡我。"

丁西完全明白了，今天是入"局"了，这些都不是好人。说：

"你叫我睡你，你是哪里想出来的？我是不干的，我有老婆，你是别人的老婆。"

"老公不知道的，他回家总是天黑。"

"我老婆和蒙霸已经不对，你又不对，我可不能不对。"

女人又嘤嘤地哭。肩膀上又滚烫滚烫，这时，丁西知道了，这滚烫滚烫就是泪水。丁西已经明白了薛蒙霸的姐姐献身给他的缘由。尽管自己不喜欢这样做，但丁西已经经历了一种奇妙的感受。这种奇妙的感受说是奇妙的享受，也没有什么错处。他有些理解和尊重小姐姐了，而且非常感动。一个女人主动献身，这样地有求于丁西，使丁西感动得差一点神经不行了。

"丁哥，你要救救我家蒙霸的。"

"我知道了。"丁西说。丁西的两根丝瓜弯曲了一下，他想着脱身。两只手搭在了女人屁股的上端，往开推了一下。

"钱你只管说，二十万元、三十万元都可以。"

"我不要钱。"丁西说。

"丁哥，诚心要救蒙霸，你要拿钱，你也要去打点。"

"我知道了，你回家吧。"

女人的一只乳房还往丁西胸前拱，丁西觉得自己的脸很烫，心间有一只小鸟在啄。他又觉得这样很不好。

丁西率先跨出了门，回眼看着女人也跨出了门，见王协警还坐在二楼大厅里。女人两眼红红的。王协警问："你们不一起走吗？"女人绝望似的摇了摇头。王协警对女人说"你先回去吧"。女人轻轻地说："谢谢王大哥。"又强装笑颜，有些深情地向丁西点了点头。走了。

王协警拉丁西坐下，说：

"怎么回事，你们单位纪律很严吗，这么好的女人送你你都不要？"

"我有老婆啊，他是别人的老婆啊。"

"有人嫖娼，还有人强奸，你连送你都不要，糊涂啊。"

"什么送，她是有求于我啊。"

"如果她是真正爱你呢？"

"那是不可能的。即使她真的爱我，我也不爱她，我有彩凤。"

"不好意思，彩凤不是跟她弟弟睡觉了吗？"

"这事早了，已经过去了，还记着干什么，以后不要提了，再提我会急的。"

"蒙霸睡了你老婆，你睡蒙霸的姐姐，这不是天经地义的事情吗？这不就彻底解决了问题吗？"

"报仇是吗，你不是说替我报了吗？大哥，你变坏了，你跟薛蒙霸怎么一个德行。"

王协警笑起来，说：

"你不睡就算了，谁也没有强迫你去睡。但是，她们央求我们帮忙，而且主动给我们钱，这个钱我们要拿。"

"我想不拿。我觉得她们挺可怜的，为了救弟弟，让不熟悉的人睡觉，眼泪哗啦哗啦地流，我还有些感动。"

"她们有钱。大姐姐老公做阀门大生意，是有钱的。"

"那她连医闹这些事都做得出来，是真有钱吗？"

"钱是不怕多的，而且她们也是为弟弟闹。"

"两个姐姐挺可怜的，真的使我有些感动。"

"那我们就要帮忙，帮忙也需要钱的，我们也要打点。你是有身份的人，体察师，消息灵通。按照法律，薛蒙霸两个要坐几年牢呢？"

"坐三五年吧。"

"我们对她们就说要坐十年牢。把十年变成五年，变成三年，我们又想办法把刑期变得更短，我们拿她们二十万三十万块不多吧？"

"我真的不想拿钱，拿钱也要和彩凤商量商量。"

"那我们一起同她商量吧。"

丁西心想你雄鸡一样，见到母的都想上，这可不行，说：

"彩凤不喜欢你。"

"那就不要和老婆说，女人糊糊涂涂的。你可是体察师，别装了。"

王协警见丁西有些犹豫，说：

"我对你说过的，这是劳务费，我们是盗窃吗？是敲诈勒索吗？不是。是受贿吗？更不是，我们不是法官。所以你放心，我懂法，现在你比我更懂法。"

"你想收她们多少钱呢？"

"不好意思。我刚才听到蒙霸姐姐说，钱你只管说，二十万元、三十万元都可以。那么，我们就按刑期来收费了，如果判十年，我们就羞于开口了，判五年，我们收他十万元，判三年，我们收他二十万元，如果判一年半年，收他三十万元也可以。"

丁西不响，心想王协警太会计算了，和人家老婆睡觉，但对人家的钱还是念念不忘的。

王协警说：

"这样吧，兄弟，我们五五分成。不管是谁拿到钱，我们俩绝不隐瞒，五五。"

"你去捞吧。全部归你。"

"哎呀，我们兄弟，还分彼此吗。"

"要捞人，要做事，也是我做，你能做什么事吗？三七分成就不错了，我七你三。"

"我穷。我干什么事都失败了，到大连办家具城，我亏了上百万元，都是借的。兄弟你就同情我吧。"

"那就再说吧。我还是要和彩凤商量商量。"

王协警抱住了丁西。王协警知道，离开这里，丁西要和他老婆商量，事情一准难办，一分钱都拿不到都是有可能的。还有，两姐妹知道丁西的家在哪里，小酒店在哪里。她们自己和丁西协商，王协警就一分钱都到不了手了。所以，他必须在这儿把这个事办妥。他巧舌如簧，东拉西扯，好话说尽，总算和丁西达成结果，六四分成，丁西六，他四。

九

丁西骑三轮车到了云波亭码头边。云波亭码头是云江一个老码头，据说清朝就有了。现在的天州，江面上有四座桥，有高速路桥，有高铁路桥，也有一般的汽车桥，但对面的瓯北县，民众相对贫困，坐车绕很多路，车费贵，在渡轮里站一站，两元钱就够了。到了这一边，大多坐三轮车，近的三元钱，远点的也就五元钱。因而三轮车的生意不错。

今天丁西到云波亭，可不是为了拉客，他是为了给三轮车友看一看，他的确是大家认为的体察师，他的车已经从地下走向地上了，否则他的白卵车是不能一路经过大街，招摇到云波亭的，警察的眼睛可是贼尖。

云波亭码头边有两棵大榕树，翁翁郁郁，每棵都一千多岁了，两棵大榕树就有森林的感觉。丁西远远地，就见两堆三轮车友在打扑克。这是常见的，因为半个小时一班渡轮，三轮车排队排得长，后面的不是在车上睡觉，就是聚集在这儿打扑克。天州的扑克有四十、双扣、大通等。四十比较慢，一局下来要半个小时，不行。双扣需要机智，反应要快，三轮车夫也不喜欢。就是这个大通好，大通天州也叫接龙，分四条龙，梅花、方块、红桃、黑桃。先出黑桃7，下家可以出8，或者出6，黑桃接不下的，可以出别的7，比如红桃7，接不下去的人，自己压下一张。首先全部接下去的为大胜，压下分数最多的为大败。

赌注都是小的，但随便在哪里，丁西一概不玩。今天有人就说，丁西兄弟，你也来一盘吧。丁西摇摇头。有人说，丁西从来不玩，丁西是来体察的，扑克有什么好体察的，笑话。丁西笑笑说，没呢。

有个促狭鬼，谎说自己今天三轮车不在这儿，没拉客，希望丁西把他拉到拴马坊。他曾经高中毕业，在这一群人中间，他就是个三轮车夫，谁也没有给他应有的尊重。他多些知识，又饶舌，女孩子以为他很有才。他竟娶了天州国家级厨师的女儿。厨师在北京拿了一个奖杯，回来几年后竟死掉了。有人说厨师太肥，死于心脏病，有人说是被女儿气死的。女儿嫁的男子，门不当户不对。厨师非常反对女儿和一个三轮车夫好上。

骑三轮车用不了知识，他的聪明派生出不少恶作剧。他有一个癖好，在云波亭，或者别的地方，车友在后座等客人，等着等着睡着了，他便拿鬃毛捅车友的鼻孔，车友每打一个喷嚏，他乐不可支。他一路走去，谁睡着了，他就捅谁。有一天，他捅了比他高大得多的大个子，结果被逮住，大个子一手捂住他的嘴，一手捏住他的鼻子，他差一点被闷死了。有一天促狭鬼反报复，偷偷地把大个子轮胎的气给放了。

丁西说好啊。丁西知道这个家伙是要验证一下他的身份，从云波亭到拴马坊，就在这条大街上，可是近两公里，不必穿行巷弄，丁西的白卵车在大街上路过，一定会遇上几个警察，警察不扣白卵车，说明丁西确是体察师，扣了，笑话就来了。

丁西有些担心，他的确没有十分的把握，因而骑车很快。促狭鬼说慢慢骑啊，慢慢骑，我也跷着二郎腿慢慢看风景。丁西说你能看风景，你知道什么叫风景吗？你只知道白天有米饭，晚上有老婆。促狭鬼嘿嘿笑起来，说：

"前面有警察，你看！"

丁西装作镇定的样子，说：

"警察看到我就会当作没看到的。"

丁西虽然话这么说，心里还是慌张。因为队长让他少在重要街道骑，说明他的车还不是警车。丁西不看警察，果然，警察没有理会丁西的白卵车。只是促狭鬼远远地盯着警察看，好像说，这是白卵车，这是白卵车！警察不予理会。促狭鬼叫道：

"警察同志好！"

警察还是不予理会。促狭鬼见到第二个警察，高声叫道：

"警察同志辛苦啦！"

警察微笑，眼神好像说，你想干什么！路上见到三个警察，对白卵车都是视而不见。

丁西长吁了一口气。

促狭鬼说，丁西兄弟，你真厉害，人中之龙啊。我家的楼下是猪脏粉店，我请你吃。还补充说，这是我表妹开的。丁西心想人中之龙，龙是皇帝，心头不免有些舒服。说，哦，谢谢。猪脏粉，是东南沿海一带的名吃。洗净的猪肠一尺来长，放在大锅里滚。同时在大锅里滚的还有猪血，还有蒜叶。粉，就是米粉，粗如筷子。客人多时，筷子般粗的米粉一般也在大锅里滚。这边放下，那边夹起。夹起的米粉放到大碗里，舀上锅汤，猪血和蒜叶，猪脏放到砧板上，快刀笃笃笃笃几下，盖在米粉之上。调料的豆瓣酱，放在桌上，客人随意取。

三轮车停下，走近猪脏粉店，店主原来是大姐姐。大姐姐一见是丁西，好像天上掉下宝贝，促狭鬼才知道薛蒙霸夫妻被捕，是利用了丁西父亲的死。救薛蒙霸也只能靠丁西了。自己一个骑三轮车的，什么能力都没有，表弟是五年是十年，他上不了手。只见他眼睛红了，更出乎丁西意料的，是促狭鬼扑通一声给丁西跪下，哭着说：

"丁西兄弟，你要出手相救的。你完全能够相救。这事与你有关，你又是体察师。"

他一边作揖，一边讲古典文学中恩德救人的故事，丁西不懂，只觉得促狭鬼行为夸张，自己够难受的。丁西说，我们先吃猪脏粉，这个再谈。

大姐姐放了太多的猪脏，吃得丁西有些恶心。但他又不好说，别人是真心招待。丁西拍了拍促狭鬼的肩膀，说：

"你先回去，我这下和你表妹商量，争取对薛蒙霸宽大处理。你不便在这儿。"

"好好好，好好好。"

促狭鬼走了。

丁西说：

"你老公做阀门生意，我不知道现今做阀门生意挣不挣钱，挣钱也好，不挣钱也好，你为什么在医院门口医闹呢，这不是挣钱的正道啊。"

"我们只有这么一个弟弟，我们都爱他。父亲的产业被他赌得也差不多了。他说怎么来钱，我们都听他的，我们得多少我们根本不管。我开这家店也是因为他。我不能老是让我老公给他钱，虽然我老公对他很好。"

大姐姐见丁西在，是一个机会，马上给妹妹和王协警打电话，让他们马上到这里来。

很快，王协警和妹妹来了。

两个姐姐坐在丁西的左右，双手绞着，盯着丁西的嘴巴。王协警也盯着丁西看。说：

"丁西，出手吧。"

丁西心想你王协警是什么角色呢，你顶多是薛蒙霸老婆的情人而已。你对案件的解决毫无作用，从中牟利，而两个姐姐把他看成是恩人一般，而他丁西碍于面子又不能说穿。

丁西说：

"我的老婆被蒙霸老婆脸上抓耙出十来条血蚯蚓，心里是有气的。我也不知道怎么帮你们，如果蒙霸老婆被我老婆打一顿，事情就好办了。"

王协警说：

"丁西，医闹这事与你老婆无关，你是男人，你是有背景的人，你办了算。"

丁西很不适。丁西忽然愤怒起来，说：

"我可不像你和薛蒙霸！不尊重老婆，还能是什么好人！"

"是啊、是啊，"两个姐姐附和着说。

王协警忽然觉得自己错得厉害，不知丁西会说出什么话来。赶紧说：

"丁西对、丁西对。只是蒙霸老婆在公安局里，怎么办呢。"

"所以啊，我如果让薛蒙霸两夫妻判得轻，我老婆是不会肯的。"

小姐姐忽然机灵起来，说：

"我打扮成蒙霸老婆，让她打，怎么样？"

大姐姐也说：

"她也可以打我，把我当蒙霸老婆打。"

王协警笑起来，说：

"怎么想得出来。"

丁西说：

"我家彩凤心地善良，怎么会打你们呢，不会的。"

两个姐姐说：

"丁哥，你劝她打，让她打我们。打了，心头的气也消了。"

小姐姐说：

"蒙霸老婆抓耙你老婆那天，事出特别，我记得是月白色竖领的短袖，姐，你还记得吗，是不是呢？"

大姐姐说：

"是、是，月白色竖领的短袖，那天是烫过发的。"

王协警高屋建瓴般地说：

"今晚就去，打不打由她。打最好，不打，我们的心意也到了。丁西，几点到你家？"

"彩凤一般是九点半左右从酒店回来。不过，你们来和我无关，她非常聪明，如果知道我们串通了，什么戏都没了。"

"知道的，知道的。"两个姐姐说。

小姐姐说：

"我马上去烫发，姐，你去蒙霸家里找那条月白色竖领的短袖。"

"我这就去。"大姐姐说，

丁西从猪脏粉店出来，到夜里去小酒店，他都在巷弄里骑车拉客。他觉得警察给了他天大的面子了，没有抓他，他再也不能为难警察了。当然，这面子最终应当是郝叔给的，他不能在大街上横冲直撞，警察终究是会通报到郝叔那儿去的。他也要给郝叔一点好感。不知道郝叔今晚在不在自己的小酒店。他在，十点钟也关不了门。

郝叔不在。九点钟的时候，酒店里只有两个人了。丁西像往常一样，冲洗盘子，然后放在消毒柜里。人走了，丁西打扫地面，把垃圾拎到远处一个垃圾桶里。

回家时，彩凤不说话，丁西知道肯定是今天客人少。来了一点雨，丁西支车篷的时候，彩凤嘟囔了一句烦死了。天气有些闷，没有风，只有毛毛细雨。回到家，锁了门，上了楼，彩凤光身进了浴室，涂了沐浴液，楼下有人砰砰敲门，丁西丁西地叫。这是王协警的声音。丁西对彩凤说，先穿衣，是王大哥。彩凤说，他找你，我不理他。丁西说，他肯定是为薛蒙霸的事来的，这个人会一直走上楼的，我也不好拦。彩凤只好匆匆擦身，又穿衣。走出了浴室，嘴里丢出一句，妈的。

丁西和彩凤下了楼。丁西开门，王协警和薛蒙霸的两个姐姐进入。

彩凤忽见薛蒙霸的老婆来了。烫着头发，穿着月白色竖领的短袖。分明就是那天抓耙她的模样。彩凤呼呼来气，走上几步，正想一个巴掌搁过去，突然觉得哪里不对头。她住手了，眼前的女人比薛蒙霸老婆大一号，面脸也不完全一样。这是两个女人。而薛蒙霸老婆还关在公安局呢。对了，这个女人曾经来过，是薛蒙霸的姐姐。

董彩凤问：

"这么迟了，来我家什么事吗？"

"不好意思，不好意思。白天你一直忙店，不便打扰。"大姐姐说。

"什么事，你们直说吧，我很困了。"

这时王协警对董彩凤说：

"她俩都觉得对不起你。当年捉奸时，蒙霸老婆在你脸上抓耙出十来条血蚯蚓。今天，她俩就当作蒙霸老婆，让你揍一顿，出出气。"

董彩凤苦笑了一下，好像是说天底下怎么会出这种事呢。说：

"我是不打人的，要么你们也让我抓耙出十来条血蚯蚓来，好不好？"

王协警说：

"你就狠狠打几下吧，就像打蒙霸老婆。"

"这怎么好代替呢？"

"捉奸时，她俩莫名其妙跟去的，可拦不住蒙霸老婆抓耙，也是有错的。她俩就代替一下蒙霸老婆吧。"

"我不打人。"

"彩凤姐，你就打我几下吧。"大姐姐说。

"我不是你姐，我不打人。"

突然，放电影一样，大姐姐出手了，啪啪两个巴掌打在妹妹的脸上。吼道：

"打你个蒙霸老婆，打你个蒙霸老婆！"

丁西、董彩凤、王协警都傻在那里。想不到大姐姐来这一手。

妹妹蒙了，自己的姐姐怎么出手打自己。心里的大气小气喷涌而出。她也出手了，啪啪打了姐姐几个巴掌，也吼道：

"打你个蒙霸老婆，打你个蒙霸老婆！"

大姐姐又还击了，吼道：

"打你个蒙霸老婆，打你个蒙霸老婆！"

打来打去打了半天。董彩凤忽然眉心紧锁，脸色铁青，不知道她想起什么，整个人激愤起来，好像油锅里的油条扭曲起来。她扑过来两手轮换啪啪啪啪，打那个烫发的穿着月白色竖领短袖的小姐姐……

丁西不懂了。

王协警微微笑着，靠在墙上，双手叉在胸前，双脚剪着。

两个姐姐脸上又红又胖，但是高兴。

董彩凤累了，只轻轻说：

"你们回去吧。"

王协警说：

"好的，丁西，我们明天联系。"

丁西哦了一声。

待王协警和两个姐姐回去了后，董彩凤觉得累，和丁西很快睡下了。

次日醒来，丁西说起彩凤打人的事情，彩凤想不起来。问，我真的打人了吗？丁西说是真的，左右手轮换打那个烫发的穿着月白色竖领短袖的小姐姐。彩凤捏了一下拳头说，啊，真的，手有点酸疼呢。说，我为什么打她，她不是薛蒙霸老婆。丁西说，我不知道。彩凤说，是不是你透露给王协警，做了这个局。丁西说，我做事有瞒着你的吗，我是家贼吗。彩凤说，你是不会的，但这没有道理啊，我凭什么打人呢，说不通啊。丁西说，打了就打了，她们是自己叫你打的。彩凤说，问题是不应该啊，凭空打别人怎么可以！

"我以后想办法惩罚薛蒙霸老婆。"

"你想好了吗，怎么惩罚？"

"还没有。"

彩凤问：

"那两个货色关多久了？"

"三个多月了，一百来天。"

"一百天，一天二十四个小时，也有两千四百个小时了，够久了，放了吧。"

"好的，你和郝叔说。郝叔那天说，刑期主要由你定。"

十

郝叔告诉彩凤和丁西，薛蒙霸夫妇拘役四个月，公安局也说依情节也就半年内。丁西马上转告了王协警，四个月。

王协警说，我们收她们三十万元吧。丁西想到了老婆，说，不要，她们脸都肿了。王协警坚持三十万元，又说了一大堆话。丁西生气了，说你贪得无厌，说你都睡了人家的老婆了。最后两个人决定收她们二十万元，具体由王协警去办。

王协警很快找到大姐姐，说判决可以二十年，可以十年，可以五年，也可以公安局负责，拘役四个月，很快放人，但打点费、劳务费不一样。大姐姐忙不迭地说：

"当然是四个月，多少钱？"

王协警说：

"大家都是朋友，本来嘛，起码也得三十万元以上。但我对丁西说，薛蒙霸可是我们朋友，我们的劳务费就免了，但打点费不能少。"

大姐姐问：

"打点费要多少钱呢？"

"二十万元。二十万元拿来，我是送给丁西的，他是体察师，国家的人，他再把钱拿去打点。二十万元钱到，拘役四个月，过几天就放人。丁西是这么说的。"

大姐姐说：

"太好了，我和我老公、妹妹商量一下，下午联系你。"

下午，大姐姐叫王协警到猪脏粉店。王协警到时，大姐姐同妹妹已在，她做阀门生意的老公也在。大姐姐沏了一杯龙井茶给王协警。龙井茶假冒的多了，这是真正的龙井茶，是做阀门生意的拿来赠送东北大客户的。做阀门生意的对王协警说：

"你能出面办这个事，是大恩大德，我们感激你一辈子。但事情一码归一码，二十万元毕竟不是小数目。你要写一张收条，写明薛蒙霸夫妇拘役四个月，我们付费二十万元。这样，我们一起到银行，我把钱打到你的银行卡，你把收条给我，两讫。好不好？"

王协警说没问题。

很快，减去原先给王协警的五万元，十五万元打到王协警的银行卡，王协警给了二十万元的收条。也很快，王协警如约打给了丁西十二万元。丁西用的就是医院给的银行卡，丁西高兴，丁西的银行卡里就有三十二万元了。

丁西接到郝叔打的电话，说酒店晚上理毕，和彩凤到他家一趟。丁西忙答"好的好的"。晚上回店，丁西比平时早得多，告知老婆郝叔叫我们去一趟白鹭里。彩凤哦了一声。

丁西蹬了几脚，白鹭里也就到了。三轮车一进去，远远地见郝叔在香樟树下抽香烟，一明一灭，一明一灭。郝叔招呼丁西，说过来。丁西过去，郝叔的一只手搭在彩凤的膝盖，一只脚踏上踏板，一蹬，上去坐在彩凤的身边。说：

"丁西，去码头，我们坐游艇。"

丁西来了劲，游艇以前瞄了一眼，今天能坐上游艇去玩了。在天州，有几个人坐过这样豪华的游艇呢！

一个二十来岁的大眼睛女孩下船，来搀扶郝叔上船。郝叔回头对丁西和董彩凤提醒，有水注意脚下，门框注意头。他领丁西和董彩凤看了二层和三层。二层三层基本空空的，沙发都在船舷边，郝叔说二层经常办舞会，三层办酒会。他又引导丁西和董彩凤到了顶层。顶层有一张圆桌，三把椅子，郝叔说桌椅全是来自泰国的金丝楠木。郝叔背对船头坐下，两边是丁西和董彩凤的椅子，说让你们看风景看得明白一些。他不知在哪里按了一下，头顶旋转的巨伞转到了很远的地方去了。

这时冒出一个五十来岁的男子，郝叔说了四个字，中速前进。

船启动了，可是几乎没有声音。这里是云江的支流，向北行一公里，即是云江。二十来岁的大眼睛女孩又冒出来，介绍说，中国有四大江屿，天州的晚舟汀、温州的江心屿、哈尔滨的太阳岛、长沙的橘子洲头，有人说还有鼓浪屿，鼓浪屿不是江屿，它是海屿。你看，此时的晚舟汀，华灯正好，正是夜游的好去处……

大眼睛女孩讲解，丁西和董彩凤没有兴趣，他们只知晚舟汀其名，没有上去过，他俩哪有闲情逸致。

一会儿，大眼睛女孩又两手捧着一瓶酒上来，放在金丝楠木桌子的正中。第二趟又端来三个葡萄酒杯。她站在郝叔的后面。郝叔端起这瓶酒，让丁西和董彩凤看。瓶子扁圆，肚子上的商标纸有鼻子尖尖的老男洋人，头发好像是假的白卷毛。郝叔举着酒，有些高声地说：

"这是世界上最好的酒，最贵的酒，我郝叔今天请你们喝。"

董彩凤看看大眼睛女孩，女孩好像习以为常，眼神微带讥诮。

郝叔又说：

"高度洋酒有很多，白兰地、威士忌、伏特加等等。白兰地是葡萄做的，蒸馏酒。威士忌是麦子和玉米做的，口感我不喜欢。我更不喜欢伏特加，它最早是俄罗斯人生产的，原料是马铃薯或者谷物，经过蒸馏制成高达九十五度的酒精，再用蒸馏水勾兑淡化。"郝叔摇着酒，说，"这酒属于白兰地，白兰地有好多品种，轩尼诗、马爹利、人头马、金花、拿破仑、路易老爷……西方很多国家都生产白兰地，法国、德国、意大利、西班牙、美国……但法国生产的白兰地品质最好，而法国白兰地又以干邑和阿尔玛涅克两个地区的产品为最佳，其中，干邑的品质举世公认，最负盛名。而干邑白兰地，又以路易老爷中的路易十三为最。这就是路易十三！"

"这要多少钱啊，郝叔！"丁西大叫。

"你猜这条船多少钱啊，郝叔告诉你会吓坏你的！"

董彩凤忽然不见了刚才的女孩，等她眼睛去寻找时，女孩端来一个托盘。取出一盘子，三双筷子，放在桌上。郝叔指着盘子上面的肉说，这是意大利火腿。我们先吃意大利火腿。

说时，郝叔把路易十三拧开了。三个杯都斟上三分之一。月色下，酒色金黄偏红。郝叔端起来，抿一口，他的舌头在口腔里打转了几下，一种奇异的酒香从郝叔的鼻孔里冒出，而后，那酒算是滑过了他的咽喉，到达胃里。郝叔这是在做示范，喝这种洋酒要很优雅很优雅，可不能像喝啤酒，或者像喝纸山烧酒一样哟。郝叔说：

"来，你们也像我这样喝。"

董彩凤说："郝叔，这么好的酒你就留着，招待珍贵的客人或你自己喝。我们喝了也不知它的好，一过嘴就没有了。"

郝叔说：

"你就是珍贵的客人……丁西也是。我叫你们来，就是把你们当自己人。我有喝的东西，你们也有喝，这叫有福共享。来，端起来，一起来。"

丁西和董彩凤只好端起来，像郝叔那样抿，但没法打转。他俩觉得这酒不好喝，非常地不好喝。

郝叔问：

"酒，怎么样？"

丁西说：

"当然好，没喝过，说不出来。"

董彩凤嘻嘻笑，说：

"怪怪的，还不如纸山烧酒。"

郝叔笑起来，说：

"彩凤说实话，味蕾还不习惯。有的东西一出生就习惯，比如母乳，甜的，香的。而吃辣，谁都有一个过程。现在天州许多人能吃辣了。都有一个过程。

比如怪味食品，如果吃了，吃多了，以后就会怀念，所谓味蕾寻找故乡。中国的臭豆腐、臭鳜鱼、皮蛋，外国人打死也不吃。外国人没有这个过程，他们的味蕾没有这种记忆。对了，郝叔同你们说，郝叔还吃过人宴。"

"吃人！"丁西和彩凤叫起来。

"不是。一个美丽的姑娘躺在桌上，菜肴摆放在她的……啊，不同你们具体说了。"

董彩凤说：

"郝叔说到哪里去了，这怎么是味蕾问题。"

"我的意思是什么都要吃，什么都要尝一尝。"郝叔说。

"这姑娘洗澡了吗，菜和身上的味道一起吃下吗？"董彩凤问。

"不同你们说，你们不懂。"

"你太怪了，郝叔。"董彩凤说。

丁西有些傻了，他没法理解。

郝叔说：

"吃意大利火腿吧。"他夹起了一张火腿肉，肉色嫩红，如粉红玫瑰。说，"我们平时吃肉，是一块一块地吃，火腿是经不起这么吃的。吃火腿得把这么一张撕开来，撕成四五条，慢慢地吃，慢慢地嚼。我没有吃过我们中国的金华火腿，我今天只说意大利火腿的好处。这是意大利帕尔玛火腿，脂肪分布均匀，口感柔软，香味十足，是意大利火腿中最好的。它从屠宰、冷却、修割、上盐、搁置、清洗、前期风干、后期风干、涂猪油、成熟和陈化、切片包装，一切都很严格。制作过程中，只用一种添加物，那就是海盐，至少需要十二个月漫长的风干海盐，猪皮部分用湿盐（海盐加点水）敷，脂肪部分用干盐覆盖，风干的过程中，需要不断地检查温度和湿度。外国人讲究卫生，讲究质量。吃吧。"

丁西夹了一张，撕成五条，一条一条地吃，他吃不出什么好来，不是自己的菜。香是香，咸淡适中，柔软是柔软，但总觉得吃得不痛快，自己的胃好像也不欢迎似的。

董彩凤说：

"郝叔，还是红烧猪蹄、肉块（东坡肉）好吃，我们纸山的冬笋咸菜也好吃。"

郝叔唉了一声，说：

"路易十三白兰地，意大利帕尔玛火腿，那是绝配。红烧猪蹄、肉块、纸山的冬笋咸菜，当然好吃，这是日常菜。天天吃意大利帕尔玛火腿，喝路易十三白兰地，也不可能。还是味蕾问题，我原来和你们一样，也是不喜欢白兰地和火腿的，有一个过程。"

郝叔喝酒，丁西和董彩凤也喝酒。郝叔喝着喝着有些大口起来，也忘了让白兰地在舌头上打转了。他说：

"活在世上很快啊，时光再一闪我就没了。我把自己的墓地也选好了。我是穷人出身，我家的穷不是一般的穷啊，说起来你们都不相信。有人形容说，穷得叮当响，叮当怎么响啊？我家岂止是叮当响啊。"

"不会吧？"丁西想起来郝叔是回国侨胞，他以前不是有个叔公吗。

郝叔的额头氤氲有气，那是酒气吧。眼睛忽然迷蒙起来。说：

"有人说人穷志短，人穷到活不下去的时候，哪还有说志的，还说什么求上进的决心和勇气的。还不如做猪，还不如做狗。那是没有尊严了，尊严被脚踢到云江里了。"

郝叔的眼中有些泪花。他说：

"说起来实在是难为情。我妈曾经被人典过。什么是典？就是被人睡一年，换来几担稻谷，一年中怀孕生下的男孩归典者所有。我爸同意别人的这个建议，那时我早已出生，为了活着的人能够活下去，我爸同意别人的这个建议。别人说某人有粮食，但他的老婆不会生育，你同意不同意你老婆被典。还说几个村子多人争相被典，我们是朋友，你若同意，那么你优先。不瞒你说，他看上了你老婆，模样周正，生下来肯定是个漂亮孩子。

"听说我母亲不同意，饿了三天，想把自己饿死。可是，后来终究还是被典了。第二年，我母亲生下一个孩子，却是女孩，女孩像我爸。某人来看了，一是女孩，二是女孩像我爸，他就不要了。我爸提出续典一年，某人对我妈已经没有兴趣了。他找了别处。

"我爸让别人典自己的老婆，村子里开始是不知道的，但日子一久，谁都知道。我一直觉得，我爸颜面尽失，但是悲壮。他爱这个家；他爱我，生怕我饿死。男女的事情有什么大不了的？和吃饭是一样的。没有了饭吃，我想我爸根本做不了爱，我妈也是。后来我爸想着续典，我妈也想着续典，很能说明问题。我叔公回国探亲，听说了这件事，他也认为这是无奈之举，但流泪了，我妈毕竟是他的亲侄女。到了我家，给了我妈两百块钱，在那时，两百块钱是天文数字。他决定，我高中毕业后，带我到意大利。

"那个时候，全村人各有各种穷法，各有各种苦法。但是全村人都讥笑奚落我们一家，因为一个公社坏分子的名额凑不齐，我的父亲变成了坏分子，经常被拉去批斗。我在纸山中学读高中时，和一个初中女孩相恋。那个女孩叫金凤，长得和彩凤很像，丹凤眼，高鼻梁，聪明伶俐。她是纸山林峦村人。我曾经跟随她到过她家，她母亲见我是高中生，一表人才，炒了田鱼粉干给我吃。那个寒假里，满山是雪，我和她站在竹林里说话，交叉着手指，一点也不觉得冷，回到家里，已是鸡叫。可是假满复课，我死活找不到她了，她的同村同学说，她被她父亲转学到鄞县去读了。

"后来，直到我出国，我说过的亲事不止二十个。媒人拿了我家的钱，把整个纸山每一寸路踏遍了。好几个马上要订婚，但村人说起我是某某某的儿子，对方马上打退堂鼓。说我妈是被人典的，我爸是坏分子。我是要出国的啊，可是村人担心，坏分子的儿子出不了国怎么办，出国了，他女儿出不去怎么办。实际上，许多女孩并不好看，没有一个有彩凤好看。"

郝叔把彩凤的手拿起来，吻了一下。

郝叔接着说：

"整个纸山是这样对待我的。我爸有罪吗？我妈有罪吗？我有罪吗？我一点也不埋怨我爸、埋怨我妈。反而我更爱他们了。我觉得是可歌可泣。我到意大利后，我就托回国探亲的华侨捎钱给他们，写信给他们说，不要再在田间劳作了，饭要吃得好，衣着要光鲜。除了大姐一人，和纸山任何人都不要说一句话。我回国创业之后，我把他俩接下山，住在天州饭店，每天山珍海味不重复，专门有服务员替他们洗衣服，为他们搓背。可是一个月后，他们一定要回纸山，他们说在酒店不习惯，不舒服，纸山的笋炒咸菜好吃，纸山的红烧肉好吃。让别人洗衣服、搓背，那是罪过。他们回去了。二老在非常漫长的时间内，营养不良，所以后来朽得很快，枯得很快，前年我妈先走，十五天后，我爸也跟着走了。

"现在想起来，当年叫人伤心落泪的日子和现在是两个世界，前面那个世界现在一去不复返。我感谢党，感谢改革开放。我现在就要把日子过好，把每天的日子过得像鲜花一样。三四天前吧，丁主席也在这条船上，他有一个喜好，就是吃青蟹的大钳，大钳里的蟹肉，小笼包一般。我们开到三门去，三门出青蟹，亲见蟹佬捕青蟹，我买了一篓，在船上当场卸下大钳，把它烧了，极其鲜美，不糖自甜。"

董彩凤问：

"丁主席近来可好？"

"好，当然好。丁主席还有一个大计划，为天州人办好事。只是，丁西不应该说那些话，什么把以前的医药费给处理了，在殡仪馆里也是胡乱说话。好了，这些都过去了，不提。"

丁西低着头，模样沉痛。他知道，他对不起丁主席。

郝叔说：

"今晚把你们叫来，一是兜兜风，吃点喝点别国的高贵东西。二是我有一个想法，不知道你们同意不同意。"

丁西赶忙说：

"郝叔，你有什么想法，需要我的，我没有不同意的，你只管说，我丁西上刀山下火海都愿意。"

郝叔说：

"主要是彩凤，我想让彩凤代替大姐，烧烧饭，做做菜。大姐年岁大了，我让她多多休息。她喜欢到佛堂念经，以后让师傅开车把她送过去，晚上接回来，让她随心所欲，颐养天年。"

"彩凤到你家做厨师，当然好，我完全同意。"

"这要彩凤同意。我应酬多，在家的话，彩凤过来主要是烧纸山菜，然后是天州菜。彩凤的酒店一个月除了租金和税费，能赚多少钱，你们估算一下。丁西早晨到菜场买菜吧，我一个月给丁西三千块，丁西还可以去拉客。如果你们愿意住在白鹭里，那是最好的。白鹭里地方大，住哪里由你们自己选择。对了，你们那个房子还可以租掉，一年还有几万块得到。是不是？"

"郝叔，多谢了，多谢了。这样好像是你把我们养起来一样，真是过意不去。"丁西说。

"丁西，钱对郝叔只是数字，你们这些是小小的钱。我的纸山同乡，彩凤，对人对物的态度和认识让我钦佩，也让我吃惊。丁西单纯、善良、真实、讲义气，也是我喜欢的。你们在我身边我非常高兴。"

彩凤有点羞赧似的，微微笑着。

这时船过云波亭码头处，丁西赶紧朝岸上瞧，灯光下，影影绰绰的好像还有三轮车车友。时已入夜，他们还在拉客。丁西同情他们，觉得自己已经脱离了他们，和他们不是一个层次了。想到那张银行卡，谁比丁西更有钱呢，不可能了。如果郝叔说话算数，丁西买点菜就可以了，而彩凤的工资比辛辛苦苦开酒店还要多。郝叔说住在他家，自己的房子可以出租，呵呵，好事来都是接二连三地来，为什么来，什么时候来只有老天爷知道。

"郝叔，你是说话算数的。"丁西说。

"你发现，郝叔什么时候说话不算数吗？"

"嘿嘿，那没有。"

"你和彩凤回去再商量一下，郝叔不勉强你们，勉强就没意思了。"

丁西说：

"不勉强，对于郝叔，我白干都愿意，还有勉强的。"

"依我看，你家还是彩凤说了算，不是你说了算。"

丁西拍着胸脯，说：

"我们男人说了算，是不是，彩凤？"

彩凤嗔笑说：

"妈的，你。"

船从晚舟汀北边绕回，进入支流，白鹭里。回家的路上，丁西扭头问后座上的老婆：

"你为什么不马上答应？"

老婆说：

"郝叔是怎么样的人，我还拿不准，好色是肯定的。你不是说好像是郝叔把我们养起来一样，我们为什么要人家把我们养起来，我们有手啊。你爸去世了，开支少了，一年怎么也能挣十万八万元的，何必当寄生虫啊。而且，郝叔应酬多，回家吃少，我们拿他那么多钱，我不心安理得。"

丁西说：

"郝叔是怎么样的人，跟我们有什么关系呢。对待大姐，他侠肝义胆，我看是好人。你炒的纸山菜好吃，人家不好代替，说明你就值那么多钱，你客气什么。况且他是大房开，我们走得近了，买他的房子，他还不把朝向好、楼层好的房子给我们吗？价钱上他还不结结实实给我们打个大折吗？说不定他还白白送一套给我们呢。"

"你就是贪便宜。"彩凤说，"郝叔对我们的确不错，这之前他是对丁主席负责，做给丁主席看的。现在情况变了，我们住在他家，吃在他家，我觉得会有寄人篱下的感觉。这种情况下，我们还怎么拿他的高工资呢。如果出了意外，在他家待不下去，退回来，酒店也转让了，房子也出租了，怎么办。万一我们和他闹掰了，他有强大无边的势力，灭了我们不是像灭蚂蚁吗。他说过，他曾让我伯父吃狗屎，他的脾气是不好的。万一有一天，他对着我们说，滚！那就迟了，还不如像现在这样，客客气气的。而且，丁主席会怎么看我们呢，他会想，父亲是多好的人，儿子却是寄生虫。"

出了意外，在他家待不下去，这怎么可能呢。丁主席会这样小肚鸡肠吗。但丁西拿不出理由说服老婆。但，他要进驻白鹭里的愿望比纸山还高。回到家里，他先进浴室，回来躺在床上。老婆刚出了浴室，他一反常态地下床把老婆抱起来扔在床上。老婆说，你吃了狗鞭啊。

事毕，丁西对老婆说：

"我们还是按照郝叔说的做吧。这个机会不抓住，我们以后肯定会后悔的。郝叔也会觉得我们见外，他的话我们不听，那么好的条件我们不要，他会觉得我们和他离心离德。我的感觉他对我们很好的，我丁西会对他不起吗？你彩凤会对他不起吗？"

"如果他对你不起呢？"

"这个可能吗，他会对我丁西不起。"

"这是说不定的，如果他看上我，和我好上，怎么办？"

"谁会看上你呀。人家那么有钱，在天州饭店一躺，小姑娘排队过来。"

"妈的我丑吗！"彩凤狠狠地捏下丁西的小乳头，丁西呀了一声。彩凤说，"郝叔喜欢我，我知道。他没有遇见你的时候就时明时暗、暧暧昧昧地表示。他说中外的女人见过千千万万，觉得还是自己纸山的彩凤值得爱。"

"郝叔酒后逢场作戏嘛，说说就风吹去，你倒一厢情愿硬记着。"

"今天说的金凤和我很像，你记不得了吗？说法是可疑的，爱我是真的。我的感觉是很准确的，不是我一厢情愿，我怎么一厢情愿呢？"

"爱你是他的事情，你有定力就行了，不跟他上床就行了。"

"人的东西复杂，有时就会被鬼跟住的，那年我和薛蒙霸的事情就是这样。"

"那年你定力丢了，现在你吸取教训了，总会把持住自己。"

"难说，神仙也有把持不住的时候，谁能把自己守得清清爽爽呢。"

丁西轻轻地打起呼噜来了。

十一

薛蒙霸出狱的具体时间，丁西不清楚。即使记得，丁西也不会到弥勒山天州看守所去迎接。薛蒙霸睡过自己的老婆。王协警不请而去。七点半前，到了猪脏粉店吃了一大碗。四人凑齐，大姐夫就发动了车，王协警坐在副驾驶室，老是扭头和两姐妹说话，而她们只是应付，心里想的是自己的弟弟。

首先出狱的是薛蒙霸的老婆。两个姐姐有点鄙夷，总觉得许多事情是她败坏的，这回医闹肯定是她撺掇的。自己的弟弟娶错了女人，这个女人就是再坐四个月的牢也好。见她出来，两个姐姐坐在车里无动于衷。大姐夫先推开车门，王协警才敢跟出来，和她招呼说话。

薛蒙霸出来，呼呼喘气，眼睛白嘴唇黑。两个姐姐围了上去，他还是一声不响。王协警叫，蒙霸。蒙霸理都不理他，王协警就是空气。他看到姐夫和姐夫的车，一头钻进副驾驶座，一动不动。这样，姐夫进了驾驶座，三个女人进了后座。大姐姐探头对王协警说，不好意思，你打个的吧。

王协警傻在那里。

薛蒙霸马上对两个姐姐骂开了，我被关在里头，而你们在外面，你们是死人吗，怎么会让我关了四个月！

我有什么罪吗，只不过是在医院门口摆几个花圈哭几声。这又不是没干过，前一回医院不是乖乖给了我十五万块吗。这回我是替丁西闹的，丁西办丧事，没时间，那么我来。我们有分成，因为我出人出钱，很公平啊。在公安局里，我说了实情，警察就说你说你的部分，丁西的事情你不要讲。我讲丁西的事情和我的事情是捆着的，怎么能够不讲。警察把笔掼在桌上，站了起来，厉声说，你听我的，还是我听你的！我说我听你的。丁西什么都没有记录在案，这个太不公平了。

两个姐姐说，这些不讲了，不讲了，出来就很好了，破了财消了灾。现在都没事了。薛蒙霸说，什么破了财消了灾，我都被关四个月了！

两个姐姐就把二十万块打点的事告诉他，钱是王协警经手的，让丁西去办。

医闹没得一分钱，反而赔了二十万块，薛蒙霸刹那间愤怒了，说非要找王协警和丁西算账。说，关王协警屁事，自己坐四个月的牢有一半是为丁西坐的，丁西反倒拿了他的钱。

这时开车的姐夫咳了两声。薛蒙霸不作声了。这姐夫有钱，对薛蒙霸很是照顾，大姐姐平时给薛蒙霸钱，他都是支持的。所以薛蒙霸对他有点怕。

"蒙霸，"姐夫说，"你们当时医闹啊什么的，我不在天州，我在的话我会阻止你们的。人要活得好，要干正事，走正道，搓麻将打赌挣钱、医闹挣钱都是下三滥的事。你姐也没有脑子，跟着起哄，也有责任。但过去了的就算了，这二十万块就当我做生意亏了。不提。刚才这个王协警接你出狱，他一直穿针引线，是为你做好事，当要感谢。我做了了解，丁西可不是一般的人，他是……体察师，扮成三轮车夫，接触广大民众，体察底层人民的生活和工作，如实报告，国家从而制定方针政策，更好地为人民服务。你们不是有一个骑三轮车的表哥吗，为了验证丁西是不是体察师，坐上丁西的白卵车，从云波亭到拴马坊，多远啊，所有警察见到丁西的白卵车当作没看见。最清楚的，省主席和市长他们为丁西父亲举行告别仪式，丁西父亲是个道道地地的农民。为什么，丁西是上面的人。真正厉害的人，是不显山露水的。

"蒙霸啊，姐夫走南闯北，见识比你多。我也问过律师，丁西参与的话，情形好一些。但大张旗鼓医闹的是你，证据充足，而丁西没有留下任何证据，单凭你的叙述，是没有用的。丁西暗地里参与，也许就是他体察工作的一部分，体察下层群众的道德状态，在上级那里备过案的。为什么公安局不让你说丁西，就是为了严惩你，因为医闹太多了，严重影响医疗秩序，所以以儆效尤，也是政府的意思。"

薛蒙霸说："丁西如果真的是体察师，怎么老婆都让我给睡了呢？"

"那个时候他可能没有加入体察，也可能他早已加入了，他要把自己打扮成窝窝囊囊的样子，任人欺负，底层人嘛，三轮车夫就是这么个角色。这是角色决定的。"

薛蒙霸有些领会，但还是嚷道："只关我，放开丁西，这不公平。"

姐夫说："蒙霸，我不是同你说了吗，丁西是体察师。这回就是丁西救你啊！你只知道搓麻将，你是井底之蛙。世界有公平的吗？嚷嚷公平正义的是美国，充当世界警察。但自己国会投票，凡是共和党赞成的，民主党全部投反对票。凡是民主党赞成的，共和党全部投反对票。你的案件是一个典型，卫生局和公安局都要整死你，多亏丁西出手，你俩只坐了四个月的牢。你对丁西一定要千恩万谢！"

大姐姐说，公安局是听丁西的，四个月就把你俩放出来就是丁西的意见。这时，小姐姐也说的确是如此，这事我和姐姐最清楚了，是毫无疑问的事情。蒙霸一定要到丁西家去道谢。

薛蒙霸再没有放一个屁，姐夫的车到了他家的楼下了，他也没有放一个屁。

弟弟的态度让大姐姐不放心，她回家后，即给丁西打了一个电话。她说蒙霸和老婆出来了，谢谢你。弟弟关了牢似乎神经也关出毛病了。还说了在车上的一些事，总之是谢谢丁西的大恩大德。

丁西正在老婆店里刨土豆，只说：

"哦，好。"

彩凤说：

"两个货都出来了。我忘了，真想让郝叔叫人，把他老婆揍一顿！"

丁西想，看样子薛蒙霸是想把钱拿回去，真是岂有此理。他便给王协警打个电话，告诉他薛蒙霸虽然出狱，看来对二十万块的打点费惦记着，你要有个思想准备。王协警说自己早上到弥勒山天州看守所了。他们把他扔在了弥勒山。他说打点费天经地义，说薛蒙霸放半个屁的话我就揍死他。丁西有些相信，薛蒙霸平时的确听王协警的，王协警人高马大，是能镇得住薛蒙霸的。但薛蒙霸是无赖，他搓麻将一年总要输很多钱，无赖加没钱，薛蒙霸脑筋一短路，他什么事情干不出来？不过他丁西一点也不怕，大不了十二万块还给他，叫郝叔把薛蒙霸重新送回天州看守所。又一想，王协警也不是什么好人，尽打歪主意。

丁西接到薛蒙霸的电话了，说他要到小酒店里来，他要感谢。丁西的心完全放下了。这时接近中午，薛蒙霸如果到小酒店来，胡乱说话，不知客人们作何感想，而且又要请他喝酒，这真不是丁西愿意的。丁西对薛蒙霸说，感谢的话听到了，我们以后再见。薛蒙霸不肯，一定要见面。丁西无奈，说，那这样吧，我到你家路边吧，我们坐在三轮车上见见面吧。薛蒙霸说好的。

丁西远远地见到薛蒙霸已经在路边等了。他知道薛蒙霸要见面，就是为了钱的事，不会是别的。果然，薛蒙霸跳上三轮车后座，开口就是问：

"二十万块，怎么回事？"

丁西说：

"我城西路另一头的一个小学同学，当年家里穷，年关时别人家都晒酱油肉、鳗鲞，他子夜前后拿竹竿去挑，后来被抓住，公安局认定是三千元钱，后来判三年。这回公安局是拿敲诈勒索罪治你的，你要的是五十万块，那要判几年？你自己去算。二十万块去打点，只有坐了四个月的牢，我看是不多的。"

"还有我老婆！"薛蒙霸大声说。

"你老婆是活该，她抓耙了我老婆的脸，自己却和王协警有一腿。"

薛蒙霸脸煞白，问：

"竟有这种事，你是怎么知道的？"

"王协警自己和我说的。"

薛蒙霸像豹子一般跳下来，向家跑去。丁西又是惊喜又是紧张，也跑着跟了进去。

老婆在一楼坐着干活，薛蒙霸一进门就是几个巴掌。丁西连忙掏出手机，打开摄像头录起来。薛蒙霸越打越来劲，先是巴掌后是拳头，发展到拳打脚踢。他老婆杀猪一般叫哭，说你为什么打我！薛蒙霸吼道，你这婊子，和别人相好。老婆说我没有。薛蒙霸说你和王协警相好，他在外面自己讲了！老婆不再说话，也不躲闪。老婆不躲闪，薛蒙霸是越发生气，说，我要杀了你！于是跑向厨房去拿刀了。

丁西赶忙停止录像。见薛蒙霸拿刀过来，丁西去夺，薛蒙霸让他夺下来。丁西对薛蒙霸说：

"教育教育就好，以后不要再干就好。你和我老婆彩凤相好，我也没有打彩凤，西方资产阶级思想，还是需要思想教育。"

丁西看着蹲在地上的女人，女人的嘴巴出血了，有些解气，有些可怜，对女人说：

"你和王协警相好是不对的，当初你抓耙我老婆也是不对的。我要不要告诉王协警老婆。"

薛蒙霸老婆出血的嘴里挤出俩字：

"不要。"

丁西回来找彩凤，一路上喜不自禁。薛蒙霸老婆终于被打得好苦，虽然打她的是她自己的老公。丁西解气，主要是他能让他的老婆彩凤解气。见到彩凤，彩凤听丁西的喘气就知道有什么好事。她睁大眼睛，丁西把视频打开来，把录像给彩凤看。因为拍摄的角度问题，彩凤开始还没看到薛蒙霸。

彩凤说：

"男人打女人，这是什么畜生！"

"你仔细看啊，是什么畜生？"丁西说。

彩凤终于看清楚了，说：

"自己可以和别人老婆相好，自己老婆不可以和别人相好。打老婆这样打法，这不是畜生吗，我看是连畜生都不如。这样打，会打死人的。"

彩凤又娇嗔地扭了丁西一把，说：

"你倒有心，静静在边上录像。"

丁西嘻嘻了一声。说：

"你不是想看着这个女人被人打吗？"

"这还是真的，我有些解气了。"

"就是，你高兴我就高兴。"丁西说。

晚上，血案出来了。

薛蒙霸不可能让王协警把钱拿走。他从来没有让别人占了便宜，哪怕是多给别人一分钱。他和别人搓麻将，赢了总要算清楚，一天输赢经常几千块，别人欠他一百块，他第二天站在别人家的楼下，喊道，某某，下来一下，下来一下。可是，他欠人家，那是到处都是。这个麻将点欠人多了，到另外一个点搓，另外一个点又欠了，到老年活动中心搓。他的名声不好，但总还是有人和他搓，关键是他牌技太差，老是输。王协警就经常和他搓，因为王协警差钱。王协警人高马大，而且比起他，稍稍多一点社会能量，一般来说，薛蒙霸欠的钱迟早会给他。有时薛蒙霸欠他，他就说，十天不还，你就不用还了，你老婆让我睡一天得啦。薛蒙霸说，好吧你去。王协警等到了真的和薛蒙霸老婆有一腿之后，这话就不讲了。

薛蒙霸凭直觉二十万块是被丁西和王协警分了。丁西他不能要回来，大姐夫是可靠的人，大姐夫说的话他信。据他的观察，现在的丁西，言行和过去的确有些不一样。体察师是国家的人，这回没有丁西，自己可能真的要判五年十年，他得感谢丁西。而王协警算什么，他瞎忙什么，他就是乘人之危发人难财而已。他睡了自己的老婆！这个太可恨了，居然还拿走那么一大笔钱，他想占尽世界所有的好事了，你把我薛蒙霸当猪吗！

薛蒙霸给王协警打了电话，说你到我家来一趟。

王协警心里惴惴然，但薛蒙霸就那么回事，他没有把薛蒙霸太放在心上。他还是在路边买了六七个橘子，然后一路晃来。待到跨进薛蒙霸的家，薛蒙霸已经在门边等候了。王协警觉得薛蒙霸的脸色不对，他把橘子提了一下，说，你尝尝。薛蒙霸说，你自己尝吧。王协警说：

"你老婆呢？"

薛蒙霸答道：

"她呀，被我打残了，在医院抢救。"

王协警说：

"你真是胡说八道，怎么可以打老婆呢？"

薛蒙霸说：

"我是经常打的，什么叫胡说八道，她和别人睡觉，这个罪还不大吗？假使你的老婆和别人睡觉，你就忍了，不加打骂是不是！"

王协警说：

"不要乱说，她怎么会和别人睡觉呢？"

薛蒙霸说：

"那要到医院里问她了，还可以问你。"

王协警说：

"你和丁西老婆睡觉，我来调解，丁西也没有打老婆，丁西也没有打你。"

薛蒙霸说：

"那是我睡别人的老婆，我的老婆是不准别人睡的。"

王协警说：

"你只许自己放火，这没有道理。"

薛蒙霸说：

"人都是这样的，你不是也放火吗？"

"薛蒙霸，我怎么了，说我放火。"

这时，楼上薛蒙霸老婆咳嗽了两声。是有意，还是无意。她是向王协警发信号吗。有意的话，表达什么意思呢。是让王协警别承认他们的事，还是要王协警提防，薛蒙霸是个没有教养、什么事情都干得出来的家伙。不清楚。

王协警不经意地往楼上走。薛蒙霸跟着。薛蒙霸老婆被子蒙着头，躺在床上，像是一粒蚕蛹。醒目的，一把龙泉宝剑斜挂在墙壁上。

薛蒙霸有些严正地对王协警说：

"你说得好，我的确睡过丁西的老婆，而你也睡了我的老婆，至于我睡不睡你的老婆，以后再说。今天把你叫来就为一件事，没有别的，你把二十万块钱吐出来。"

"这是打点费啊，打点把你从牢里捞出来啊！"

"姓王的，我跟你说到底，睡我老婆可以既往不咎，这二十万块一定要吐出来，废话你就别讲了。"

"你姐夫打给我十五万块，而我立即打给丁西了，丁西马上就去办了，你才坐四个月的牢就出来了，否则你要坐多少年的牢？五十年！"

"现在是法治社会，公检法都守规矩，我不相信打点的事情。坐四个月牢已经太多了。"

"我把丁西叫来，让他向你解释一下，这钱已经花出去了。花到警官那里去了，说不定这钱也花到检察官、法官那里去了。你是向警官、检察官、法官索钱是吗？"

"你不要说得那么多！"薛蒙霸几乎是吼道。他指着墙壁上的龙泉宝剑。说，"这龙泉宝剑，是我结婚的时候，我舅子送过来的，已经开锋，我在剑头抹了砒霜，可以一剑毙命。钱是给你的，你还给我就是，丁西呀丁东呀什么的，我不管。"

"蒙霸，人家捞人，都是两百万三百万的，你这点钱算什么。"

"你很有钱是不是，你一年能挣多少钱。二十万人民币啊，数数手骨都数软了。"

"这钱花了，你人回家了，没有法子了。你总要讲道理嘛。"

"你是说还，还是不还！"

"这没办法还。"

"真的吗？"

"真的没办法还。"

只见薛蒙霸跳了一脚，摘下宝剑。哗啦一声，剑已出鞘，寒光闪闪。

不想薛蒙霸老婆打滚从被子里出来，上身赤裸着，下身一条三角短裤。说：

"蒙霸，你杀我吧！"

冲过来就夺宝剑。又向王协警喊道：

"快走！"

薛蒙霸本来是吓唬吓唬王协警的，见老婆上身赤裸着，竟跑来夺他的宝剑，喊情人快走，不禁怒从肝边生，一剑刺去，王协警腹部一个窟窿……

躺着的王协警掏出手机，打电话给丁西：

"救救我，我在薛蒙霸家。"

丁西在不远处骑三轮车。丁西说：

"别慌，说清楚，怎么回事？"

"薛蒙霸用龙泉宝剑刺我的肚子，剑头有毒，血流不止……"

丁西给120打了电话，报告地点。自己的屁股举起来，两脚踩得三轮车飞快。到了薛蒙霸家，见一楼没人，马上上楼和薛蒙霸一起，把王协警抬下来，放在门边。

丁西给医院院长打电话，说：

"院长，我是丁西，我的朋友被宝剑刺了肚子，宝剑剑头有毒药（这时薛蒙霸插话，没有毒药），120快快到，你跟急诊室说一句，快快准备——剑头没有毒药。"

院长说，好好。

王协警肠子流出来了，粪便也流出来了，有两处破伤。

事后，王协警、薛蒙霸和姐姐姐夫都感激丁西。大家都说丁西处事漂亮。否则，王协警死，薛蒙霸也得死。

董彩凤说：

"妈的丁西，你说话比以前也说得好一些了，干事也比以前也干得好一些了。"

丁西说：

"以前一个骑三轮车的，说话没人听，有时说一半，被人打断，怎么能把话说好呢。我的意见说出了，别人没有听到，意见就是屁。现在大家认为我是体察师，国家的人，看重我，我就站得高了，越是站得高，脑子就越活络起来。"

丁西又说，"感谢郝叔啊。"

丁西给医院院长打电话，院长"好好"听命令一样，薛蒙霸听到了，王协警也听到了，丁西不可能不是体察师。因此，薛蒙霸剑刺王协警，调解工作只能由丁西来完成。

王协警躺着叫痛，说自己起码是轻伤，薛蒙霸一定要判个三年五年的。丁西说：

"怨只有解没有结，如果一定要判他的刑，三年五年出来，他的龙泉宝剑还是在的，他无知无识无肚无脐，会干出什么事来谁也料不到。你毕竟睡了他的老婆，你是有错在先的。如果他揭发你拿走他的二十万块钱去行贿，那么这钱就要吐出来，上缴国库，你就一分钱也没有了。"

王协警没有作声，什么龙泉宝剑，什么睡了他的老婆，他可不管，这八万块钱已经进了肚子，是万万不可吐出来的，这要吐出来，才是要了他的命。但他承认自己有错，那就是睡了薛蒙霸的老婆。他对丁西说出最终的意思，那就是，医药费得薛蒙霸付，薛蒙霸还要给他两万块钱的补偿。

"哦。"丁西答应。今天是丁西出来调解，从前薛蒙霸睡了自己的老婆，是王协警出来调解。说丁西踌躇满志，似乎有些过头，丁西有点小高兴，那是肯定的。

薛蒙霸已经躲在大姐姐一个闺蜜的家里。丁西同大姐姐说："有我在，你们别怕，让他回家我们开个会。"后来，薛蒙霸回家，来了两个姐姐，和大姐姐的老公。丁西咳了两声，算是会议开始。他说：

"蒙霸，你刚出狱，持刀杀人。赤手空拳和持刀，情节是不一样的。用龙泉宝剑把人家的肠子挑出来，粪便也挑出来，别说这是重伤，即使是轻伤，也要判个五年八年的。还有可能把前面的敲诈勒索案给翻出来，你是累犯，又得从重处罚。"

大姐姐老公点头称是。

薛蒙霸蔫了。大姐姐老公批评薛蒙霸没有脑袋，二十万块去打点，已经很少了，恩将仇报是很错的。又表扬丁西说：

"丁先生站得高，看问题深，有丁先生为我们罩着，真是我们的福气。蒙霸坐四个月的牢，当知道坐牢之苦，如果坐五年八年的牢，怎么样，蒙霸？"

薛蒙霸的头低下来，好像在看自己的裤裆。

丁西见薛蒙霸的小姐姐看着自己，一往情深的样子。丁西觉得自己很高大，但钱该要的还是要的。他便先不作声。大姐姐老公问：

"公安局知道了吗？"

丁西说：

"天州医院有公安局的联防队，事情公安一清二楚了。已经向我做了汇报。"

大姐姐问：

"你是怎么指示的？"

"我说，先别立案，我调查一下。"

大姐姐老公叹了口气，说：

"还得打点，没有办法。蒙霸，事情接二连三地来，我也不是你的提款机啊。闯祸容易消祸难啊。"

大姐姐老公又问丁西，依照社会行情，把事情抹掉，要多少钱呢。

丁西说：

"我就不再管了。我插手过多不好，真的不好。"

两个姐姐慌张起来，好像救命稻草马上抽走。齐声说：

"丁体察师、丁体察师，事情还要你帮忙，麻烦大，你还得再救蒙霸一回。"

大姐姐老公也说：

"前回依靠你，把事情办了。你的恩情我们记着。我们没有别人。这回，蒙霸又惹祸，我们还是依靠你，请你出手，把事情办了。千万别不管。你的劳务费你说。"

"我不要任何劳务费。"

"公安的同志都知道了，肚子戳通了。不打点就立案，立案就是大案。劳务费丁体察师要拿，还要麻烦你去打点。"

丁西说：

"我不管了。蒙霸不是一般的人，睡我的老婆像是睡自己的老婆，我老婆脸上把了十来条血蚯蚓，他不管。自己的老婆被人睡了就杀人，道理通吗？王协警拿几块小钱抹平医闹、敲诈勒索罪，难道亏你吗？"

大家都傻在那里了。

半天，还是大姐夫开口：

"谢谢你，丁体察师。我们知道，前回把事情摆平，主要就是你在发功。你不计前嫌，胸怀广阔，你就是宰相的胸怀啊。高风亮节（两个姐姐也说高风亮节，高风亮节）。我们先记着，我们永远记着你的功德。我们会感恩的。蒙霸，对丁体察师，你表个态吧！"

薛蒙霸想不出什么话，"啪！"一个巴掌抽在自己脸上。

大姐夫说：

"蒙霸，有话在先，今后再出现这等事，我可一概不管。"

大姐姐说：

"蒙霸，我气啊，你再这样，你是死了我也不管！"

大姐姐老公见丁西笑起来，说：

"丁体察师，蒙霸一犯再犯，我的手头也不宽裕。我也说不好拿多少钱出来消灾。你说个数吧。"

丁西对薛蒙霸家的钱当然是要的，他睡了自己的老婆。但再让他们拿出很多很多的钱，自己心里也过不去。彩凤已经消了气，自己银行卡里有三十二万块钱静静地、幸福地躺着了。丁西说：

"你们用度也够大，你给我十八万块去打点，不多吧。我已经表态，我不要你们任何劳务费，但现在办事不容易，案子最好别到检察院。但王协警的医药费还得蒙霸出，我同院长说一声，早点把王协警治好，让他出院。蒙霸态度要好，去医院向王协警赔礼道歉，给他两万块钱，算是慰问，不算多吧。态度好了，我好说话，什么误工费啊、营养费啊，我让他不要提了。我的话他还是听的。"

大姐夫对老婆说：

"丁体察师很替我们着想了。你和丁体察师对接，给他打十八万块，麻烦丁体察师收起来。"

又对薛蒙霸说：

"蒙霸，叫你姐再给你两万块现金，跟着丁体察师，听从他的指示，向王协警道歉。今后你要长脑子，我的钱不是水上冲来的。"

大姐夫站了起来，像是和薛蒙霸永别。

薛蒙霸说："哦，我去，我去道歉。"

丁西出来的时候，薛蒙霸的小姐姐送他。小姐姐挽着丁西的胳膊，说："丁哥，到我家坐坐。"丁西有点激动，但还是说，'不了，我还有事'。

次日，丁西收到了十八万块钱。

啊，银行卡里有个大整数了，五十万块钱！他喜不自禁，乐不可支。薛蒙霸，你这个同志啊。龙泉剑，真是把好宝剑！

丁西收到薛蒙霸的电话，请丁西陪着他去。万一王协警愤怒，不要钱，就要他坐牢，事情了结不了，那如何是好。丁西说，好吧，我再帮你一忙。

丁西陪薛蒙霸到了医院。王协警躺着，显然是睡着了，挂着的点滴在滴。丁西叫了王协警一声，王协警马上答应，撑着欠身要靠起来，他刚才显然只是迷糊了一下。当他看到薛蒙霸过来，便又躺下来，哎哟叫痛。丁西轻轻握着他的手，说：

"我叫院长让最好的外科医生做的，手术很成功，你会好起来的。"

王协警说："全靠你啊。"

王协警半呻吟着说，

"他妈的，薛蒙霸，为了社会安宁，你这个人还是关在牢里，最好杀了过年。"

薛蒙霸晃着两个金牙齿，过来拍了拍王协警的肩膀，说：

"我这个人今年运道不好，老是做错了事。那天如果我老婆不从床上冲出来，光着上身拦着我，我是不会刺你的。我想他妈的，男盗女娼，我的老婆还要护着情夫不让我刺，你不是明着爱王协警不爱我吗。实际上，我应当首先刺的是她，而不是你。我的脑子缺根筋，想得不多，对不起了，兄弟。"

"你妈的……痛啊……"王协警呻吟着。

薛蒙霸递上两万块钱，放在王协警枕边，说："真对不起，我向你真心赔礼道歉。"

王协警似乎没看见，不作声，一副不要钱要法办的样子。薛蒙霸说："今后你想我老婆你就去吧。她人小，但挨上就软软的，好像没有骨头，是不是？"

王协警忍俊不禁。丁西也笑了，说："你妈的蒙霸。"

十二

丁西和彩凤搬到白鹭里去住了。郝叔给彩凤的年薪是二十万块，丁西早上买点菜，有空做点杂事，年薪三万六千块。丁西觉得郝叔给彩凤太慷慨，相比之下给他的少。问彩凤，这是怎么回事呢。彩凤说，你觉得他对不起你了吗，我们是否打退堂鼓，打退堂鼓还好办，还来得及，真的。丁西说，这个绝对不。小酒店转租出去，每年能得两万块。还有自家的房子出租。

家里他们带走的东西并不多，主要是衣服、被褥之类，还有现金和银行卡。其他生活用品白鹭里都有。占据丁西全心的，是五十万块的银行卡。世界上的事情真是没有道理好说，亿万人起早贪黑摸爬滚打难以养家糊口，而有的人日进万金。而他丁西也没有吃亏，由于郝叔的关系，丁西动动嘴巴有人就十万二十万块地打进他的银行卡。丁西一点也不费力。银行卡在他爸的遗物盒里，他把遗物盒悄悄放在三轮车后座下的屁斗里，彩凤的屁股坐上了，他就一点也不担心了。

丁西的房子租给了天州一个印务公司金牌业务员。租金一年是五万块。彩凤的小酒店租给了薛蒙霸的小姐姐和表哥。他们合租。表哥就是那位促狭鬼。介绍的人是薛蒙霸，他知道这个小酒店生意好。丁西有一张纸贴在外面：本店出租。薛蒙霸一见就把纸揭下来了，找到小姐姐，她没有活干。小姐姐说自己一个人恐怕吃不消，她的老公是小车教练，每天总是很晚回家。有人说，他和自己从前的几个女学徒鬼混。她倒无所谓，有一次说，他死了，看我会哭不。表哥倒是个勤奋的人，但三轮车还不能放弃，因而他和从前的丁西相似，负责菜场采购，有空帮帮忙，一般时间他骑三轮车拉客。他是有牌照的，来钱多。小酒店的掌勺人，就只有表嫂了，促狭鬼的老婆，她是国家级大厨的女儿。

小酒店原是大学校朝南的围墙改辟的。学校初创时，学校没有小轿车，勤劳的校长经常夜里坐丁西的三轮车。丁西服务得很好。一次台风，大雨横扫，车上的雨棚不顶事，丁西居然把自己的雨衣脱下，反过来给校长遮腿脚。大雨倒在丁西身上，他密密地抹一把眼睛，抹一把眼睛，路必须认清。这使校长很感动。后来丁西租店面，校长吩咐财务部主任，给丁西最西边第一间店，年租金比别的店少收两万。别家的店年租金是六万，丁西的只有四万。薛蒙霸让双方到拴马坊猪脏粉店议租金，订协议，彩凤不想见到薛蒙霸，对丁西说，年租金六万块保住，能高则高。丁西说好。

在猪脏粉店，促狭鬼的嘴巴抹了油，他给丁西戴高帽，说丁西大人不计小人过，肚大胜似东海，还帮蒙霸的大忙，劳务费一分钱也不收，人的品质高尚得不得了。又对丁西说：

"你搬到白鹭里去住了，据说里边都是市领导，你这个体察师啊，太厉害了。三轮车车友中，我们俩是最铁的，是不是，你肯定会关照我的。"

小姐姐呢，眼睛盯着丁西，眼睛里有双臂要出来，抱住丁西。她不说话，租金的事好像与她无关。

丁西说话了，说：

"我任务重，非常忙，我不经营酒店了。这个店平均一年能赚十五万块以上，你们好好经营，争取挣得更多。我一年要缴的租金是六万块，这个你可以问边上的十来家店（薛蒙霸插话，我问了，都是六万），你们一年再给我几万块，你们自己出手。对了，我这酒店最西，边外可以停车，比别人的店好。"

促狭鬼说：

"兄弟你厉害，你不厉害的话，谁租给你酒店，谁给你那么好的位置！多年了，兄弟你是体察师，别人浑然不知，只有我有一点点知觉。别说你不和人争客，甚至有人欺负你，你居然掉转车头回避。我当时就纳闷，丁西是拉客的吗？人的脾气会那么好吗？要是我受欺负了，那就宰了他。办大事的人就会忍让，往死里忍，我当时只觉得你是个办大事的人，想不到你的具体职业是体察师。"

丁西心里很受用，笑说：

"我没有时间和你们桃三李四，你说我厉害说我好，租金更不会少。"

大姐姐说：

"丁体察师，你应该体察到我妹妹我表哥是贫困的，你们公务员是为人民服务的。"

丁西心想，那天再让你们给十万块，你们肯定答应。今天忽然抠起来了。

钱啊，人啊。说：

"我知道你家是富有的，你们说至亲，你就各给他们一年十万块吧。"

大家笑起来。小姐姐说：

"丁哥真逗。"

薛蒙霸晃着两颗金牙齿，过来拍拍丁西的肩膀，说：

"你为我做那么多的好事，做好人就做到底吧，我们一家不会忘记你的恩情的。"

丁西对蒙霸说：

"你说恩情，恩情有用吗？恩情值钱吗？蒙霸，你这种人恩情就不要说了。我问你，做好人就做到底是什么意思？"

薛蒙霸说：

"你就六万块转让给我姐我表哥吧。"

丁西想，对啊，十八万块大钱刚刚拿到了，小处当痛快一些。他答应下来。他最后的话是："薛蒙霸，我是看在你两个姐姐和你表哥的面子上的。以后你可要自力更生，不要向你姐要钱哦。"

金牙齿间掉出声音："嘿嘿，嘿嘿，不会的。"

大姐姐说谢谢，表哥也说谢谢。小姐姐轻轻地叫了两声丁哥，大约她认为丁哥答应六万块，是由于她的缘故。

在白鹭里，郝叔安排丁西夫妇、大姐和自己一起，住在主楼，二楼有厨房餐厅，丁西夫妇和大姐住三楼，郝叔自己在五楼。郝叔对大姐说，彩凤也是我们纸山人，以后她管一些家事和烧饭，你晴天想到佛堂你就到佛堂，和她说一句，她打电话给司机，雨天你就看电视。你们住在一起，温暖。他们年轻，有什么事情只管叫他们，他们会服务你，不管白天还是黑夜。

大姐感激地看着郝叔，发出呵呵呵呵的声音。

彩凤问：

"白鹭里其他人吃饭怎么办？"

郝叔说：

"别的不用你操心，有地方，有食堂，有人管。"

接下来的几天，彩凤了解郝叔吃食情况。丁西也说郝叔给了我们那么高的工资，我们一定要好好服侍他。彩凤对大姐说："我和丁西就叫你大姐了，按辈分，我们应该叫你阿婆，阿婆会叫老了你。"

大姐说："随便叫什么都可以，大半身已经埋进土了，无所谓。"

彩凤忙说："不说这话，你气色那么好，一定长命百岁。"

大姐说："我明天死，后天死，都可以，都好。"

彩凤连忙换话题，她问郝叔最喜欢吃的有什么。

大姐说："他这个人好伺候，嘴巴并不刁，基本上是吃纸山菜。"丁西和彩凤认为，你是大姐，你当年一只番薯一条命，郝叔父亲才活过来，你是郝叔家的救命恩人。我们可不是，我们不能被白养，郝叔给了高工资，那么丁西必须买对菜，彩凤必须做好菜，一定要让郝叔满意，决不能辜负了他。

大姐领彩凤和丁西到厨房，指点什么东西放哪里，什么东西放哪里。彩凤问大姐，你喜欢吃什么？大姐说：

"我最喜欢青菜豆腐，豆腐是那种农家做的，盐卤点化过的，有烟火味的。吃鱼只吃鱼鲞，不吃活的东西，不过鸡蛋也可以吃，佛堂里的师傅说，现在的母鸡并不认识公鸡，它们没有爱，所以生下来的蛋是没有生命的，属于素。"

丁西笑说，我知道了，我每天都买豆腐和鸡蛋。大姐说，鸡蛋不必天天买，两斤两斤地买，认准一个店主，一旦发现蛋黄是散的，以后就别去他家买。丁西忙说，这个我知道，我家是开酒店的，每天都是我买的菜。大姐说，呀，那你是内行人，我就不多说了。

丁西买来香蕉水、洗洁精、皮手套。丁西用香蕉水洗了厨房的地面，彩凤戴着皮手套，烧了不少开水，有些器皿在开水里烧过，有的用洗洁精洗。多种锅、多种勺、多种铲。刀、剪、砧、碗、盆、碟、杯、筷、冰箱内外、热水器、水壶、咖啡机的外表……

丁西和彩凤拾掇好厨房之后，再安顿自己的房间。进了房间，丁西和彩凤相视一笑，那么大，有五十平方米吧，两米的大床、办公桌、梳妆台、智能马桶，浴室挺大。丁西说，好浪费啊。彩凤似乎有点心事重重，刚铺了被褥，她说了一声累了，就躺在床上，懒得再干。

在三楼，丁西夫妇住西边，西边窗外是香樟树。大姐住东边，太阳一出，就能晒到被子。郝叔晚餐时说，老人需要阳光，年轻人需要诗情画意。丁西说是、是、是。他们的确都满意。

第二天吃完晚饭，丁西和彩凤送大姐到房间。大姐是庙前村人，彩凤也是庙前村人，但彩凤不好说，因为自己的伯父一个巴掌把大姐的老公打死了，也因为这样，大伯吃了狗屎。当年彩凤还没有生下来，但掌故一直流传。毕竟是一个宿怨。彩凤问，大姐嫁到庙前之前是哪个村的。大姐长年没有人和她说话，现在一个纸山妹妹和她拉家常，非常高兴。她说着说着就停不下来。她说自己是纸山白岭人，庙前的表哥家里太穷，二十六岁了还没有娶亲，她那年十七岁，接受父母的安排，嫁给了表哥。山里人说，表兄妹结老亲，但山里人想不到表兄妹结婚经常生下不好的孩子。她第一个生下的是男孩，又白又胖，额头特别像表哥。表哥说儿子以后挑番薯能挑三百斤。但是一岁之后，老是发高烧，额头滚烫滚烫，赤脚医生过来，打了一针什么柴胡，夜里人就没了。她哭晕过去，表哥流泪偷偷地把儿子埋了，生怕她醒来后见到儿子又痛苦。她第二个生下的是女孩，也是又白又胖，额头特别像表哥。表哥可没有男尊女卑，喜欢得不得了，两岁多一点，能站在屋檐广播盒下学唱歌，特别活泼可爱。她吃什么吐什么，伴随发热，她和表哥把女儿送到公社医院，可是医生都到公社学习去了，一个留守的护士给女儿量了体温，认为是感冒，她自作主张，给女儿打了感冒针，后来呼吸慢慢地微弱了，等医生们回来，人已没有气息了。

大姐说，第三个是儿子，像她。表哥暗暗地高兴，不像自己情况就不一样了。他说二十三岁算过命，自己的命不好，一是命中没有老婆，二是一个巴掌就会死人。这回儿子不像他，他非常高兴。出门干活，他总要扭一下儿子的耳垂。

大姐说，又是两岁多，一天泻肚子，伴随着发高烧。表哥说，送天州医院！他们在公路上拦下一部进城的拖拉机，到了医院。医生验了血，问他们是不是表兄妹结的婚，他们说是。医生微微摇了摇头，他们的心忽然发凉。医生说住院，第三天是关键，能医过来今后可能就不会出现大问题。但第三天夜里，孩子还是断了气。

大姐一边说，一只手在数佛珠，脸不改色，好像在说别人家的事情。丁西眼睛有些红，说，算命先生胡说，你表哥不是有你吗，怎么说他没有老婆。大姐说，那是我父母可怜他，山里穷，山里人喜欢嫁到平原，平原人喜欢嫁到城里去，我不嫁给他，他是没有老婆的。

丁西说，一巴掌打死，算命先生这句话还真是邪了。

大姐说，那一巴掌应该没有挨上。他一躲闪，反倒一脚踩空，跌到下田，头撞石头。如果站着别动，挨上一巴掌，人倒没事。命，实在是命。

丁西想着大姐一家死了四口，流泪了。都说好人有好报，大姐却没有，怎么回事呢？他说："大姐，我和彩凤和你在一起，你就把我们当作你的子女吧，我就是你的儿子，彩凤就是你的女儿。"

彩凤也说是啊，是啊。

"谢谢你们，你们不嫌弃我。从前想到早死，早死早到天堂，早早一家团聚。你郝叔把我接到这里，什么都替我想周全了，他真是个有情有义的人。眼前都是好人，我不想早死了，早死也对不起你郝叔一片心意，当然，死也不是急于求成的。"

丁西问："什么人能到天堂？"

"什么人死后都能到天堂。"大姐说。

"那坏人呢，比如一巴掌打过来的生产队长。"

"也能到天堂。他已经一生背负着杀人的罪名，一直忏悔，痛苦不堪，佛祖会原谅他的。"

丁西想，坏人未见得能忏悔，痛苦不堪。问："那么地狱里就没有人了。"

大姐说："有啊，我们现在就是在地狱啊。"

丁西不解，夜里睡觉时问老婆，大姐这话什么意思。彩凤说，大姐死了两个儿子一个女儿，主要是死了表哥，孑然一身，当然是无边的痛苦。她这样理解，是没有错的。

一天上午，丁西买来菜，放到厨房。见郝叔在饭厅里已经放下碗筷，一只脚踩在另一把椅子上，一只手半举着《天州晨报》，说：

"任云伦，你该死了，你该死了。"

丁西不明究竟，他上了三楼，然后就准备骑三轮车去拉客。

已经到了原来自家的小酒店处，丁西手机响了。郝叔让他回来，今天郝叔有火气，怎么回事呢？他即骑车回来，车停在香樟树下，到了五楼。原来是这样一件事：《天州晨报》有个积极性极高的通讯员萧马龙，水平一般，稿子十有九用不上，一旦刊登，手舞脚蹈，买很多报纸送人。萧马龙今天发表了一篇《香樟树应该让市民观赏》，栏目叫"读者来信"。说白鹭里围墙内那么多的香樟树，每一棵都有一百五十年以上的树龄，是当年太平天国首领洪秀全手植，是自然景观，又是人文景观，这是天州人民的共同财富。白鹭里的围墙应该拆除，供市民自由观赏香樟树。反响真是激烈，有人认同，不少人给郝叔打电话反映情况。郝叔气死了。《天州晨报》总编任云伦曾经买过郝叔的开发房，说是儿子订婚了，恳求市领导给他打招呼，有关朝向、楼层、面积、价格……郝叔使他很满意。想不到过河拆桥了。他给任云伦打电话，说：

"你他妈的像人吗，马儿好，马儿不要吃草，我都使你满意了，你现在朝我开炮了！"

总编任云伦急忙说：

"不不不，郝总误会了，昨晚我丈母娘心梗急救，清样不是我看的，我在的话，有关白鹭里的肯定不会签发。"

郝叔说：

"那是谁看的清样，谁签发的，你们总编、副总编不是坐过我的游艇吗？"

总编半天不说话。郝叔问：

"究竟是谁签发的！"

总编支支吾吾，只说"我想办法，我想办法消除影响"。

郝叔说：

"你叫你们首席记者写一篇文章，批驳《香樟树应该让市民观赏》。总编说，郝总有所不知，这种事不能对着干，对着干的话你来我去，读者越来越多，弄不好事与愿违。作者说是洪秀全手植，洪秀全是个争议人物，这段历史我熟悉，今天我亲自操刀好了，明天化名发表一篇《洪秀全没有到过天州》，在报纸下角，把读者的注意力转向讨论历史人物，这就不关香樟树了，也不关白鹭里了，对不对？以后什么洪秀全，什么香樟树，来稿一律不发。好不好？"

郝叔想想总编任云伦说的是专业了，说：

"好吧，我明天好好看看。"

"亡羊补牢，不好意思。"

"吸取教训，避免类似事件发生！"

"好的好的。"

郝叔给医院院长打电话，问任云伦昨晚找过你没有？院长说他昨晚在，丈母娘心梗。郝叔问，还活着吗？院长说抢救过来了。郝叔说我适时去看望一下。院长说哦。

郝叔拿了三枚图钉给丁西。对丁西说：

"这任云伦失职，给他一点小教训。你把图钉铺在三轮车垫席下，钉尖向上，今晚你在县后巷五号楼楼下等人。等的人叫任云伦，他是晚上去上班的，晨报夜里要印刷。他矮、胖、秃顶，五十多岁，一眼就能认得，让他哇哇叫几声好了。"

丁西笑起来，说好好。

晚上六点多，放好图钉，丁西两脚举着屁股，踩得三轮车飞快，停在了县后巷五号楼楼下了。丁西左等右等，慢慢地，自己心里有些不安。什么不安呢，就是图钉扎人的屁股对吗，不对。他爸一生不做坏事，只做好事，扎人屁股是缺德的。终于，他把图钉抠下了。抠下的时候，他有些恍惚，好像郝叔在身边，他左右反复看了看。他流了汗。

八点多，矮、胖、秃顶的人才下楼，脸有些灰，好像心情不佳。见三轮车，只说了四个字，《天州晨报》。丁西说好的。心想，哇哇声马上响起。可是明明胖子坐上去了，车走，人没有动静。丁西偏头看后座，只见胖子坐在中间，跷起二郎腿，原来图钉自己已经抠下了。

到了《天州晨报》办公楼，胖子给了丁西五块钱。

夜十点，郝叔问丁西，事情完成得怎么样。丁西说，他八点才下楼，一坐上去，就哇哇大叫。郝叔问，你怎么说呢？我说我拉你到医院，你好看看丈母娘。郝叔说，你说得好，你这样说他就知道恶作剧就是我导演的，对待这些知识分子就要这样。扎了屁股，他明天还要为我发表文章。丁西啊，你立功一次！

丁西脸上还是笑了。

丁西觉得今天有些惊喜，把事情说给了彩凤听。彩凤说："你骗郝叔是对的，郝叔把香樟树圈起来是错的。"

次日，《天州晨报》果然在"读者来信"栏目发表署名"木而已"的文章，叙述 1858 年忠王李秀成进攻天州，1860 年侍王李世贤抢掠过天州。1862 年清军左宗棠率军收复了天州。洪秀全自始至终没有到过天州。

又次日，萧马龙再送一篇文章《圈香樟树的围墙必须拆除》到《天州晨报》。文化部的编辑说，你自己直接送任总吧。萧马龙很高兴，叩开任总的门。任总见了，想不到眼睛潮湿，他慢慢起身，抱住萧马龙，说："马龙啊，这个马蜂窝目前就别捅了。"

可是有一天，在外的郝叔给丁西打电话，问：

"你在哪里？白鹭里监控报告，有人在围墙柳条窗外往里头拍照，方便时你去看看，是怎么回事。"

丁西说

"我正在小酒店处，我马上到。"

丁西有些愤怒，往白鹭里拍照，偷偷摸摸，总不是什么好人。他骑得非常快。

丁西见拍照的人瘦瘦的，端着两个肩膀，模样似乎比自己还小。用的是照相机，看来是认认真真的。丁西装作路过，问：

"拍的什么呀？"

这人非常热情的样子，说：

"这样多的古木，香樟树被圈起来，民众不得观赏，岂有此理。你见过《天州晨报》上的文章《香樟树应该让市民观赏》没有？那是我写的。"

丁西说：

"哦，那你是记者，太厉害了。"

拍照的人说：

"我叫萧马龙，这回我要取证，我要向省报发文章，把这围墙拆了，把香樟树还给市民。"

丁西问：

"你不知道这里是谁的吗？"

萧马龙答不知道。

丁西说：

"我拉过几次客，两个便衣坐在后边说话，我一听就是警察。他们不坐警车，他们是潜入。又一次夜里，我还拉过一男一女两个洋人。据说里面有游艇。据说这里是国家，或者就是联合国的一个点。好像晚舟汀上面当年那个美国领事馆。我们百姓是井底之蛙，不知道的事情多了去了。据说有人曾经翻墙进去，后来这人就消失了。我们不要在此逗留了，我们快走为好。"

萧马龙说：

"哎呀，醍醐灌顶、醍醐灌顶。天太大，我太小，我见的世面实在是太有限了，世界许多事是我见不到的，也是我想象不到的。怪不得任总跟我说，马龙啊，这个马蜂窝你就别捅了。啊，原来他并不是办报没有报德，而是提醒我，保护我啊。"

丁西说：

"拍的照马上删除，免得查到麻烦，一时说不清。万一我们消失了，也对不起妻小啊。你有妻小吗？"

"有啊。谢谢兄弟，你一讲我就全明白了。"萧马龙说。

"要不要我送你？"

"不要了，这里离我家太远，我稿费不多。"

萧马龙急忙忙走了，好像是"溜"。

丁西觉得这人尊重他。这不是坏人，挺正义的。想起了彩凤的话。郝叔肯定是花钱买下白鹭里的，但一个人用得着那么大的地方吗？把香樟树圈进来干什么呢？你看得过来吗？

郝叔要求丁西汇报，丁西如实以告，这个萧马龙是被自己吓走的。郝叔似乎不是很满意，说任总都扎了屁股，这种人也应当扎他一扎。丁西想了一想，说：

"以后碰到萧马龙，我就偷打他一拳，他人比我小，是个读书人。"

郝叔才说：

"你去吧。"

丁西同彩凤说了。彩凤说：

"你可不能吓唬读书人，这些读书人都是好人，郝叔占着那么大的地方，是错的。十五棵香樟树，是属于天州人大家的。"

丁西觉得老婆有水平。彩凤还说，你近来的确好像聪明起来，奇怪了。丁西说：

"在外面我的脑子是活络的，你在，特别是郝叔在，我就什么都想不出，好像没有脑袋一样。"

彩凤说：

"那我们就离开吧，不住在这里了。"

丁西说：

"你说什么梦话呀！"

十三

丁西经常想起薛蒙霸的小姐姐。早晨骑车出门去买菜，就想起小姐姐，他知道她已在小酒店里了。小姐姐每天夜里收拾总是潦草，不像彩凤，彩凤是不收拾干净不回家的。小姐姐是次日一早过来，才看看地上有没有肉骨菜末，有没有纸巾什么的。桌面用烫毛巾擦一擦，倘若有异味，后门也要打开通风，还要用香水洒一下。待到表哥买来菜，她先分门别类，然后处理一些菜品。蔬菜要洗干净。活鱼她要养在水池里，打上氧气。是泥鳅或者鳝鱼，她要剪开肚子，去淤洗净。乌贼同理，也要开膛取板去墨。处理纸山本地鸡，比较费事，割喉放血，烧汤去毛，还要切好。炖汤的话，切得大一些。生炒的话，切得要小……

每天丁西的三轮车一来，她准知道，哪怕三轮车是滑过来的。丁西每天买菜，大体在一个时间段。她手里正拿着一把刀，或是提着一只鸡，她都站起来。微笑着说，丁哥，坐一会儿吧。丁西三轮车略慢，说，不啦。丁西过去了又有些不甘，但还是朝菜场骑去。

今天，丁西在菜场遇见促狭鬼，他三轮车的后座和脚踏斗满满是菜。丁西说，生意不错啊。促狭鬼说，我老婆炒菜还真有两把刷子，她爸是天州名厨嘛。蒙霸他姐也能干，也勤奋，酒店里拾掇得利利落落。丁西说，她看上去挺好的。促狭鬼笑道，我看她想你呢，你们也般配。丁西说，胡说，她有老公，我有老婆。促狭鬼说，你这个丁西啊……她的老公从不顾家，整夜在外鬼混，我看我们当实质上的连襟也很好。丁西说，别人说你是促狭鬼，你还真是。促狭鬼说，如果是连襟，你就拉我当体察师了。不过，她老公拉来的吃客还真不少。

"那就很好了。"丁西说。

"有个事我同你说，会市坊那班车友明天晚上兜伍吃（从前是张三出肉，李四出鱼，王五出酒地聚吃，后来就是 AA 制），外面只请我一人参加，你如果愿意参加，他们肯定是欢迎的。"促狭鬼说。

"我不知道明天有没有空，再说吧。"

"体察师是忙人。哎，白鹭里里头有多少人？"

"这个我不能说，请谅解。"

"听说出入白鹭里，别人是看不见的。他们是昼伏夜出。"

"我不是出来了吗，这个你别问了。"

"听说有外国人在里头。"

"我不是跟你说别问了吗！"

"有一天一个记者往里头拍照，据说这个记者人就消失了，所在的报社老总也被撤职了。"

"这个我不知道。"

"你们这种人，总是守口如瓶。好了，我回酒店了，明天争取来，一定来。"

"再说再说。"

今天郝叔吩咐要两个菜，猪拱、黄豆芽。至于彩凤和大姐想吃什么，丁西只管买就是，郝叔一概不管。有时，不是郝叔要点的菜，彩凤做得好，郝叔反而夹得多一些。大姐不在的时候，郝叔就会拍拍彩凤的肩膀，笑说："金凤，你把菜的灵魂也做进去了。"

彩凤说："我是彩凤，郝叔是不是故意发展我的情感啊。"

郝叔说："对对对，你聪明绝顶，亲爱的彩凤，你完全可以到中南海做菜的啊。"

丁西去了猪肉摊，找到一个猪头，说要猪拱。摊主说，猪脸、猪耳朵不要吗。丁西说今天只要猪拱。摊主说，一个猪头割了猪拱太难看了。丁西说，我买猪拱，别人买猪脸，又有人买猪耳朵不是完了吗。摊主说，那要加一点钱，三十块一斤。丁西说，我天天买肉买什么的，你又不是不认识我，好了，我到别家去。摊主笑了，好好，二十五块一斤给你。

卖黄豆芽的是一个老太婆，一斤也就一块钱。丁西问，你这样一天能挣多少钱。答说二十来块吧。丁西买了她一斤，给了她两块钱。老太婆说，哎呀，你是个好人。

回白鹭里的路上，丁西老是想着促狭鬼说的会市坊兜伍吃的事。如果是从前，丁西会毫不犹豫地说去。会市坊有十个车友，七个是有牌照的，丁西没牌照，多年是被瞧不起的。从前这样的场合丁西去过，丁西都是带些酒水过去，再参加 AA 制。可现在不一样了，三轮车友都知道政府替丁西父亲打那么大块的讣告，省市领导来告别，还来吃酒，大家都说他是体察师，而且又住进了白鹭里，自己觉得这一群车夫社会档次实在是太低了。从前开小酒店，吃的是客人留下的燥食（带汤的不要），或者彩凤再烧一点什么，现在想吃什么就是什么，郝叔根本不管你，你即使买熊掌，郝叔也乐意。郝叔有很多钱打给彩凤，丁西需要钱，彩凤打过来。郝叔究竟打给彩凤多少钱，丁西不问。所以，到会市坊，吃的肯定不是丁西想吃的。但大家碰到一起还是开心，特别是别人认为丁西是体察师，给他无上的尊重，这种感觉应该是非常美妙的。

总之，丁西有些犹豫。

把猪拱给了老婆，老婆即把猪拱洗净，整个放入大锅中，加盐加调料（如绍酒、茴香等）煮起来。老婆懂郝叔，黄豆芽只放在盐水中焯一下即可，拌以一点点猪油，不放其他任何调料。

饭菜做好后，彩凤去叫大姐，彩凤为大姐再做了菜油煎鸡蛋、豆油焖茄子。丁西到五楼去叫郝叔。郝叔好像是饿了，马上站起来，到电梯口时，灭了香烟。郝叔吃饭时绝不抽烟，也不让丁西抽烟，说抽烟对大姐和彩凤不好。他毕竟是意大利回来的人。

吃饭时，大姐说起猪拱，说这也是她大哥（表哥、老公）最爱吃的菜。

丁西说起促狭鬼让他明天去兜伍吃的事。

"现在天州还有兜伍吃的？"郝叔问。

"实际上是大家平摊，AA 制。"

"你们骑三轮车的吗？"

"是。"

"哪里？"

"会市坊。"

郝叔好像打了一个激灵。说，"是会市坊的三轮车友吗？"

"是。"

"你不想去吗？"

"我也不知道去不去。"

"去！我知道会市坊有十个三轮车夫。大家都很穷。都是你的老朋友吧？

这样，你明天带上两瓶茅台，一条中华烟去。"

"郝叔，这个不必。两瓶茅台，一条中华烟，那要多少钱啊！我们是 AA 制，不值得给他们，也用不着对他们这么好。"

"都是你的兄弟。听话！你就说是以前别人赠送你的，大家分享。"

大姐轻轻插话说：

"没有吃过这些高档的，嘴巴吃刁了，恐怕也不好吧。"

郝叔笑起来，说：

"丁西他们兜伍吃也很少，难得。"

丁西说：

"郝叔，你怎么知道会市坊有十个三轮车夫？"

郝叔笑起来，说：

"郝叔有什么不知道的，天文地理、江海山川、草木虫鱼、历史掌故、民风民俗、人情世故……"

"那是的，那是的。"丁西说。

晚上，丁西有些不解，彩凤也有些不解，郝叔为什么要对会市坊三轮车夫那么感兴趣，那么好。

次日，促狭鬼打来电话，再次请丁西去兜伍吃。说兜伍吃地点是会市坊的龙门海鲜楼，丁西哦了一声。这几年，海鲜楼开得多，生意人以为海鲜今天吃，明天也不厌，而肉食就不行。而龙门是天州最远的海边，好像那里的海鲜才是正宗的。因此，龙门海鲜楼在天州就有四个。四个中，以会市坊的最小。一楼摆着海鲜，已死的，或者打着氧气的没死的。有客人散坐席位。二楼只有四个包厢。

丁西到达海鲜楼。掀开座板，从屉斗里拎出两瓶茅台酒，他把一条烟拆了，拿出三包中华，一包揣在兜里，他觉得两包烟已经足够了。十个会市坊的车夫和促狭鬼已经落座，见丁西拎着两瓶茅台，大家都哇的一声，站了起来。刚才他们正在争执，说丁西一个体察师，住在白鹭里，和我们不是一个层面的人，他骑三轮车是做做样子，好像从前地下党开在天州城里的草药铺。他不一定来。促狭鬼说我叫他来他应该会来。大家说你算什么，你有恩于他吗。你租他的酒店也不多给他一分钱。促狭鬼强调自己和丁西就是有交情，来不来，等一下看吧。也有人说，丁西还是念旧情的，说不定他派人送来两包烟之类的。

这下好了，只见主位上的大个子（就是对鬃毛刺鼻的促狭鬼捂嘴捏鼻的那一位）说："丁西坐我身边，你们都挪一挪。"他接过丁西的茅台，拆盒，取出上面的四个小酒杯，拉出颈系红飘带的茅台，啊，千真万确是茅台！他看了一眼年份，竟是二〇〇三年的。说："听人说，今年出厂的茅台是几千元一瓶，年份早一年加两百，早一年加两百，这要多少钱一瓶啊。这两瓶茅台少说也值一万多块钱。丁西，你千真万确就是体察师了，一点怀疑也不必了，你想否认也没有办法了。体察师兄弟，谢谢啊！"

读过高中的促狭鬼说：

"苟富贵，毋相忘，极品酒，丁西兄弟真是有情有义啊。他们说你不会来，我说丁西可不是无情无义的家伙，你们等着，可不，来了，还拿来两瓶茅台。"

一个和尚头说：

"丁体察师，我拿去卖掉，大家一人分些钱吧，喝进肚子夜里就尿了。"

大家一致说：

"这不行，这是体察师了解我们这群人没有喝过茅台，让我们品尝的。这是他的心意，是不是，丁西兄弟？"

丁西说：

"喝吧喝吧，别啰唆了。"

丁西大声叫服务员，拿两个葡萄酒杯来。他利索地把两包中华烟拆了，大家"啊"了一声。丁西一杯插进二十支烟，对角各放一杯。想不到众人急急伸手，刹那间两个杯里都少了一半多。有一位坐在促狭鬼边上悄悄又抽走一支，插在头发和耳轮之间。促狭鬼重拍了他的肩膀，说，喝酒！另一只手同时把他的那支烟抽走了。

促狭鬼说，我建议我们先喝两瓶本地烧酒，再喝茅台回家，这个顺序比较合理。有人说为什么呀，我就先喝茅台。大个子已在拧盖子，说：

"我们讲民主，大家举手表决吧。"

丁西说：

"你们表决，我不参加，否则万一六比六，表决没有结果，不好办。"

大个子非常敬佩地看着丁西，说：

"赞成先喝茅台的不必举手，赞成先喝烧酒的请举手。"

促狭鬼举起了手。另外一人也举起了手。

大个子宣布：

"九比二，先喝茅台！"

促狭鬼有些不甘，说：

"你们啊，喝了茅台再喝烧酒舒服吗？"

大个子说：

"你是不是想重新表决？大家不是傻子，好东西先吃，这就是真理。"

"真理往往掌握在少数人手里。"

大个子说：

"什么真理往往掌握在少数人手里，酸酸的，我们是会市坊车友兜伍吃，请你过来已经给你面子了，你还桃三李四。丁西拿来茅台中华，你拿来什么？"

"哎呀，我只是为大家好，说说而已。"促狭鬼笑起来。

大个子说：

"丁西兄弟，你是最有发言权的，是不是少数服从多数？"

丁西也笑起来，说：

"我已经声明，我不发表意见。你们决定了就好。"

大家说：

"体察师就是站得高，说话滴水不漏。"

今天的菜肴是酒炖大黄鱼（养殖的）、红烧安康鱼、咸菜墨鱼、盐水蛏子、敲鱼白菜、红烧猪蹄、葱花腰子、砂锅老鸭、生炒田鸡、干煸鳝鱼。除了丁西，他们吃得又快又好。丁西到了白鹭里后，想吃什么就是什么，对于今天这些家常菜，他已经没有特别的喜好。

茅台喝完，烧酒上来，三轮车夫放慢了吃喝的节奏。他们说话就多了。

其实，会市坊的车夫，今天是有议题讨论的。会市坊在云江的边上。民国时期，这里是城郊接合部，农民把农产品拿到这儿来，工人把剪刀、锄头等铁器拿到这儿来，江边的渔夫把水产品拿到这儿来。物物交换，或者各买所需。到了改革开放以后，八十年代后期，政府对这里的平房进行改建，三百多米四排六层，当年还算壮观。现在就不行了，差不多有碍观瞻。有开发商和政府协商，要把这里建成一个小区，十几幢二十多层。政府同意，居民意见却不统一，有人对拆迁还赔要求过高，以三轮车夫为主。后来政府放弃了。现在又提拆迁问题，现在要在会市坊建两幢地标性的大楼，模样相似于纽约的世贸大楼，虽然比世贸大楼要小得多，但在天州也是建筑翘楚。每一幢建筑面积近十五万平方米，高约五十层，将来矗立在云江边上，当然是一道风景，能为天州增色。

车夫们七嘴八舌，认为这回要抓住机会，再也不能让机会溜掉。我们也不要狮子大开口，前回我们被大家骂死了。但也不要说什么都同意，利益总要最大化。车夫们认为会市坊居民干什么事的都有，就是他们最穷了，所以分寸要拿捏好。今天，他们还选出大个子为头儿，算是代表，同政府和开发商打交道。大家都向大个子敬酒，说你辛苦了，我们会给你辛苦费的。

大个子说：

"既然你们信任我，公推我，我就努力为大家做事。开发会市坊是一块肥肉，据说开发商争夺很厉害，但这些不是我们管的。我们要的是我们的利益，我们等着，街道和居委会会找到我们的，谈判过程，签字过程，我和你们及时沟通。"

促狭鬼说：

"丁西兄弟在这里嘛，丁西，你是政府体察师，你积极打探一下政府政策，拆迁还赔的上限是什么，你和大个子兄弟多多沟通，是不是？"

促狭鬼的话非常受用，大个子首先敲了一下桌面，说：

"关键找到了！"

大家向促狭鬼竖起大拇哥，说：

"今天把你促狭鬼叫来吃饭，真是个好主意。这一层原来还真没有想到呢。"

促狭鬼马上说：

"没有诸葛亮就没有蜀国，我是往你们银行卡里打钱嘞。我提议，大家向丁体察师敬一杯酒，今后让他多多关心这件事。"

大家端着杯，立即站起来向丁西敬酒。丁西心里虚虚的，说：

"我不知道你们说的这个，我了解一下。"

大家对促狭鬼说，今天兜伍吃，你就不要掏钱了。促狭鬼显出高兴的样子。有人强调说，丁西，体察师兄弟，只能盼望你多多关怀我们这些穷兄弟了。

因为这，大家又多喝了几杯。大个子和丁西握手，有些严正地说：

"你把我当朋友吧，咱俩多多联系，我们在朝中就你一人，就你一个丁西，你得护着我们啊！"

丁西今天喝酒不少，在这充满崇敬的气氛里，他是多么地愉快。他竟拍了拍胸膛，说：

"放心，我们永远是兄弟，为你们办事，我一定全力以赴。"

大家拍起掌来，说：

"丁西真是好兄弟啊。"

晚饭完毕，在三轮车夫的深情注目下，丁西骑上了三轮车。他一只手向大家挥了一下，意思是什么情自己都领了。

骑着骑着，愉快就消失了，心情慢慢沉重起来。我是什么体察师啊，我能为这些兄弟做些什么呢。

回到白鹭里，彩凤就说，郝叔叫你到五楼。

丁西正好想找郝叔问会市坊改建的事，让郝叔帮帮忙，给三轮车夫争点利益，想不到郝叔找他了。

到五楼，郝叔问今晚的三轮车夫说了些什么。丁西想，正好，看郝叔能不能为他们做些好事。丁西一五一十、事无巨细地向郝叔做了汇报，特别提到了大个子。

郝叔说：

"会市坊地块，代号D002，已经被我拿到了。他们是不知道是谁开发的，这个同他们没有关系。你不要同他们说是谁开发的。这班难缠的三轮车夫既然信赖大个子，你就和大个子交朋友，让他为我所用，我不会亏待他的。"

原来事情撞在一起了。太好了。丁西说：

"郝叔，他们和我是穷朋友，他们都在底层，郝叔要在拆迁还赔上多多关心他们。"

丁西心想，郝叔出身纸山，他会同情穷苦人的。

郝叔说：

"我和住建局已经让房屋评估部门去评估了，评估他们房子的价值是多少。我们不是慈善机构，该怎么还赔就怎么还赔，我会让有功之臣多些好处，比如你这个大个子三轮车友。"

"郝叔，"丁西凭着酒兴，鼓起勇气，说，"你一根头发，比他们合起来的腰都粗，你就行行好，都给点骑三轮车的利益吧。"

郝叔不屑地看了一眼丁西，说：

"他们该得到多少利益就会得到多少利益。多给他们利益，就是损害我的利益，懂吗？"

丁西哦哦应道，心里却有些不爽，听口气郝叔不会给三轮车友多少照顾。

睡觉时同彩凤说了今晚的事，说郝叔原来也是穷苦人。彩凤说：

"穷苦人出身的往往对穷苦人最狠，你不记得他谈起纸山人的模样吗。他现在的身份是商人，商人不会让利的，否则就不是商人了，什么叫评估部门去评估，还不是人说了算吗？吃亏的都是贫苦人。"

这一夜，丁西没有爬到彩凤身上去。心里有点堵，酒劲上来了，头一别，睡着了。

十四

丁西手机响，是促狭鬼打来的。促狭鬼问：

"你在哪里？"

"家里。"

"怪不得我在菜场左等右等等不到你。"

"有事吗？"

"当然有事。"

"你说，什么事？"

"三言两语说不清，你出来一下，我们见面说，一会儿小酒店里见，好吗？"

"好。"

丁西骑着三轮车，心里有些杂，一是要见到薛蒙霸的小姐姐了，他对她谈不上爱，但是想到她心里就有点风动。这女人是想和他上床，真刀真枪的。虽然他拒绝了，但经常想到她，心间便经常有点风动。二是心想这促狭鬼神神秘秘的，究竟有什么事，他家在拴马坊，跟会市坊的拆迁还赔不搭边，在这里他不可能得到什么好处。他老婆会做菜，小酒店生意不错，也不是谈还店的问题。他说有事能有什么事呢？

丁西踩了几脚，三轮车就到了小酒店。小姐姐早已探头出来，说：

"丁哥，你喝什么茶呢？"

"不麻烦了。"

"茶总是要的，绿茶、红茶，还是咖啡？"

"哦，那就绿茶吧，谢谢。"

促狭鬼把丁西拉到一边，坐下，悄悄说：

"丁西，有人告你。"

"告我吗？"丁西奇怪了。

"是。"

"谁告我啊？"

"没有牌照的三轮车夫。"

"奇怪，我有什么让他们好告的？"

"他们说，同是无牌无照的，丁西凭什么可以随便拉客，小巷可以，大街也可以，警察看见当作没看见？而警察看到他们的三轮车，凭什么穷追猛打，三轮车就要没收，人要罚款？"

"他们想干什么。"

"他们也想像你这样，大街小巷自由地拉客，或者就给大家都上牌照。"

"往哪里告，人民法院吗。"

"不是，往市政府。"

"状子递上去了没有？"

"递上去了。"

丁西想，穷兄弟啊，真是没有办法。但是，眼红到告状的程度，还是少的。他们这样告，逼得警察去抓他，警察不能网开一面，对他丁西的确不利，但对他们自己有利吗，未必见得。告状很可能的结果是，对所有无牌无照的三轮车，取缔力度加重，天州城里就没有无牌无照的三轮车了，包括丁西。他们是何苦啊。如果在从前，父亲躺在医院救治，对于丁西，确实是个打击。现在不同了，有了郝叔这棵大树，大不了在郝叔公司里混口饭就是，他不怕。丁西想到大家都说他是体察师，他笑了起来。

丁西对促狭鬼说：

"我不怕，我在哪儿都有事做，在哪儿都有饭吃。我怕的是告状的他们，告了状，结果反倒没有了事做，没有了饭吃。有人说，穷人往往干傻事，干傻事又越穷，我看他们就是这样，怎么办呢？"

促狭鬼说：

"他们自作自受，没有了事做，没有了饭吃，我倒是高兴。取缔了他们，我们有牌照的生意就好了。只是把你丁西取缔了，我个人心里不舒服。我有个办法，我们天州有个地方叫银乡，任何牌照都可以做，你就做一个假牌照，比如天州最后一个牌照是天068，你就做一个天069，大家都以为是警察给你的。"

丁西说：

"谢谢你老哥。这事对我丁西没有任何影响，以为我真是靠三轮车吃饭的吗？"

促狭鬼恍然说：

"对了、对了，丁西是体察啊，他们倒是找死嘞。"

丁西的嘴说顺了：

"我有没有三轮车没关系，我换个事情就可以了，哪里不是体察吗。我可以转行体察，升级体察。只是我想，他们告我，上级就会愤怒，妈的告起丁西来了，这还了得。他们可能就会被取缔，没有饭吃了，哎。"

促狭鬼竖起了大拇指，说：

"转行体察，升级体察。"

这时，小姐姐端来了绿茶，递到了丁西手里。说："凉了一些，可以喝了。"丁西的手碰到小姐姐的手，丁西有些电，人有些舒服。他看了一眼小姐姐，不料小姐姐的眼睛也正在看他。

小姐姐对促狭鬼说：

"中餐客人不多，表嫂说今天中午做菜由我对付。表哥，丁西对蒙霸这么好，对我们这么好，你去买一点牡蛎，让我做个牡蛎炒鸡，招待一下丁哥吧。"

促狭鬼知道小姐姐是想支开他，好使自己和丁西待在一起。说：

"好的好的，"转而对丁西说，"你坐着，牡蛎炒鸡，一盘山海，还真是她的拿手菜，我去菜场。"

丁西有些腼腆，而小姐姐的脸颊也绯红绯红。

想不到，小姐姐说：

"丁哥，你的指甲有点点长了，我替你剪一下。"

说着从坤包里掏出金色的小剪刀来。丁西觉得不好意思，指甲长，说明不卫生。而小姐姐非常快活的样子，促膝而坐。她左手把丁西的右手拉过来，丁西很乖，见小姐姐手微微颤。丁西心想，你剪痛我吧，剪出血来吧，我忍着。而小姐姐非常细致，努力要把丁西的指甲剪得像艺术品的程度，他的脑门不禁流出汗来。小姐姐又把丁西的左手采过来，又认真地剪起来。丁西的指甲少年时是用牙咬的，后来自己剪，他老婆从来没有替他剪过，老婆也没有说过丁西的指甲，好像丁西从来就没有指甲。

丁西问：

"你老公都是你剪的吗？"

"没有。"

"哦，他自己剪。"

"他自己剪，或者别人替他剪，我可不管。"

丁西不再说话。别人家的事情不便深入。

小姐姐说：

"我的闺蜜都说我唱歌唱得好，哪天午后，我们到 KTV 吧，我唱歌给你听，好不好？你去过 KTV 吗？"

"去过一回。城边，KTV 很破旧了。小姐们呼啦啦过来，三轮车友都叫了一个小姐，我没有叫，后来他们不跟我玩了。"

小姐姐笑起来。

这时远远听到嘎咕一声，三轮车打号，那是表哥回来了。

表哥买的牡蛎，大约只有半斤。牡蛎像是小号的生蚝。天州的牡蛎，出自东海的岛礁上。去壳后，分两种，一种细小而嫩黄，一种大一些，灰白。前一种要鲜美一些，今天买的就是前一种。牡蛎一般是生吃，每人一碟调料，主要是米醋、芥末、生抽、蒜泥。牡蛎洗净、沥干，放在盘里，要吃夹过来，放在调料里蘸一蘸。这种生吃，许多内地人是要闹肚子的。所以，牡蛎煎蛋，也是天州做法的一种。小姐姐的牡蛎炒鸡，丁西没有吃过，这是小姐姐的独家发明，个人秘籍。

促狭鬼炒了几个菜之后，只见小姐姐洗了手，从冰柜里取出刚刚剁成细小的鸡粒。点火，炉灶喷出蓝火，锅内注入橄榄油，放入姜片，一会儿倒入鸡粒，冒烟之后入细盐、绍酒、蒜瓣，搅拌后焖烧五分钟。启盖，把牡蛎倒进锅里，翻搅一分钟，关火。

小姐姐的牡蛎炒鸡真是很好吃。

出现三轮车夫游行，是第二天的事情了。第二天丁西刚出门，碰到宾利车回白鹭里。丁西把三轮车往边上一躲，宾利车竟停了下来，司机探出头，打了一个嗝，问：

"你怎么不去游行？"

丁西颇感意外，说：

"游行，游什么行，不知道啊。"

"你们车友骑着五六十辆三轮车，排队游行，我看到他们在《天州晨报》前喊口号，现在要往市政府去。"

"他们干什么游行？"

"不知道。你上车吧，我拉你去看看？"

"好好，谢谢。"

丁西把三轮车停到白鹭里围墙内，出来进了宾利车后座。司机掉了头，开得飞快又稳。

丁西说：

"你的车技太好了，郝叔肯定很满意。"

"我拿的驾照是A1，我原来是开大型客车的。他非要我来。"司机说，"实际上，在天州，用不上我这样级别的司机。"

丁西说：

"级别高，坐在你开的车上，总比坐别人开的车安全。"

"那是，那是。"

丁西见车上有彩电、导航图，中间有桌面、内部恒温。跑路几乎没有声响，像是坐在泊着的无风的船上。问：

"这是天州最好的车吗。"

"是，宾利，天州最好的了。实际上，用不上这样好的车。"

在小酒店门口经过，丁西无意识地放下车窗，往酒店里瞧，想不到小姐姐也看到坐在宾利后座的丁西。可惜司机开得太快了。

从《天州晨报》到市政府的路上，丁西终于远远看到了游行队伍。前边再一拐，就是政府广场了。他对司机说，到他们身边，请开慢一些，越慢越好。司机说好。

三轮车司机们都打号：嘎咕！嘎咕！嘎咕！也有人用挂在前面的牌照打击铁质的方向杆，发出很响的啪啪啪啪的声音。意思非常明了，我们有牌照，我们有牌照！

嘎咕嘎咕了一阵，有人高呼口号：

"三轮车乱象要彻底纠正！"

众人跟：

"三轮车乱象要彻底纠正！"

又高呼：

"为什么有法不依！"

众人跟：

"为什么有法不依！"

又高呼：

"坚决取缔无牌无照三轮车！"

众人跟：

"坚决取缔无牌无照三轮车！"

越喊越激动，越喊越激愤，越喊越激越。

丁西迷糊了，不是白卵车同行要告我丁西吗，怎么出现这种游行的场景。丁西觉得自己的大脑不好使。想了一会儿，他的大脑又好使了，他明白了。是这样：无证无牌的三轮车夫有动静，要告丁西，那么有证有牌的三轮车夫就乘机出手，打击打死白卵车。一条狗咬着另一条狗的尾巴，丁西是最前边的那条狗。

丁西又把车窗按下。他见到的都是熟人，平时是闲散的，平时是同行三分怨气，有时做朋友状，偶尔又打架，总体上关系紧张。今天却是团结得很，拳头一致对外，样子义愤填膺。

丁西看到促狭鬼了。促狭鬼意外地见到丁西坐在宾利车里，他有些意外，想对丁西笑，不知何故，这笑笑到一半却凝固住了。许多人见到丁西了，丁西向大家轻轻挥手，大家也向丁西轻轻挥手，可是这手又在空中凝固了。

市政府到了。可是警察客气地拦住了他们。警察明显有备而来。取证机

119

在胸前，腰间有手铐，有手枪，屁股边有警棍。他们严厉地请他们回头回家。可是三轮车夫不肯，提出要见市长和公安局局长。

警察用对讲机向上面汇报。警察更客气一些了，又对大家说，你们有什么诉求，诉求书留下来。如果没有诉求书，那么你们可以推出一个代表，跟他们到公安局去。

大家说暂时没有诉求书，已经来了，前面就是市政府了，他们就要和市长谈一谈。无牌无照的三轮车多年取缔不了，严重影响到他们的合法营运。大个子的三轮车在前头，他指着警察的鼻子说："你们不作为，我们就要到市长面前揭发你们。"措辞比较激烈。

警察说："天州大，问题多，市领导非常忙。你们反映的事情是我们公安局和交通局共管的，你们派一个人到我们公安局吧，我们再把交通局叫来，协商解决问题。"

警察态度很好。三轮车夫计莫能出，只好公推一个人去。他们听说要进公安局，都有些怕，许多人都把眼光落在大个子身上。大家都是这样的眼光，大个子义无反顾了，他说，好吧，他去。

警察让大家都散去。三轮车显得犹犹豫豫。大家见大个子上了警车，走了，他们便要散离了。丁西对司机说，你先回吧，我把大个子的三轮车骑回。丁西就骑着找到促狭鬼，促狭鬼没有言语。丁西只知道无牌三轮车夫要告状，要享受丁西的待遇，却不知道有牌照的三轮车友什么时候讨论，决定游行的。是的，灭了没有牌照的三轮车，有牌照的路上就宽了。

到了会市坊，三轮车放在了大个子家。丁西打的回家了。他为大个子担心，也为三轮车友担心，他们这样游行，嘎咕嘎咕地叫，又呼口号，扰乱社会治安，是不可以的。

果然，丁西吃了晚饭后，手机响了，是促狭鬼打来的。丁西问：

"有什么事？"

促狭鬼说：

"我在白鹭里外头，能不能进去和你说说话，要紧的话。"

"你进不去的，这里有规定。"

"喔呀，事情复杂，又大，那你出来吧。"

"你说就是，我听着。"

"大个子被拘留了，说是进去后，警察给他看了三年来天州警方打击无牌无照的战绩，三年扣留九百〇八辆。而大个子得理不让人，捶着警察的桌子，说非法三轮车营运仍然非常猖獗，猖獗就说明警方不作为，你们难辞其咎。警方说大个子无理取闹，态度恶劣，已经依寻衅滋事罪关起来了。"

"嘻，你们闹什么嘛！"丁西嘟囔道。

"不是我要闹，这是大家的事，大家都去，我不能不去。"

"现在好了，关起来了，怎么办呢？"

"你坐的是宾利车，你级别在那里，你同他们说一句吧。"

"你等一等吧，我想一想。"

"好好好，你想一想。"

丁西上到五楼，叩门，推门见郝叔。这种情况很少。郝叔说："有事吗，刚才吃饭怎么不说。"

丁西就把无牌照的三轮车状告自己，要求取得牌照，和今天有牌照的三轮车友强烈要求打击无牌照三轮车的游行说了一遍。说结果是一个进公安局反映情况的车友被拘了。

郝叔哈哈哈笑起来，说贫则愚，说现在政治清明，经济繁荣，社会安定，人民幸福，还游什么行！这些三轮车夫，对社会有什么贡献，是贡献经济呢，还是贡献思想，贡献道德。这些人贪小便宜，制造混乱，破坏安定团结，不是好东西。

丁西似懂非懂。是的，郝叔才是大人物，伟大的人，自己和三轮车夫差不多就是蚂蚁。没的说的。

"他们对你丁西可不友好，拘就拘呗，我看最多也就三年五年的。"

丁西说：

"郝叔，你行行好，他们都是下层人，叫律师也没钱，如果监狱坐三年，他一家就喝西北风了。"

郝叔好像很是鄙薄，他鼻孔里哼了一声。说：

"他们十家人去喝西北风也可以。"

丁西想起了什么，说：

"被拘的那个人，就是会市坊大家公推跟市里打交道的那一个，也就是大个子。"

"就是会市坊那个大个子吗？"

"是。"

郝叔立即明白，有些惊讶似的，问：

"你一定要我帮他的忙吗？"

"帮忙吧，郝叔。"

郝叔给丁西面子了，说，"好吧。"他站了起来，跛了几腿，打电话了。说有一个三轮车夫，是我朋友的亲戚，向你们反映问题，你们居然把他给拘留了。电话里，对方说自己不知道，一会儿回话。一会儿来电了，说这人不像三轮车夫，能说会道，道得也在理。这人怎么是三轮车夫，警察弄不懂。但经查，的确是三轮车夫。郝叔打趣说，你们公安局给他一个干部当当啊。对方笑起来，说这人今天言行太过头，拍桌子，指着别人鼻子，说的话激烈，还妈的妈的骂人了。拘留是我签的字，忘了。

"贫则愚，天塌下来只有箬笠那么大。"郝叔说，"你把他放了吧。"

"你同情下层人，悲悯啊，好的。"

"这人现在哪里？"

"弥勒山，看守所。要办一个简易的手续，半个小时后吧，我让他出去。"

"好的，好的。"郝叔说。

郝叔通知了司机，说：

"丁西，我们一起去接吧。"

丁西有点不相信自己的耳朵，说：

"郝叔，我接，你休息。"

郝叔说：

"你说这人是你的朋友，又是会市坊的，我要看看这人的相，我是会看相的。"

郝叔开车门时，司机即把副驾驶座上一条小毛毯拿起，郝叔坐下，司机把小毛毯铺在郝叔的膝盖上。宾利车启动，飞快又稳，很快到达弥勒山天州看守所。

大个子正好走出来。郝叔放下车窗，盯着大个子看，像看一只猴子。他摸烟点上，夹烟的指头在窗外。又递给丁西两根烟，指示丁西出去，也给大个子点上。俩人在外把烟抽好，进了后座。

122

"谢谢你啊，丁西兄弟。"大个子说，"下午狱友说，我可能要坐三年五年的牢，可怕！"

郝叔没有回头，也不作声。

到达会市坊，大个子下车，车子走了。

丁西远远地，还看见大个子站在原地，往宾利方向看。

郝叔也看到了，说：

"哦，这人天庭饱满，有英武气，人品是端方的。也精明，有能力，懂得感恩。不过这人黑眼珠过大，容易蛊惑，吃软不吃硬，死认一个理不放。"

十五

市里决定取消市区三轮车营运。民调显示，百分之五十三的市民赞成取消。三轮车杂乱，有碍观瞻，早已同现代化口岸城市不般配。天州有多种出租车辆，人力三轮车该是退出历史舞台的时候了。三轮车夫素质低，同时容易造成安全问题。

听证会还是要开的。各个阶层都畅所欲言。会上主持人先做定调发言，意思非常明了，人力三轮车到了必须取缔的时候了。有的人原先是想说保留三轮车营运，他们聪明，见主持人定调了，就取消了自己的发言，否则发言会跟市里精神相悖，思想不统一。

只有一个民俗学家发言。但他显然没有了说话的底气，支支吾吾说："我们天州的三轮车始于清代道光年间，至今已有一百四十年的历史了。它价格低廉，方便了市民走街串巷，特别是老年人短途出行，如下雨天到菜场买菜。而且天州是座旅游城市，三轮车是文化景观，游客在三轮车上看风景，别有一番风味。"

民俗学家话音刚落，有人马上高声反驳，历史的车轮是滚滚向前的，社会是动态变化的，从前有过的，不一定要保留，男人的辫子要保留吗，女人的裹脚要保留吗！

民俗学家觉得这人的反驳总有哪里不对，不对在哪里呢，在这种场合一时又想不起，只是嗫嚅道："你这……你这……"他又一想，说，"叫三轮车这种非遗消失，无论如何是说不通的。"

刚才反驳的人说，留十辆进天州博物馆，二十辆也可以。

有人笑起来。

主持人发话，听证会到此结束，谢谢各位。

当天，促狭鬼就得到这个消息。很快，所有的三轮车夫都知道这事了。他们明白，三轮车被取缔的起始和核心原因，就是不尊重丁西。稀里哗啦游行到市政府，更是火上浇油。

促狭鬼马上跑去找到大个子。大个子认为事情从头到尾都错了，自己也是人大无脑。无牌无证三轮车夫眼红丁西，是首先大错。有牌有证的三轮车夫自以为得理，要绝杀无牌无证的，游行叫喊，造成巨大的负面影响，以致使他差一点判刑三年五年。刀子是我们递过去的，市里停运三轮车也算水到渠成。促狭鬼说：

"你兄弟受委屈了，现在文件还没下来，我们总不能坐以待毙，我们有牌有证的一年收入，总能维持一家生计。现在被停运了，以后如何是好。"

大个子说：

"想来思去，只有丁西有办法，找其他人根本没有办法。我这样的罪，是丁西兄弟一句话，晚上宾利车过来接我了，我在看守所夜都没有过一个。"

促狭鬼说：

"这里也有我的功劳。"

大个子好像没有听到，说：

"我的意思是，我们所有人都要向丁西赔礼道歉，不管是有牌照没牌照的。赔礼道歉之后，再请丁西出面挽救。"

促狭鬼和大个子各自打了不少电话，了解一些情况，俩人商量来商量去，决定晚上在龙门海鲜楼，开两个包厢兜伍吃，把出主意状告丁西的曹锟和梁朝伟叫来，让他俩跪下来，做狗叫三声，再向丁西道歉。两个包厢的人又一齐向丁西道歉，敬酒。最后，大个子向丁西敬酒，聊谢救狱之恩。这是高潮了，大家便请丁体察师出手，让市里改变主意。

曹锟和梁朝伟知道自己错得厉害，丁西是什么人，我们是什么人，我们怎么能和体察师平起平坐，享受体察师的待遇呢。曹锟和梁朝伟答应来道歉，但对做狗叫三声有些犹豫。促狭鬼和大个子做了不少工作，他俩答应了，做狗叫就做狗叫，别说叫三声，叫十声也可以。以后还能骑着没有牌照的三轮车，家里就不会断米断油。

兜伍吃人员落实好了，再给龙门海鲜楼订了桌。促狭鬼这才给丁西打电话。他把基本情况和基本要求都向丁西说了，务必请丁西赏脸。促狭鬼特别强调，这次你千万千万不要带茅台酒和中华烟过来。

丁西和前回一样，哦了一声。哦过了之后，他细细想了一下，去还是不去。曹锟和梁朝伟向市里告了他丁西，而有牌照的三轮车夫又游行，要求打击曹锟和梁朝伟他们没有牌照的，制造了社会混乱，因而取缔了整个市区的三轮车营运。现在，这些人要倒回来，让曹锟和梁朝伟向他丁西道歉，而有牌照的三轮车友也向他道歉，大个子还向他敬酒，什么聊谢救狱之恩。整个过程就是要他丁西想法改变市里的决定。丁西想，我是什么东西，你以为我真的是什么体察师吗。如果是，市里已经决定了，体察师又能方便去改变吗。像这种事，郝叔也不会去做，跟郝叔完全无关嘛。

丁西在白鹭里，他不能不向郝叔汇报，让郝叔决定他去不去兜伍吃。前回想不到不仅让去，而且还带烟带酒。丁西找到郝叔，简略地说了市里取缔三轮车营运，晚上三轮车友兜伍吃，想要让市里改变主意。

郝叔哈哈笑起来，鄙夷了丁西一眼，说：

"三轮车老早就该停运了，北京上海有三轮车吗，如果天安门广场也嘎咕嘎咕的，南京路、外滩也嘎咕嘎咕的，成什么样子吗？不要理睬他们了。"

丁西说：

"我也这样想。"

郝叔说：

"你的三轮车就让我代步。我将在香樟树下移栽大量的桂花树，所有的路边都种栀子花，每天晚饭后，你就拉着我在白鹭里转。我抽着烟，跷着二郎腿，也是别有一番风味。"

郝叔又说：

"你去学开车，拿到驾照以后，平时为我开车。哦，叫人替你量一量身，做几套西装。"

丁西说：

"郝叔不是有司机吗。"

"他老是打嗝，呃呃呃，真叫我难受。有时二十来分钟不打了，我想太好了，正这么一想，呃呃，马上出来两个。"

丁西想这司机还真是喜欢打嗝。丁西说：

"他不是故意的。"

"故意倒不是。一天高速到省城，叫他别打嗝，他忍了十来分钟，打了一个大嗝，车头不稳了，我再也不敢叫他别打了。"

"郝叔，还是让他开。他的车技高，开得又快又稳。"

"不。我老早决定了，你来取代他干活。呃呃呃，我受够了。"

丁西壮着胆说：

"打嗝又不是放屁，这有什么。"

"担心他打嗝，他偏偏老是打嗝，你说难受不难受。"

丁西心想，打嗝有什么让人难受的吗？不过郝叔这样认定，他的认定肯定是对的。他丁西不知道的事情多着呢。只是司机没有了饭碗，这个如何是好？

龙门海鲜楼。人都到齐了，冷盘上了，迟迟等不到丁西。车子路过，他们都探头，如果宾利车一停，丁西会从宾利车上体面地下来。

接近七点了，没有轿车在龙门海鲜楼边停下来。

大家对促狭鬼说：

"你打电话问问，哪里了。"

促狭鬼有些犹豫，心头预感浮起，丁西是否不来了。但电话已经通了，免提。大家鸦默雀静。丁西知道促狭鬼会来电，嘴里含着饭，出门接了。

"哪里了。"促狭鬼问，

"海鲜楼我不去。"

"你不是答应了吗？"

"谁答应你了？"

"来来来，我们大家都在等你一个人。"

"今天我是不会去的。"

"曹锟和梁朝伟都跪着等你呢。"

"叫他们起来，我没有怨恨他们。"

"你不来他俩不起来。"

"那就别起来，永远跪着吧。"

"我们都要向你赔礼道歉呢。"

"你们有什么错，为什么向我赔礼道歉。"

"大人不计小人过，你宰相肚里好撑船，来吧。"

"曹锟和梁朝伟告我也好，你们游行示威也好，实际上和我一点关系也没有。你们敢作就敢当吧。事情没有挽回的余地了，市里已经决定了，所有三轮车停运。"

说着，丁西关了机。

所有人都听到了。丁西明显是生气了。换成谁谁不会生气呢？大家已经掉进无底的茅坑了，谁能捞出谁呢。

大家顿时着凉了似的难受起来。感到生活没着落了。儿子要读书，父母要赡养，妻子要买衣服，柴米油盐酱醋茶……

大个子觉得自己是个大个子，人模狗样，竟然和这些人为伍，自己砸了自己的饭碗。自己为了这些人，被警察拘留，送进看守所，差一点被判了三年五年。他越想越气，越想越急。又进一步想到事情的起因是无牌无照的三轮车夫，你们竟然状告丁西兄弟，你们这些无牌无照的，他妈的还有资格告别人吗！丁西兄弟是什么人，丁西兄弟是多好的兄弟啊！丁西兄弟今晚不来，理由充足，你卖了丁西，还叫丁西帮你数钱，能有这样的好事吗！

大风在脑袋盘旋，呜呜作响，大个子愤怒了。他走到曹锟的身边，一把抓住曹锟的衣襟，拳头猛击曹锟的肋部，一下、两下、三下……右拳头打痛了，换成左拳头……

这时，梁朝伟觉得大事不好，不逃不行。他装作要上卫生间的样子，慢慢地想要挪到门边，跨出包厢。不料后襟被人抓住了，几个人也明白这家伙要逃离现场。逃什么，谁叫你引起事端，让大家没了活路了。于是，大家噼里啪啦地对梁朝伟一阵好打。

曹锟大哭起来，好像要死了。梁朝伟也觉得非哭不行，于是哇哇大哭起来。

到夜里，促狭鬼觉得事情有些复杂且严重，还是想到丁西，和丁西通了话，作了汇报。丁西说：

"曹锟和梁朝伟他们眼红，他们是告我的，和你们有什么相干？告我我也没有一点点难过。没有三轮车丝毫不影响我的生活。你们打人是毫无道理的。不知道曹锟和梁朝伟伤势怎么样，伤势重的话，你们是要坐牢的。"

果然，特别是曹锟，回家坐不能坐，躺不能躺，两肋都痛，呼吸都痛。曹锟老婆立即给她哥哥打了电话。她哥哥是天州医院骨伤科医生，已经下班回家了。得知妹夫被人打了，急扒了饭，咬着牙齿，回到医院。

曹锟强调非常非常痛。舅子判定是肋骨骨折。经过CT，肋骨倒是好的，没有骨折。舅子在病历病人自叙处，写下"双肋痛，呼吸痛，右肾部痛"。他开了化验单，把一枚大头针和一个尿液杯给了妹夫。叫他戳出血，滴一点点进杯，可不要多。弄好后，一并放在化验室。曹锟到了厕所，尿液进杯，戳了中指，挤出的血似乎不多。滴进尿液后，又在无名指上戳血，滴进了尿液。

得到化验结果后，舅子觉得妹夫放血多了，但化验单不便改，也就算了。他在病历诊断上写道，右肾外伤出血，4+。在处置处，写上"建议住院治疗"。

舅子对妹夫说，你今天住下，我开点止痛和治肾补肾的药。治肾的药可以不吃。按照我的诊断，法医可以认定为轻伤。凶手太欺负人了，给他坐三年五年牢吧。

大个子得到一张派出所谈话通知书是几天后的事情了。派出所的人说你把人家打得肾脏出血，事情大啊。大个子立即慌张了，才想起那天打人实是意气用事，是发泄，太过分了，曹锟状告丁西，怎么也轮不到他打。当然喽，他对丁西是有感情的，你曹锟状告丁西，他就来气。但，想起自己监狱里刚刚出来，现在又犯事，这可是罪加一等啊。

他不敢给丁西打电话，自己的个子比丁西差不多大一倍，却都要丁西为他解脱，不好意思。但想到通过促狭鬼，促狭鬼还是要请出丁西来帮忙的。转折后，丁西是否会怪罪自己为什么不亲自找他呢。想来又想去，傍晚时候，他硬着头皮，拨通丁西的电话。

大个子说：

"丁西兄弟，我人大无脑，聪明不及你的一半。刚刚你把我从看守所救出来，现在得到一张派出所谈话通知，我那天出手是重的，不知道曹锟被我打得怎么样。我真是该死，三轮车马上停运，警察又找我，祸不单行，我真是该死。"

丁西说：

"你别急，看来还没有到抓你的时候。我想想办法。"

"谢谢，太谢谢你了，丁西兄弟。"

丁西找到郝叔，说那个大个子又犯事了。他把情况叙述了一次。

郝叔说：

"我同你说别去，同这些下层人厮混，人会变烂。郝叔没有错吧。"

"当然，当然。"丁西说。

"对了，我就不懂了丁西，我问你，这个大个子我刚刚从局子里把他弄出来，奇怪了，马上又犯错，是不是脑子有问题？脑子有问题，傻，我是绝对不救的。"

郝叔斜眼看丁西。

"脑子绝对是好的，绝对！"

"那为什么局子里刚出来，又去打人呢？"

"三轮车停运，饭碗没了，这事太大了，他有气，要发泄。再就是那个被打的曹锟，是告我的状，使他痛恨。他认为状告天下所有人都可以，唯独不能告丁西，这是问题的关键，你郝叔救他，宾利车接他，他把恩情都记在我这里。说白了，他是为我打人。郝叔，你是会看相的，你看得真准，正如你所说，这个人死认一个理，但是懂得感恩。"

"是这样吗？"郝叔笑起来，"丁西，我再问你，他在会市坊一带和你们三轮车夫中，威信究竟怎么样，大家听不听他的。你要实话实说。"

"那是有威信的。前回的事，也是因为大家公推他去谈判的。大家的确都是信他听他的。"

"真的是这样吗？"

"真的是这样。这回他打曹锟，也是代表大家打的。"

"我说过，这人容易受蛊惑。"

"是、是，郝叔看人看到骨头。"

"哦。这样吧，白鹭里花工，他自己家的房子在装修，请假一个月，你明天一早把大个子接过来，住在花工的住处。你不能去探望他，让他孤独寂寞痛苦，到时我会把他放出来。他的手机和身份证留在家里，不要带到白鹭里。吃喝拉撒在里头，我们保护他。他的名字和派出所的名字发给我，好不好？"

"好好。"

"你先走，有三个姑娘要玩我，马上到。"

郝叔的话使丁西不便回答，只好快快出来。走到电梯边时，只见电梯在一楼，便想到从走梯下来。但这时电梯已启动到二楼，丁西想起郝叔说的三个姑娘，心里一阵好奇，他驻足了。

的确出来三个姑娘。走在前面的姑娘好眼熟，想起来了，是游艇上的二十来岁的大眼睛姑娘。后面两个似乎更年轻，花枝招展。

丁西赶紧下楼，电梯里好香。他有些兴奋地向老婆作了汇报。老婆说：

"我也碰到过一次，三个姑娘一起上去的。但郝叔不知道怎么回事，他就是爱我。"

"咦，我不怎么相信，你是自作多情吧。"

"妈的，自作多情什么，我的感觉会错吗！"

"你和他上床了？"

"没！妈的你喜欢我跟他上床吗？"

"别凶嘛，我怎么有这种想法呢，不可能嘛。"

老婆笑起来，说：

"还不洗洗睡？我们也来。"

十六

丁西和司机把大个子接到白鹭里了，住进花工的房间。丁西对大个子说：

"我接你过来躲一躲，是我领导同意的。手机和身份证和你彻底分离了，谁都不知道你在哪里。你不能离开房间，你就看一段时间的电视吧。我想看电视，几天几夜地看电视、捉特务、打日本、子弹横飞、炮弹轰鸣，可是我没有时间，没有这个福气。你就好好享受吧。饭，有人会送过来的，衣服，有人会替你洗的。在一段时间内，我替你做工作，摆平了，你就太平无事了。知道了吗。"

"天哪，丁西兄弟，不知道我怎么感谢你啊。"

"你这是第二次了，如果是第三次，谁也救不了你。"

"那是。第一次，我走在前面，被公推做了代表，没有法子。这一次就是我自己的不对了，我们有牌照的去游行，是不想让没牌照的弟兄有饭吃，其实这是我们对他们不起。而我们还反过来以为是他们砸了我们的饭碗，于是打他们。我怎么会自己把持不了自己，出手打人呢。"

"我了解到了，你也是为我丁西打抱不平，曹锟是冲着我来的，你打曹锟，也是为我出气。我的领导是见过你的，说你是懂得感恩的人。我感谢你。但你太冲动，大家都说冲动是魔鬼。现在好了，你已经在白鹭里了，你就没事了。肾脏出血，法医鉴定，不知道是轻伤还是重伤，我不清楚。即使是轻伤，也得判三年五年。所以必须做工作，我现在就出来做工作，或者改写病历，或者换一个打工的代替你，给他钱。我有困难，我的背后还有领导。领导这回也已答应，他已经答应了，天底下的事情就不是事情了。"

"你的领导，我见过吗？"

"宾利车接你的，坐在副座上，让我给你递烟的那一位。"

"泰山在前，可我看不见。"大个子差一点要跪下来，感激涕零。

丁西说：

"不说了，这里窗可以打开，门不能打开。你不能走出这个房间，这里出入的都是特殊的人。这里也是复杂的地方。"

"好，好。知道，知道。"

郝叔给公安某人打了电话，说秉着小事化了的原则查一查曹锟的伤势。又给医院院长打了电话，让他配合。

事情很快有结果。曹锟舅子作假做得很不完美，而曹锟住院第二天一早就不疼了，他躺不住，跑回家了。他很快被逮来，验了血。公安的人严正告诉院长，作为医生，曹锟舅子弄虚作假，已经涉嫌作伪证。

公安的人就走了。院长急忙忙找来曹锟舅子，说你已经涉嫌犯罪。曹锟舅子一下子脸色白了，他知道，即使判个缓刑，白大褂也得脱了，以后退休金也没有了。只求院长救他。

从院长室出来，曹锟舅子就找到曹锟，一个巴掌掴在曹锟脸上。说你怎么这么笨，自己没有三轮车牌照也就罢了，还告别人没牌照为什么能够上街。告了也就算了，有牌有证的三轮车夫叫你吃酒，这是鸿门宴！你看给人打了！打了也就算了，我好好地告诉过你，尿液里滴一点点血进去，你滴进去那么多简直是血管破了！叫你住院，躺着，而你居然第二天就偷偷回家了，说都没跟我说。一个肾脏出那么多血的人能跑到这么快吗！我要是被开除坐牢，我就要你的命！

曹锟吓死了。给丁西打电话了，在泣不成声中叙述，说：

"兄弟我对不起你，我不应该写信状告你。我被打后的确很疼，第二天也就不疼了。我舅子为我好也是人之常情。但据说涉嫌犯罪，这个可把我吓死了，他如果开除公职，他怎么办，他一家怎么办。这个事是我引起的，我舅子朝中无人，我朝中就你一个人。你是大肚宰相啊，你饶了我的罪过，还得请你出马为我舅子说情啊。"

丁西还听到邦邦邦三声，应该是曹锟头磕水泥地的声音。

丁西向郝叔汇报和要求时，郝叔只说：

"知道了。院长是个好人，不错！"

丁西想，院长真是个好人。那二十万块，院长的确没有对郝叔说，对丁主席说，那是肯定的。

郝叔强调，说：

"丁西，你不要碰大个子，什么事都不要告诉大个子。人是群居的动物，喜欢热闹，一个人在一个房间待一段时间，尝尝是什么滋味，他肯定觉得非常痛苦。这里有鱼肉伺候，有好闻的香樟树香。如果关在监狱，牢饭吃什么呢，那么，他就能想象在监狱待三年五年，是什么滋味了。"

丁西说：

"郝叔的意思是，让他以后永远不要犯错。"

郝叔微微有些点头，他的眼睛似乎深不见底。丁西和他比起来，自己就是水凼，郝叔就是大海。

郝叔还是说：

"他感恩就好。"

第二天，《天州晨报》发表天州公安局和天州交通局的一个联合公告。说天州城区禁止一切三轮车运营。人力三轮车在一星期内拉到交通局运管处登记报废，有牌照的三轮车拥有者凭报废单领取十万块补偿金。

公告刊登后，三轮车界一片哗然，特别是有牌有证的三轮车夫。十万块太少，少得不能相信，这是一个职业啊！好像只有几个三轮车夫觉得满意，他们七八十岁了，腿肚子有些浮肿，墓地选好了，也不想拉客了。十万块钱很多了，如果在一九四九年前，哪有补偿啊。社会主义好啊。但，多数人觉得十万块钱太不像话，应该给一百万才合理。为什么呢，因为作为一种行业，他们是熟练工。一个行业被废止，他们就要加入其他行业，找到其他工作前，有等待、寻找、培训等过程。没有新的工作，就没有任何工资。即使适应新的工作后，还有一个低工资的过程。

一群人商量，给大个子打电话，关机。到了大个子家，没有大个子。大个子嫂说："都是你们，老公被公安局抓走了！"并把他们大骂了一顿，"你们这一班人嗡嗡嗡苍蝇一样，没有脑袋，你们都去喝西北风吧。"

他们回来后，都替大个子担忧。不知道大个子在牢里会受到怎样的虐待，接下去会判几年。有人忽然说那一天，促狭鬼如果不打那一通给丁西的电话，不免提，大家听不到丁西不来，大个子可能不那么来气，不会打得那么狠。于是另一人提议，到促狭鬼的小酒店吃一顿，不给钱！

大家都说好、好、好，真是好主意。

那是中午，促狭鬼不在。小姐姐和促狭鬼老婆在。老婆认得他们是老公的车友。他们点了腰花炒大蒜、小鸡炖蘑菇、茅笋炒肉片、姜葱炒青蟹、猪脚炒芋头、红烧鲈鱼头。喝了三瓶竹叶青。有人假佯拨促狭鬼电话，说我们马上吃好了，你怎么还不来，不来就你买单了，好好好，下个星期还要来吃你的。

他们抹了抹嘴，说是促狭鬼买单，走了。

两个女人面面相觑，一头雾水。待他们走远一点，促狭鬼接到老婆电话，说你的一群车友大吃了一顿，走了，说是你买单的，你太傻，你买什么单啊！促狭鬼说没有的事，抓住他们！老婆赶紧出门，可是一个鬼都没有了。

促狭鬼给丁西打电话，说了一通事情经过，重点当然是说某某某、某某某、某某，他们到自己的小酒店大吃一顿，总计是六百八十块钱，他们不给钱，请丁西兄弟想想办法，让他们把钱掏出了。否则他要提告。

丁西说：

"这个确实不像话，我是居委会大妈吗，大事小事都丁西丁西的，我忙着呢。你提告，只管提告，也只有提告。"

有人想起曹锟虽然被打可怜，但实在是可恶。他告丁西，是三轮车停运的起因，是整件事情的导火索。有人突然想起，几年前，曹锟在汽车西站是嫖过娼的。他说，是曹锟自己亲口对我说过，不过没有亲见。有人说告曹锟嫖娼是正确的，必要的。但只是他亲口说，证据还太薄弱，还需要亲见的证人。

终于有人说，曹锟是和我一起嫖的，但状子上不能把我给写上。当时还有丁西，不过丁西没有进去嫖，他知道我和曹锟进去嫖了。

有人就给丁西打电话，说：

"曹锟告你，我们很气，现在大家都丢了饭碗。曹锟嫖娟的事，我们要告到派出所，让他坐坐牢，尝尝监狱的味道。你在汽车西站，是亲眼看到曹锟进去嫖娟的，你就做个证人吧。"

丁西说：

"没有啊，我没看见曹锟嫖娟，也不记得有这么一回事。"

和曹锟一起嫖娟的人就提醒丁西，说：

"那是某年某月，地上有薄雪，太阳挂在远山顶上。我、你、曹锟三轮车从西到东，经过西郭客栈。曹锟说里头有鸡（妓女），我们炖个乌骨鸡暖暖身吧。你说不了，我和曹锟就进去了。"

丁西依稀记得。说：

"你们不是到西郭客栈吃乌骨鸡吗，怎么是嫖娟呢？"

这人就对丁西说：

"到了派出所，你就说曹锟进到西郭客栈了，说是炖个乌骨鸡暖暖身，这样就行了。客栈有妓没有鸡，谁都知道，派出所把他一吊，准招，况且曹锟刚刚被大个子打过，两肋还痛，经不起吊。"

丁西说：

"你一吊，也招，是吧？"

"你说是曹锟一个人，不要把我给供出来。"

"什么桃三李四的事都叫我，你俩自己去吧！"

想不到这两个人真的去了派出所，一人说某年某月曹锟和他到西郭客栈嫖娟。警察说，嫖娟已经半年了，我们不立案。指着另一个说，你嫖娟，进来进来，我们要教育教育。

两个人撒腿就跑。

事情三轮车夫又告诉了丁西。丁西"嗤"了一声，说：

"我看你们被三轮车的事弄昏头了，奇思异想，昏招迭出。你们在小酒店骗吃骗喝，现在又祭出曹锟。曹锟被大个子打了，虽然不出人命，但也住过院，伤得不轻。大家饶了他吧。你们觉得十万块钱太少，可在交通局运管处那里举几个字，十万块钱太少！再不要到市政府了，也不要到公安局了，跟交通局还是可以嚷嚷的，我们跟他们谈判安全。说不定再给十万。但是嚷嚷也要有分寸，也要适可而止，胜算也不是太大。"

丁西一说，大家就放过曹锟。觉得体察师就是有道理。这事情怎么弄好呢，大家想来想去，也就是到图文店打印几张方块纸，一个字一张纸："十万块钱太少！"

于是一群人到了图文店，说要打六个字，"十万块钱太少"六个字。店主问要怎么大的纸，他们比画了一下。店主说八开的，三块钱一张，三七二十一块。

"一个字要三元钱，太贵了。"

"这是市场价，全天州统一。"

"好好好，我们到别的图文店。"扭身拔腿就走的样子，可是图文店并不挽留。

"哪来的七？分明只有六个字。"

"感叹号也是一个字。"店主说。

"这是水滴，一个水滴就免费送我们吧。"

"纸上一个字和一千个字是一样的。一个水滴和一千个水滴也是一样的。"

"这个水滴，占一张纸，你就送我们吧。"

"哈哈，那是没有的。"

大家默认。轻轻问，你身上有钱吗。答曰我今天没带。另一个说我也没带。许多人不出声。面面相觑，好像谁也没钱。

店主举起二维码，说，支付宝也可以。

一个说我没带手机。一个说我手机里没钱。另一个说我的手机和银行卡没有绑定。有人已经转身离开了，于是大家散掉了。

店主忽然明白：这群人是三轮车夫，十万块钱买断了，接下去须另谋生路。怜悯之心涌上来，大声说：

"七个字我送你们！"

三轮车夫不知道店主葫芦里卖的什么药，走得更快了。

十七

丁西去学开车了。之前他还是请求郝叔，不要辞退司机，打几个嗝没关系，他的车技天州一流，这才是最最要紧的。司机没了工作，一家人怎么办。郝叔笑道：

"你小妇人心肠，事情不是说过了吗，他是替我开车的，打嗝我受不了是硬道理，我以后叫他天天在你面前打嗝，让你欣赏怎么样。反正我是忍无可忍。"

丁西哦了一声，只能是哦一声。

"学车你可要好好学，不及格就拿不到驾照，我可不会替你开一点点的后门的。"郝叔说。郝叔拇指和食指好像夹着一粒米粒或者芝麻，说明这极小的一点点。

到驾校后，报名时先要交费。体检三百块、理论学习两千块、开车学习五千块。包教包学……

走到楼下，有人向丁西凑过来，问你要不要理论指导师。丁西说我们有老师教呢。那人说，老师教没用的，我向你介绍的老师是出题目的老师。丁西心想自己没读过中学，如果有出题的老师，那敢情好。丁西问，那要多少钱。答说像你们这些人，对我不一定信任，我有两个价，现在你立即报名给钱，只要八百块，及格之后再给，要一千五百块。丁西笑起来，说有人及格了不给了，怎么办？答不敢的，不给钱。别的不说，你路考（车驾）根本通不过。

丁西想怎么办呢，这个事不能跟老婆说，更不能同郝叔说。这事只能自己出主意，最后是决定先登记，考试通过了给一千五百块。那人说，好兄弟，今晚你到我家吧。便把自己的手机号和住址告诉了丁西。

晚上到了这个家址，老师也就是这个人，这里已经坐着七八个人了。一台电脑挂在前方，老师指着上面的题目，说：

"这回的考试，就考这一百道题，九十分才算及格。"

有人搭话：

"及格不是六十分吗？"

老师说：

"理论和实践都很重要，交通规则不知道，开车弄不好是要人命的，严格是必需的。所以要九十分。"

丁西觉得有些题目很容易，而有的题目还真的不知道，比如红绿灯的指示和交警的指挥，司机应该听谁的。比如黄方块区域里有黄叉叉，是什么意思。比如高速公路上最低不能低于多少码等等。不过老师一讲，丁西就明白了。不过机械上的一些理论就需要死记硬背了，但是内容不多。

理论考试的那一天，丁西得了九十九分，小遗憾大满意。丁西赶紧拿出手机，拍了下来。他要给老婆看看，更要给郝叔看看。

丁西跟小姐姐的老公学开车。这是促狭鬼介绍的。促狭鬼在小酒店外用蓝笔写了一行字，学车，138×××3324。这是促狭鬼的手机号。他说从前学员很多，现在是越来越少，教练车车身都有招生的手机号。但给教练的红包是不能少的，年年如此。丁西问：

"是多少钱？"

"一千块。"

"好好，给小姐姐呢，还是学车时交给她的老公？"

狭鬼说：

"你就给我吧。"

丁西支付宝打了一千块给了促狭鬼。促狭鬼吩咐丁西，我只是介绍一个陌生人丁西给他，你同他都不要说起你、我和这家店。丁西不知道是什么意思，哦了一声。

丁西回家，总觉得哪里不对。捋来捋去，捋出一两条线来。包教包学五千块，这里应当有教练的工资，应当没有红包，红包是必须的话，红包也是教练的，那么丁西就要直接给教练。现在的教练找学员很难，促狭鬼为表妹夫找生源，他要拿回扣，那就只能由教练给。丁西担心教练没有拿到红包，对他没有好脸色，或者有开车诀窍，很重要的诀窍，就是不教给他丁西，怎么办呢？

学车的训练场在弥勒山看守所边，从小酒店或者白鹭里过去都不是很远。丁西这一车四个学员，两男两女。其中两个男女说着悄悄话，丁西凭骑车拉客的经验，确定应当是一对情侣。另一个女的三十来岁，说着普通话，可能是外地人。

终于见到教练了。这是墨黑、矮矬、结实的一个人。丁西心想,当年教练很吃得香,所以小姐姐嫁给了他吧,现在情形可是完全不同了。

教练一脸的威严,四个学员像是四个纵队,他像是指挥作战的总司令。他的脸真黑啊。他说了一通什么组织性、纪律性的话。然后说什么都要听他的。他指着一女学员的脚,说明天再见到你这双高跟鞋,我就剁了你这只脚!大家最好穿平底胶鞋。时间是每天上午八点在公交车彩虹桥站集合,他的教练车来接,过时不候,你自己打的来。十五天的训练,风雨无阻,到时必须通过路考。他说他是金牌教练,他的学生从来是一次性通过路考的。路考时,教官给你打分数。万一通不过,就得再交五千块钱给他。

丁西插话说:

"不是说包教包学的吗?"

其他三人也这么说。

"闭嘴,你没有说话的权利!"教练向丁西一个人吼道。

训话后,教练让大家拉个群,学员之间也互相加一加,为了联系方便。说:

"你们今后都是朋友,我永远是你的师傅,一日为师,终身为父嘛。"

一会儿,教练带大家走到场地一隅。教练用千斤顶和石头使前面两个驱动轮离开了地面。他坐进驾驶室,拍了拍方向盘,左右转了转。他说刹车制动、连合器的用处、如何换挡等等。他问,这几个动作,你们清楚了吗。大家好像都点头。

他说,你们轮换着坐在驾驶室,一人二十分钟。在这里,你们训练三天时间。

大家啊了一声。丁西心想熟悉这几样东西,半天就足够了,还三天。丁西看看另三个人,他们也显出不解和无奈。但经了前面教练一吼,丁西也不作声了。

教练又说:

"中饭时候,我会把你们带到一个点吃饭的,是驾校定的点。"

说罢,一个人远远去一个地方打牌去了。

四人轮流转转拉拉踩踩。方向盘打左,车轮就向左。方向盘打右,车轮就向右。切换挡位啊，脚踩连合器啊，是多么单调。他们一方面怀疑打牌去的教练，一方面也怀疑自己，说不定教练是对的，他不是说自己是金牌教练吗，三天干这个肯定是有他的道理的。

好在十二点时，教练来了，又用千斤一顶，把石头挪出。教练坐在驾驶室，丁西刚要坐进副驾驶室，教练说你坐后边吧。他叫讲普通话的山西女子坐在副驾驶室。

车子开动，去驾校定点的饭馆吃饭去。

路上，教练打了电话，说一个红烧鲻鱼，一个红烧排骨，一个酒炖猪肾，一个清炒白菜，一个海葵蛋汤。

车到时，原来就是自己的小酒店。促狭鬼不在，教练老婆在，也就是小姐姐在。红烧排骨和清炒白菜已经烧好，另两个菜还在烧。

教练同老婆好像不熟悉一样，只同掌勺的、也就是促狭鬼的老婆、国家级大厨的女儿打了一个招呼。促狭鬼的老婆肩膀上挂一条毛巾，丁西心想她如果是个男的，肯定是光膀子的。他觉得她远不如自己老婆优雅，讲卫生。

小姐姐脸红红的，同丁西打了一个眼花，脸就转过去了。但她时有不甘，经常转头寻找丁西的身影。店里其他客人不多，也就三两个。

这时说普通话的三十来岁的女的，拉了一下丁西。她要丁西去外面说说话。她说：

"不好意思，本来我不能和你一个陌生人说家事，但接下去半个月都在一起，我们就算熟人了。虽然有些难为情，但我还是对你说我的家事。我是山西人，和老公熟悉、恋爱、结婚、生了孩子才回到天州。去年我老公撞了车，颅内出血，治疗用了很多钱，但他还像一个十来岁的孩子。老公的哥哥对我说，你们一家三口，现代人总要有人开车，这回学车的理论费两千块，开车费五千块都是他给的。中饭为什么要吃得这样好，一个面包就可以了。你同教练说一说，我不在这里吃了，就边上吃个面包好了。"

丁西的心有些酸，说：

"今天的饭菜已经烧好了，不吃教练会发牢骚的。今天的饭钱我付。"

山西女摇了摇头，说："你付不成样子，这个不必，那么，今天我就先吃了吧。"说罢，她就进去了。

很快就吃好了。教练把墙壁上的账本摘下，看了看，捏起圆珠笔，把一个数字动了一下，丁西觉得是把二字改成三字。教练大声对店里的两个女人说：

"我们五人，十五天的中饭都在你们这里吃，账先记着，到时候一并付账。"

"好。"他老婆答应。

五人坐上去，教练发动了车。山西女说：

"教练，明天起，我就不在这里吃了，我随便吃一点什么都可以，我不会耽误大家的时间，你们吃完了，我一定到了。"

教练说：

"刚才我在店里说话你没有听到吗，出来了你又有不同意见。我们也是一个集体，我不是说过吗，我们也要组织性和纪律性。这是驾校定的点，离开这里吃饭，可能会影响成绩的，到时候不让过，你怎么办？"

这时后座另一个男的说话了：

"好的啦，无所谓的啦。"

说的话不知是哪里的腔调，但显然不满教练，但又无奈，他的意思当然也代表女朋友的意思。丁西什么都明白，说：

"先吃再说吧，卫生要搞好。"

教练说：

"定了，依照少数服从多数原则，我们就在这里吃饭。"

另一个男的说：

"教练，坐在死车上记练这几个动作，我们差不多学会了，不能学三天那么长。"

丁西说：

"教练，吃饭的事我们依你，记练打方向、换挡位啊、踩连合器，这事就依我们，一天可以了。"

教练半天无语，最后说：

"你们都认为三天太多吗，都这样认为的话，我们明天开始就路练吧。我们也发扬民主。"

又回到原点，又是转转拉拉踩踩。丁西下来后，踱向打牌的教练。教练一局结束，丁西递烟给四个打牌人，说："教练，我同你说一句话。"

教练站起来。丁西说：

"说不和我们一起吃中饭的女人，她同我说了，家里的确有困难。有困难的人还是很多的。这样吧，她的钱我付，到时候我一并付给你。"

教练问：

"她是你的情人吗？"

"今天第一次见面，车友嘛。"

教练拍了拍丁西的肩膀，说，

"你想发展她做情人吗？"

"绝对没有这个想法。"

"呵，你这个人可以啊。"

"让她在这里吃，不能说是我出的钱，否则伤人自尊，不好。"

"哦，到时候付钱怎么说，我自己清楚，你去吧。"

晚上吃了饭，睡觉时候，丁西把今天的事情向老婆叙述了一遍。老婆说：

"妈的用你给山西女钱吗，你是起色心呢还是起同情心？"

"当然是同情心。"丁西说。

丁西左手搭在老婆的胸上。老婆说：

"老公残废了，很容易会爱上你的。"

丁西说：

"我只爱老婆。"

老婆说：

"妈的说得好听，不过，这女人的确值得同情。"

丁西左手揉了几揉。老婆喃喃说：

"还不上来。"

中途时候，丁西的电话响了。是郝叔的电话。这个时候，别人的电话可以不理，郝叔的电话可不能不接。丁西急急下来，接听了。郝叔问：

"在干什么，气喘吁吁的？"

"刚刚在洗澡，郝叔。"

"你这气吁吁的，怎么是洗澡呢？"

丁西坚持说：

"就是洗澡，郝叔。"

郝叔说：

"你拍个洗澡的照给我看看……哦，算了，你问问彩凤有没有刚烧的开水，叫她端个热水瓶上来。"

彩凤对丁西说：

"刚烧的有，你端个上去吧。"

"郝叔是叫你端上去。"

"你洗好澡，端了上去。现在轮到我洗澡了，这不是很通顺的吗？"

"郝叔叫你端，就你端。"

"我端不好。"

"有什么不好，郝叔又不会吃了你。"

彩凤说：

"妈的你真不懂。"

说着便起来，穿好衣服，到了厨房，端着热水瓶上到五楼。

丁西看手机微信。彩凤一会儿下来，脸红红的，倒也是愉快的样子。她嚓啦嚓啦脱了衣服，躺下来，屁股摇摆了两下，说：

"继续。"

十八

丁西路练已经几天了。路练有好几个项目，走"正7"和"反7"、移位、穿窄门、避圆饼、走半边桥、目标停车。教练不是一个勤奋、认真、诲人不倦的人。他说的，每天上午八点在公交车彩虹桥站集合，他自己就没有做到。开头几天还好，后来经常迟到，有时迟到半个小时，也不说一句道歉的话，阴沉着脸。有一天那男的迟到两分钟，他的喉咙咕咕响了半天，像是五步蛇要出击的刹那，还好，他终于没有大骂。看来他夜生活过得不错，老是打瞌睡，他在副驾驶室经常打呼噜，有时说梦话。大家听到一句是，这张牌打错了。有一天，丁西在避圆饼，前面六个圆饼吃得都很顺利，大家从运行的趋势看，第七个圆饼可能避不过，大家不约而同地叫道，七饼！想不到教练大叫一声：

"碰！"

有一天，教练把丁西叫到一边，说：

"近来我麻将老是输，平时用度也很大。按照惯例，学员每人都要给教练一千元红包的。丁西兄弟你帮帮忙，私下同他们说一说，你说自己已经给我红包了，让他们也给。你起模范带头作用，榜样的力量是无穷的。"

丁西心想，促狭鬼把红包给教练了吗。

丁西看教练不是个正派人，吃相甚是难看。山西女老公傻了，她没有钱，她又是个非常自尊的人，也不想丁西为她付费。

丁西说：

"我们是包教包学的，你有工资，不应收红包。而你索要红包，是不妥当的，认真说起来，你是索贿。"

"我也知道。我手头紧啊。你是什么体察师。我老婆那表哥也说不要向你提红包的事情。但你虽然是当官人，但总是我的徒弟，你也要替我这个穷师傅着想。你不差这一千块钱，他们也不差这一千块钱。"

"红包的事先搁着，作为教练，你要像个教练的样子，你努力一些，认真教。我们学员看在眼里，感动了，考试过关了，红包大家自己出手吧。现在还没考试，你要红包了，不合适。"

"你是体察师，讲话有力，你这个忙要帮师傅的。"

丁西转身，说："我先去练了。"

丁西有多年骑三轮车的经验，对于学车非常受用。在巷弄里来往，在人缝里穿梭，三个轮和四个轮差不了多少。那个男的比丁西差远了。两个女的又比那男的差远了。男的经常把自己的路练时间腾出来给女朋友，丁西也把自己的许多时间腾出来让给山西女。山西女经常感激和温情地看一眼丁西，看一眼丁西。

有一天，山西女对丁西说：

"教练说自己向驾校打了报告，优秀学员可减免一点钱，正好把我的中餐费给免了。我觉得蹊跷，他这样贪钱的人，会打什么报告替学员求减免吗，拿到减免的钱不会给自己吗？丁哥，是不是你跟他说，你要把我的中餐费都给付了。"

"没有的事。"

"他说今天晚上一边教我开车，一边带我到一个地方玩。"

"到哪里玩呢？"

"不知道，他没讲，讲了我也不知道。"

"你答应了吗？"

"没，我才不呢。"

"为什么不呢？"

"他这样的人，我讨厌。"

"他是想你，有企图。这可能就是免你饭费的原因。"

"丁哥，我体会得出来，你是个什么人，教练是个什么样的人。这饭费就是你要付，让教练做个人情，是不是，我讲得对吧？"

丁西心想这女人心细，看人也周到。说：

"不说这个了。认真学车，据说有的人四五次都通不过，四五次通不过，那是很麻烦的。"

"你那么多时间都让给我练，你要是通不过呢？"

"我有的是时间。再说包教包学是不是真的也难说，驾校也是挣钱的，变相另外收费都有可能，而我手头比较宽裕，和你不好比。你如果老是通不过，又要交钱，向老公的家人不好开口。"

"这还是真的。丁哥善解人意，感谢呢。你学得那么好，你原来跟别人学过吗？教练说你是什么体察师，是个官。我就羡慕你们当官的。"

"没有没有。"

"看你对车很熟悉的样子，你是否已经会开车，而诚心来体察。你们体察师除了体察我们，还体察别的什么事吗？"

丁西笑笑说：

"我也不知道自己是干什么的，不大好说。"

"不大好说，那你体察，最终的目的是什么呢？"

丁西笑笑说：

"总的来说，就是为人民服务嘛。"

山西女说：

"丁哥，熟悉上你是我的福分。"

第二天，车上另两个学友也知道丁西是体察师了。临近考试的时候，丁西把教练想要红包的事对大家说了。那男的说：

"是好教练的话，我们是可以给的，那也要在考试通过之后。像他这样吊儿郎当的样子，我是不给的。你是体察师，你有权把他开除了。"

他的女朋友嘻嘻笑起来，说：

"他哪像教练啊，车上还在梦麻将。"

山西女说：

"是呢。我不管通过通不过，坚决不给。教我通过，是他本该做的事情，我通不过，还要到驾校举报他，举报他懒散，举报他索要红包。我不等丁哥开不开除他。"

丁西对她的话有些欣赏。

丁西硬着头皮向教练做了通报。说我们四人都认为你无精打采，工作不积极。给不给红包分成两派，一派说给红包的话，也是路考通过了再说。一派就是坚决不给，说自己通过路考，是你的义务，通不过还要举报你，说你懒散、索贿。

教练头上大冒汗珠，问：

"谁坚决不给？"

"这个你不要问，就当是我吧。"

"你是不会的，打死我我也不会相信是你。你是个聪明人，是个通情达理的人，过几天我找个尤物让你享用享用。你是不会体察我进而上报吧。这样吧，接下来这几天我不打麻将了，明天起大家早点吃早饭，七点钟我到彩虹桥公交站来接大家。"

丁西把教练的话转告了大家。男的说，好在我们现在不给红包，不给就努力起来了。山西女说，教练和教师是一样的，师德是很重要的，教练不仅要教我们车技，还要以身作则，教我们怎么做人。男的笑起来，说美女想多了，你这是缘木求鱼。但丁西对山西女明显有些钦佩。

教练说到做到，次日七点准时到了彩虹桥公交站头。他让山西女开车，到了训练场，一路时有评点。到场地后，他坐在驾驶室，对大家说：

"学车主要靠最后几天，前面跟你讲了也是白讲，你们会忘记了的。"

教练的精神好多了，他系上安全带，认真做着示范。大家都有些开窍。男的说：

"晚了。"

他女朋友说：

"完了。"

教练说：

"不晚不晚，按照我说的去练，来得及。"

平时，下午都是五点半放学的，这几天延迟了，六点半。

考试前的这几天，教练真正做到兢兢业业。早出晚归像是勤劳的老农，谦卑像是经了批斗的人等。明天就要考试了，他比四个学员还紧张，额头全是汗，足见的确是包教包学的。教练这种紧张传染给了丁西和其他三个人，大家好像明天要进法庭一样，听候判决。

考试前一天，教练说：

"你们有亲找亲，有戚找戚，没亲没戚找朋友，考试归天州交警，交警队里有人，考官怎么都会让你通过。包括红外线扫描，电脑可以改过来。"

男的说：

"教练，你教车马马虎虎，原来路考是让我们自己找人了事。"

教练说：

"练只管练，有人不找也不是明白人。一方面车学好了，一方面找到教官了，保险通过，这又有什么不好呢？"

山西女说：

"我没亲没戚没朋友，你替我找找吧，教练。"

"可以，需要三千块钱。"

"什么教练，我讨厌你！"

教练当作没听见，只说今天早一点回家，找找人，睡好觉。明天早上八点钟集合，到考试点去。

丁西回到白鹭里，老婆饭菜正好做好。大姐正对彩凤说，自从你们搬到白鹭里，郝叔出门吃饭少多了，他的脸上也见胖了，彩凤真是不错，好饲养员。

彩凤咯咯笑起来，跟丁西说，你打个电话叫郝叔下来吃饭。丁西不打电话，电梯上到五楼，请下郝叔。郝叔一手搭在丁西的肩膀，问，学车学得怎么样。丁西说，车学好了，明天考试。

坐下吃饭时，郝叔说：

"你自己估计考试能通过吗？"

"真是不知道。今天教练让大家找交警的人，找考官。"

郝叔说：

"哪有这样的臭教练。"

"教练人品不好。"丁西说。

郝叔说：

"开车的人，必须认认真真学习，严格通过考试，拿到驾照。这里没有一丝一毫的通融。全世界只有这件事，皇帝也一样。这是对行人的生命和财产负责，对乘客负责，也是对自己负责。你有没有想到让郝叔为你打个电话，让你通过，取得驾照？"

丁西已经知道郝叔对这件事的态度，刚才又听了郝叔的这番话，他还能求郝叔打个电话吗？他说：

"我已经认认真真学习了，明天争取考试通过，日后为郝叔开好车。"

郝叔看着彩凤，有些意味深长地说：

"取得驾照难啊。"

丁西说：

"走'正7'和'反7'、移位、穿窄门、避圆饼、走半边桥、目标停车，我都行。这可能和我多年骑三轮车有关。只是一个车友，我替她有些担心。"

彩凤说：

"就是那个你替她付饭费的山西女吧。"

"是啊，她如果通不过，又要花钱。要不，郝叔替她打个电话。"

大姐说：

"只有这件事一是一，二是二，不能作假，假的驾驶证是通往阴间的。"

郝叔和彩凤先后向大姐竖起大拇指，说：

"想不到大姐这么有水平。"

大姐有些得意地笑起来。

彩凤说：

"丁西，你车上不是还有两个车友，你怎么单单关心这个山西女呢。"

"她的老公被车撞傻了，她家的经济来源都靠老公的哥哥。不及格，又要重来，又要开销，我觉得郝叔能帮就帮一下。"

大姐说：

"开后门取得驾驶证，她如果把别人的老公撞傻了怎么办呢？"

郝叔和彩凤又向大姐竖起大拇指。郝叔夸说：

"经典，经典。"

"想不到我家丁西也会怜香惜玉，半个月，感情暴雨一样，来得急。"

郝叔说：

"彩凤不要吃醋，丁西同情弱者，这是对的。"

丁西有些憋闷，见郝叔这样一说，心里有些亮堂，说：

"郝叔说得对，我就是同情，别的一点也没有。"

彩凤笑说：

"漂亮不，把她带到白鹭里，我炖条鱼胶，烧个野生甲鱼给她补补身体。"

郝叔说：

"野生甲鱼里放进半斤的冬虫夏草。"

大姐哈哈笑起来，说：

"彩凤也会吃醋，彩凤也会吃醋。"

次日八点，丁西西装领带，大家准时在彩虹桥公交站集合。丁西的衣裤口袋里，放进了好多中华烟。

考试分两个地方。一个地方考走"正7""反7"和移位。这是红外线感应，电脑控制，通过了，你的考试车不会停，退出到该停的地方。如果压线碰线，车马上熄火。人出来吧，听通知，重新考。另一考点就是考官坐在副驾驶室，他看着你开车、穿窄门、避圆饼、走半边桥、目标停车。全是考官说了算，他握有生杀大权，说你行你就行，说你不行你就不行，因为项目多，找缺点是非常容易的。比如避圆饼，七个都避开是很难的，经常有一两个碾到边角。或者走半边桥，右边两个轮胎都走在桥上很难很难，走了右边，还有左边。所以，要看考官宽容不宽容，今天心情怎么样。

三楼，电子板上显示，他们这一组十点钟才开始。丁西是这一组第一个开考者，山西女是第二个。三楼人很多，但没人说话，考场在一楼，窗口见考车摆在那里，有人上上下下。考车像是刑具，大家都很紧张。山西女挽着丁西的胳膊，瑟瑟发抖。

丁西看了半天，对山西女说：

"我看出一个门道来了。转弯时，所有触碰红线的，都是角度太小。你看那个向左转的，车子离左边红线太近，如果车子靠右，左转时，车尾就不会压线了。对不对？"

山西女抱住了丁西，说：

"丁哥真聪明。"

丁西把四包中华烟递给山西女，说上半场通过后，路考时适时递给考官。山西女点点头。

丁西进入考场，反倒一点也不紧张了。他先走"正7"，又走"反7"，完成后到另一边考移位，一气呵成。这时山西女也来考场了，丁西举了举拳头，大声说，简单！

引导员过来，让丁西离开，带他到一辆车上去，等候路考。这时，他有些担心，不知道山西女能不能通过，眼睛看着来路，见到她了，那就是通过了，如果是别的人过来，那山西女就是通不过了。因为一辆车里，一个考官，一次考两个学员。

十来分钟了，还没见到人。看来是完了。丁西有点气闷。就在这时，山西女过来了！

丁西长吁了一口气。

这是边上另一个大场地。一辆车边站着考官了。考官微笑着向丁西点头，请丁西进驾驶室，考官自己坐在副驾驶室，山西女坐在后排。丁西从西装口袋里掏出四包烟，山西女也掏出四包烟，递给考官。考官说：

"你是丁西吧？"

丁西点点头，说，你抽烟，多多教导。考官笑着看了一眼丁西，好像说，你是要考我吗。他说：

"你一个体察师，还给我烟，我真是消受不起，你自己放好。据说你俩住在白鹭里，以后常来常往，请我到白鹭里做客，好不好。"

丁西说：

"你是我们的考官，欢迎大驾。"

他调整好座位，系好安全带，出发。穿窄门，避圆饼，顺顺当当。考官说：

"我一看就明白，你们都是会开车的人，只是来体察公安系统。我拆穿你们的西洋镜了吧。"

丁西哈哈哈哈笑起来。

"拆了你们的西洋镜，你们是不是觉得很无趣啊？"考官说，"丁体察师，我们就不装模作样了，车就不开了，出去抽根烟吧。"

丁西赶紧下来，递烟给考官，不知考官什么意思。考官吸了几口烟，说：

"丁体察师，我的时间有限，向你反映问题，我得抓紧。"

丁西说：

"好的，你说吧。"

"天州学车的人不少，就说今天来考试的人，好几百号吧。许多学员找到我们的队长×××。他多年里受贿，有的向他行贿两千，有的一千。他受了贿，向我们打招呼，某某人让他过，某某人必须过。我们只得听他的。许多学员不会开车，怎么能让他过啊。他们到社会上开车会出事的，会出人命的。他不管，有时学员实在不行，我坚持不让过，他笑着改电脑，坚决让过。好几个女学员被他睡了，平时训练就不认真，他照样让过。"

"岂有此理啊！"丁西气愤地说。

考官说：

"丁体察师，你管一管，管一管。"

丁西进入了体察师的角色，说：

"放心吧，你个人有什么要求吗？"

"我个人没有任何要求，我就当个普通警察。我对你说，天州这几年警纪警风乱透了，根子在市局。你们必须要管一管。"

"你就是这个要求吗？"

"是的，体察师。"

丁西拍了一把警察的肩膀，说：

"你这人站得端正。好样的！你把证据给我。"

考官说：

"我搞证据有难度，你们来人查，好不好？"

"查也要有人提供线索。这样吧，我们加上微信，以后慢慢联系，好吗？"

加了微信。知道对方叫岳云，天州说书里说，那是岳飞的儿子。

丁西笑说：

"岳飞的儿子，有情怀，有气节！"

考官说：

"丁体察师渊博。今天就这样，以后我们多多联系。"

丁西说好的好的，便和考官握手。

丁西也让山西女和考官握手。当山西女说"你不考考我"？警官急忙说："你以为我是眼瞎的吗？"

丁西说：

"你反映的事情我一定管到底。我们是朋友了，以后多多联系。"

他们握手道别。

丁西看看山西女，心里想，想不到，稀里糊涂过了，做梦一样。考官反映的都是真的吗，唉，对不起，考官，我可不是真的体察师，我解决不了你的问题。丁西心里莫名其妙有些不适，自己明明不是体察师，却承认了自己是体察师，以便让自己和山西女通过路考，自己多少有些骗子的嫌疑。但又一想，我没有说自己是体察师，体察师是你说的，我是被动的，而路考那么重要，我不便否认。丁西也就释然了。

走了几步，山西女激动地说：

"丁哥，你体察师太厉害了！"

丁西和山西女松懈下来，考试通过，实在也是一种幸福。他们慢慢地，往大门口踱。这时丁西电话响了，是教练来电，问：

"你们两个怎么样，通过了没有？"

丁西说通过了。教练忙说：

"好好，谢谢你们，谢谢你们。"

丁西问：

"他们两个考完了没有？"

教练非常懊恼地说：

"他们两个结束了考试，考官轻轻说，你们两个全程没有系安全带，没有通过。"

十九

离开场地，山西女说："丁哥，我请你吃中饭。"

丁西说各自回家吧，自己还有事。他就把刚才考官反映的事情说了一遍，说作为体察师，有责任惩恶扬善。

山西女说：

"丁哥，这样说来，这个考官真是挺好的。"

"没有私心，是挺好。"

"他们队长实在是不行。不过，丁哥，惩恶扬善早点迟点没关系。今天我一定要请你吃饭。没有你，我根本通不过，之后可能还要考几次。"

"不会不会，你就是紧张……"丁西还没有从体察师的角色中走出来，他说，"我们各自回家吧，我还有任务呢。"

山西女挽着丁西的胳膊，丁西能感受到饱满的乳房的颤动。山西女说：

"丁哥，今天我一定要请你吃饭，你无论如何要答应我。你还是体察师，你以后还要罩着我呢。"

"好吧，我和你一起吃，你想到哪里吃饭。"

"自从老公出事后，我从来没有在外面吃饭。到哪里吃好，你是知道的，就是不要到我们吃了十五天的这个小酒店里吃，腻了、烦了。我看我们的教练是拿回扣的，恶心。"

"原谅他吧，也是穷人。"

"通过了，不管他了。我们到哪里吃饭呢，你喜欢的酒店是……"

丁西想了想，说：

"好好，我们打的，到 BOBO 咖啡吧。"

"不管怎么样，今天是我买单，表表心意。"

到了 BOBO 咖啡。山西女看到三层红砖洋楼，外面爬满紫藤，说：

"哇，天州怎么有这么个好地方！"

迎宾问几位，丁西说两位。迎宾就把他俩带到三楼一个十分温馨的包厢，里头有十来盆盆栽的玫瑰。空气里轻轻盘旋着曲子《斯卡布罗集市》。服务生旋儿拿来了菜单。山西女说：

"丁哥，你点吧，我去一下洗手间。"

丁西说好。丁西就到三楼吧台用微信压下三千块钱。天州的规矩，有人压钱了，别人就无法买单了，除非压钱人同意撤回。

丁西点了四份鹅肝水晶饭、两份牛排、两份银鳕鱼。点一份蛇羹呢，还是黄鱼羹，丁西确定不下来。山西女来了，她说就黄鱼羹。

山西女说：

"来瓶酒吧，我们通过了，祝贺一下。"

丁西说：

"你平时喝酒吗？"

"从来不喝。"

"看来通过了，你真是高兴。那就点一瓶葡萄酒吧。"

丁西按下唤人铃，门口的服务生立即进来，接走丁西的点单。

丁西想起和山西女第一天见面时，她说的不吃饭的事。心想今天这样点菜，对于她，可不是一般的破费了。于是说，今天的菜有点贵，不必你买单，也不用我买单。我的单位和BOBO咖啡是关系户，我签单就是。

"丁哥，就是再怎么贵，两千三千，今天也是我请你。"

"不。我心领了。一码是一码，我们单位的钱是花不完的。"

"叫什么单位？"

"不能说的，不好意思。"

"体察师的单位是不能讲的，是吗？"

"是啊是啊。"

服务生端来开了的红酒，两个葡萄酒杯。各斟上小半杯，退出。

菜也陆陆续续地来了。鹅肝水晶饭，鹅肝是法国的，水晶饭是上好的泰国大米做的。水晶饭好像是模子里出来的，比合起来的两块麻将牌大不了多少，鹅肝就铺在米饭上。丁西说：

"我们先吃鹅肝水晶饭，再喝酒。"

"好。"

于是俩人筷子和调羹一起来，把鹅肝水晶饭吃了。因为单用筷子不行，单用调羹也不行。

碰杯。山西女居然把半杯酒一口喝完。

"你喝酒行啊。"

"我高兴。"

山西女又给自己和丁西倒上半杯。刚倒上，她又端起来喝完。

丁西觉得她这样喝不对，肯定要醉。他把一份牛排和一份银鳕鱼推到她的前面，说，我们先吃。

　　山西女动了动筷子，却不怎么吃。她出手又给两个人倒了酒。丁西见她一直挂在脸上的微笑有些凝固了，眉宇间有些朦朦胧胧起来。

　　她突然问：

　　"丁哥，家里嫂子好吗？"

　　"好。"

　　"她对你好吗？"

　　"好。"

　　"哦，那就好。"

　　山西女按了一下唤人铃。服务生进来了。她说，再来一瓶红酒。

　　丁西预感今天有些不妙。心想，今天应该在考场路边什么饭摊随便吃一点就行了，是不应该在这里的。

　　丁西接过了服务生的红酒，红酒已经开了。他犹豫了，再让她喝，还是不让。让，如果醉了，倒下了，怎么办？不让，而她坚决要喝，又怎么办？这时，只见她把头埋在胳膊上，忽然嘤嘤地哭起来。

　　丁西慌了神，犯了难。她肯定是想起了老公出事、家庭困顿、自己的处境……他想劝慰她，叫她别哭，但这个一定是无效的，而且可能使她哭得更凶。但不劝慰，不理睬她，也不是，那样显得太冷酷。

　　终于，山西女开口说话了：

　　"丁哥，我命苦啊。"

　　丁西说：

　　"别往坏处想。每人都有一本难念的经。"

　　"我和别人太不一样……太不一样。我老公是个很好的人……他对我也是很好的……我们有孩子了。他出事故……不是他的错。我怎么能离开他呢……今生今世我不会离开他……我要养他，我要和他一起到老。"

　　"你真是个好女人。做人应当像你这样。"

　　"……但他不是个男人了……他什么都不大知道，像十来岁的孩子。他已经完全不是一个老公了……不是我的爱人。他需要的也就是呵护和伺候……我家里有两个孩子。"

　　"我要找一下天州医院的院长，让脑神经的医生会诊一下，看看还能使

154

你的老公康复不。"

山西女好像没有听到。她的哭声有些发展，嘤嘤嘤嘤变成呜呜呜呜。肩膀抖动，这使丁西不知所措。丁西慢慢站了起来，走到她的身边，说：

"不要哭，要坚强起来，你我虽然相处时间短，但你给我留下很好的印象，过几天，叫你老公去医院，经济上，我能帮，我尽力帮。"

"我打工，我自力更生……我不需要你的钱……我需要心地善良、像你这样的男人……"

她转身把丁西抱住，把脸紧紧贴在丁西的小肚子上。她不仅是贴，还要把头往丁西肚子里拱，身子里拱。她不哭了。她说：

"我已经好久没有男人了，不是没有男人，而是没有我喜欢的男人。"

更出丁西意外的，女人站了起来，飕飕解开，拉下裤子，把屁股朝向了丁西。

丁西眼下是雪白而肥硕的屁股，他心旌摇曳，灵魂惊悸。他第一次看到一个女人做出这样的姿态，以这样的形式把身子给他。他非常感动。但丁西根本就没有跟其他女人做爱的意思。丁西从小到大，就没有看到或听到自己的父母跟别的人还发生过什么。父亲生前是严谨的，按照规章生活，一生循规蹈矩，是个极其本分的人。父亲一生没有说一句荤话。结婚后，就应当和老婆恩恩爱爱。自己的老婆彩凤迷了途，和薛蒙霸睡了几次，老婆也叫他到汽车西站去，可以和别的女人睡，拉拉平。他才不呢。今天也是。他的淫心一闪而过，而且是在一个咖啡美食店里，门外站着服务生，他能按照山西女这么要求干吗，他决不能。

丁西轻轻地说：

"谢谢你，衣服穿起来，我们做个好朋友，只能做个好朋友。"

这天下午，丁西接到小姐姐的信息了。

小姐姐说：

"据说你路考通过了，我恭喜你。我表哥说过，你一定会通过，你想通过就通过，因为你是体察师。我家里的早把你的身份告诉考官他们了。他又说山西女笨手笨脚，担心她通不过。可她顺利通过了，是否你替她出力，找人帮忙的？"

"没有呢，她自己很努力，很刻苦，你先生也教得好。"

"我先生教得好不好，我会不知道吗？他很少回家睡觉。夜里不是打牌，就是玩女人，恐怕做教练的时候他都在睡觉吧。我担心你出事。他死了我倒省心，我只怕你有万一，有闪失。"

"谢谢你。"

"十几天来，你只关心她，基本上你没有看我。我都看在眼里。"

"你先生是我教练，是师傅，我老是看你，和你说话，会引起他的误会吧，我不能让他有一点点的误会。你我说话没有暧昧，行为没有出轨，为什么要引起他的误会呢？不必要，是不是？而且，话说多了，车里人都知道教练是你老公，是店主，这不好吧？"

"我天天盼你给我发信息，等啊等，总是没有。他说，你要付她的饭费，对不对？"

"是的。不是我有钱，而是我同情她。那是第一天，她就说不在你这里吃，太贵，因为他的男人出了车祸，她穷。我尊重教练的选择，这几块钱无所谓，所以我对你先生说，我付。"

"你们吃饭的时候，你都挨着她坐，为什么你总喜欢挨着她坐呢。"

"嘻，那一边是两个情侣，我和山西女只好坐一边了。"

"他还说，你经常把自己练车的时间让给她，你对她真是很好，你真是好男人。"

"让时间是有的。她对开车的领悟的确比我慢。如果通不过，你先生说还要五千块钱，虽然我不知道究竟。对一个外地人，对一个穷人，五千块钱意味着什么，想必你也会关照她的。"

"丁哥，你爱不爱她？"

"你说这些，问这些干什么。同情心大家都是有的吧，你也有的。"

"我问你，你爱不爱她？"

"哈哈，没有，真是没有？"

"你哈哈什么呢，你真的没有爱她吗？"

"有的话，我会说有的，问题是我真的没有。"

"第七天的中午，你夹给她一只鸡腿。你为什么不给自己，不给另一个女的？"

"有这事吗，没有吧，我怎么自己都不记得。"

"丁哥，我心痛。你自己都不记得了，可见你对她是无微不至了。做好事做得太多了，爱得太高了。"

"不像你说的这样。我是关照她，你说的夹鸡腿，你不会看错，也许有吧，但也算是关照吧。无论如何，对待女人和孩子，对待弱者，每个男人都应该关心和爱护。"

"丁哥，你这些是课本上的话，现实里是这样吗？"

"现实里是有的吧，为什么没有呢？"

"你再回答一句，你真的没有爱她？"

"绝对没有，我和她没有说到爱或爱情，绝对没有。"

"我问的是你心里有没有爱她。"

"哈哈哈哈，没有，没有啊。"

"丁哥，好，我就想听你说这一句……他电话来了，先就这样。"

一会儿，教练自己打来电话，说，你们两个人，十五天的用餐，合计是四千五百块钱。你打到我的支付宝上。

丁西想，一个人一顿饭一百五十元，真是吃人不吐骨头啊。

又，吃饭在小酒店，打钱，也应当打到小姐姐或者促狭鬼的支付宝，但想想也就算了，反正是有证据的。说，好，马上。

教练又说：

"你两个人的红包你自己看，包多少我收多少。"

"不给了。"

丁西心想，促狭鬼能截留我给教练的红包吗？

教练半天不响。还是说：

"你俩一人五百算了，一共一千块吧。行行好。"

丁西忽然有些可怜教练。做人做到这个分上，也是做到家了。不知那一对男女给不给钱。丁西不管了，终于说：

"好吧。"

丁西很快给教练打去五千五百块钱。

晚餐时候，老婆说郝叔今天有饭局，说是和住建委的人一起吃饭。大姐中午吃了两个芋头，说肚子里胀胀的，晚饭就不吃了。迟一点我问问她，给她烧点面条可好。

丁西把路考通过了的事情对老婆说了。老婆说：

"你还一次性通过，真是不错，我家丁西人还是蛮灵光的。"

丁西说：

"我就是在你身边显得笨，你都对，你说了算，可在外面，都是我说了算的。"

"那个外地女通过了吗？"

"你是说那个山西女吧，通过了。"

"你果真把她的饭费付了吗？"

"付了，两千两百五十块，还有教练的五百块红包。"

"妈的，红包你也付干什么！"

"已经做好事了，做好事做到底吧。"

"做到底，妈的你家家底很厚吗？"

丁西两只手扶住了老婆两个肩头，揉了几揉，像是按摩。说：

"不要生气，我以后和她没有关系了。"

"话说回来，你同情贫苦，还是对的，是个男人的样子。你和她有过关系吗？"

"车友关系嘛。"

"学几天车还车友。没有男女关系的话，你怎么会对她那么好呢？"

"你们女人就是喜欢吃醋。"

"你们女人，除了我还有人吃你的醋吗？"

"还有个女人。"

"咦，桃花开闹兮。"

想不到，丁西把手机打开，把他和小姐姐的对话内容递给了老婆。说：

"我什么都不瞒你，我完全光明正大。"

老婆慢慢看了。问：

"这个叫你丁哥的女人是谁？"

"你还看不出来吗，还不是薛蒙霸的小姐姐吗？"

"小酒店里的。这个女人很爱你，担心你出事，老公死了倒省心。你睡过她了吧？"

"没有，绝对没有。"

"她弟弟睡你老婆，你不睡她干吗？"

"腐朽的灵魂。我不会想到这些乱七八糟的事情。"

"你下面的东西又不是栽在她身上了，拔不回来。"

丁西笑了，扭了老婆一把，说："我有你了，绝不会和其他女人到床上去。"

"你的教练不是在外打赌，就是和女人鬼混，薛蒙霸姐姐需要你，你也是做好事。"

"你发神经啦，胡思乱说。"

老婆心事重重的样子。半天，说："我们回去吧，从白鹭里搬回去。"

丁西不相信自己的耳朵。说："你真是发神经啦，从白鹭里搬回去！"

"我们的房子租出去了，我们到另外一处租个好一点的房子给租客。"

"绝对不行。所有的熟人、三轮车友都知道我们住在白鹭里，都认为我们是凤凰不是鸡，我们还能搬回去吗？我学了车，马上开宾利车，我还能骑我的三轮车拉客吗？"

丁西还想说，我还是体察师呢。

老婆说：

"虚荣是会害死人的。"

"你说说，我们为什么要搬回去，离开白鹭里。"

老婆打开手机。说：

"你听听郝叔的话吧。"

"他说什么。"

"你自己听。"

丁西点开语音：

"彩凤，丁西很快拿到驾照了。你也应该发我一张驾照了，我要驾驶你。我就想你彩凤一个人。我们都是纸山人，肥水不外流啊。哈哈。"

"郝叔，你都驾驶三个三个的，而且都是年轻的，水灵灵的，还肥水不外流呢。"

"我这个人喜欢被别人开发过的，喜欢在别人嘴边夺食，我不喜欢小姑娘，更不喜欢处女，我喜欢纸山的美女，我就喜欢丁西的老婆，我就喜欢彩凤。我就爱你。"

丁西不再听下去，把手机递还给老婆。

下面还有难听的，再听吧。

丁西轻轻说：

"郝叔是逗你玩。你当真了。"

"这是逗我玩吗。你耳朵呢，你脑袋呢？"

"郝叔说丁西很快拿到驾照了，你也发一张驾照给他，就是玩笑嘛！他在说什么，不是清清楚楚的吗？"

丁西想，如果在以前，丁西不认识丁主席和郝叔，还是三轮车夫，那么就永远匍匐在底层，那么就什么期望都没有，也不知道有。现在不同了，在所有人的心目里，丁西就是体察师，不是别的了。所有的三轮车友，包括大个子和促狭鬼，还有王协警和薛蒙霸，以及薛蒙霸一家人，还有相处半个小时的考官岳云。山西女也觉得他不是一般人，高看自己总不是坏事。他鹤立鸡群，高人一等。一切的一切，因为他在郝叔的香樟树下。离开了郝叔，离开了白鹭里，他丁西就只能是丁西，他什么都不是，他只有三轮车夫的价钱，走在路上，别人权当看不见，叫人家一声，人家当作没听见。彩凤说回去，从白鹭里搬回去，这是丁西万万不能接受的。

"即使郝叔不是玩笑，你就和郝叔打太极嘛，不要上床就是。"

"他老是同我说，说爱我，我有点把持不住了。他爱我，是真的，但是他又说恨纸山，恨纸山所有的人，除了大姐。他说的什么少年时和一个叫金凤的女孩相爱，人家躲他。金凤像我。好像在说明他爱我，合情合理合乎逻辑。我看这个说法不可靠，是编造的，编造不圆。但有一点不可否认，他是真心地爱我的。"

"你是想得太多了，太复杂了。"

"丁西，我是对你说过的，薛蒙霸之后不再和其他男人好了。我不能说话不算数啊。"

"你努力把持就是。"

"如果把持不住呢，怎么办？"

"你心里爱我就好。郝叔喜欢丁西的老婆，可见我在他的心里是有地位的。"

"你这个人啊。"

"你努力把持就好。天下有些东西也不是以人的意志为转移的，好像天州的台风，你想台风别来就别来吗？"

"妈的你说到哪里去了。你这个人啊……我担心他以后会做出什么事情呢。"

二十

丁西的三轮车拉着郝叔，轮胎徐徐在白鹭里滚动，鹅黄色的香樟树蕊，在地上发出非常好闻的幽香。临河的白鹭里和中国所有的水边一样，都是密密的垂柳。郝叔说：

"丁西，你去过西湖吗？"

"没有。"

"什么白堤苏堤，什么柳浪闻莺、三潭印月，有我的白鹭里好吗？"

"丁西，通知你拿驾驶证了吗？"

"驾驶证工本费已经交了，应该很快了。"

"哦，以后我的性命就交给你了。"

"放心郝叔，我开车一定会小心谨慎的。"

"开车以后，你的工资你自己说好了，你要多少？"

"郝叔，我没有要求。我爸死了，你给我那么多钱，十八万块。我的房子又出租了。在白鹭里生活，我什么开销都没有。我和彩凤一切如意，还拿你那么多工资。别人都说我是国家的人，是体察师，对我都很尊重，我也不便解释，不便说不是。我对郝叔只有感恩戴德，还有什么要求的？"

"钱啊，开销啊，不足挂齿。你开车后，工资和彩凤一样，也是年薪二十万块。以后的工资，你俩每年递增百分之二十。好不好？"

郝叔说的二十万块，还每年递增，真是出乎丁西的意料。丁西连声说：

"谢谢郝叔、谢谢郝叔。"

郝叔说：

"丁西，今天没事，我想听你讲讲故事，你骑三轮车拉客，有什么事情值得回忆的。好玩的有吗？"

"没有好玩的，骑三轮车根本没有好玩的。这是体力活，低报酬。我骑的还是无证的。不知被没收了多少辆了。碰到警察，只有逃跑，还不如乞丐。"

"哦。今后，你打交道的是宾利，不是三轮车。宾利车，见到你违章，警察一般也不会管你。"

"是真的吗？"

"哈，闹着玩的。你没有好玩的，郝叔就好玩的说个给你。当然，我们也不违章，违章干什么。"

"那当然，绝不违章。"

正这样说着，丁西的电话响，接起来，是个女人的声音，问你是丁西吗，你马上到交警局办事大厅三号窗口，领取你的驾驶证。电话挂了。

郝叔打电话给司机，马上拉丁西出发去取驾驶证，并和丁西交接。丁西好不高兴。丁西还是问郝叔：

"你让司机以后做什么？"

郝叔说：

"我的摊子那么大，你还愁没有他坐的椅子。"

丁西心想那就好，如果因为他，开除一个人，那可是自己作孽了。

丁西和司机取来驾驶证后，认真看看这辆宾利商务车。外壳看着不大，里头空间却不小。驾驶室和副驾驶室，与第二排之间有茶台。第三排还可坐人。许多键触摸即可，空调啊音响啊可用声控。丁西学的是手动挡，宾利车用脑不用力，更没有什么离合器了。

丁西注意到副驾驶座上有一块近一米的正方形毛毯，从前是见到过的。问司机这是郝叔的吗。司机打了两个嗝，说郝叔在意大利被人打断腿之后，腿寒，上车就要盖上。

"郝叔怎么会被人打断腿的？"丁西问。

司机马上说：

"我刚才说了什么，对了，是别人，不是郝叔。"

"哦。……副驾驶室是最不安全的，郝叔就喜欢坐副驾驶室吗？"

"在天州城里开不了快车，即使跟车撞上，我们宾利毫发无损。到省城去，他都坐在第二排，驾驶室后边。他还是爱惜自己生命的。"

丁西心想，谁不会爱惜自己的生命呢。

丁西开了几公里的宾利，司机说：

"行啊你。我没有什么可吩咐的，反正碰到紧急情况就制动，也就是刹车。

高速路即使允许开一百二十码，你也不能超速。宾利车开到一百八十码，也是不知不觉的。所有的车，开到一百六十码出车祸，人全要死，不管系好安全带了没有。因为人的内脏都要移位。你也要爱惜自己的生命，爱惜自己。"

哦，谢谢。

司机紧紧握了丁西的手，打了个嗝，走了。

丁西开着宾利，回想原来骑三轮车，自己真是人上人了，像是忽然当上了王子一般。以后三轮车友，包括大个子和促狭鬼，以及小姐姐和山西女，对于丁西开着宾利车，不知会怎么羡慕地看他呢。

回来见了彩凤，说：

"给郝叔当驾驶员，年薪和你一样，也是二十万，我们还每年递增百分之二十。"

彩凤淡淡地说：

"是吗。"

晚餐的时候，彩凤杀了一只活蹦乱跳的雄鸡，生炒。郝叔、彩凤、大姐，这三个纸山人都喜欢雄鸡，认为母鸡有一种莫名其妙的骚味。杀鸡时，不能当着大姐的面。已经烧好了，大姐只吃一只鸡爪。郝叔就喜欢鸡腿，彩凤喜欢鸡头。彩凤还做了一个豆腐青菜、海瓜子、熏香鱼。

郝叔拿来了两瓶裹着黄纸的酒。黄纸撕开，却是茅台酒，一九七四年生产的，五星牌。郝叔说：

"这瓶茅台，起码值十八万块钱。"

丁西说：

"郝叔，别喝这么贵的茅台吧。"

郝叔说：

"丁西，郝叔的钱实在是用不了了，我想到吃什么，还不能吃什么吗？"

丁西想，穷苦人还不少，即使是你们纸山，穷苦人也不少，郝叔钱多，那就赠予穷苦人吧。但是丁西不敢说。郝叔的想法总是对的，否则就不是郝叔了。世上的事，他丁西知道的，能有多少呢，没有多少。

玻璃小酒杯里，茅台酒实在有些黄。吃了几口饭，郝叔倒了一大杯酒，接近三两，递给大姐。说：

"大姐，你尽量喝，自己斟酌。丁西、彩凤，我们三人就把剩下的喝完。"

彩凤说：

"一人有六两吧，那么多，我恐怕不行。"

郝叔说：

"今天都要喝，今天是个值得庆贺的日子。"

丁西问郝叔：

"今天有什么值得庆贺的呢？"

"你拿到驾照开上宾利了，难道不值得庆贺吗？"郝叔看了彩凤一眼，说，"我也拿到驾照了，也值得庆贺。"

彩凤的脸红红的，溢出微微的羞赧，她没有看人。

郝叔和丁西碰杯，郝叔干了，丁西也干了。郝叔又倒了一杯，重重地和彩凤碰，两人也干了。

大姐慢慢把一只鸡爪啃完，说：

"当年，我爸赤脚进城买年货，脚心冷，口却大渴，不好意思叫人白白给你水喝，他掏出一个铜板给人，说买一碗水。店主进屋随便舀了一瓢水给我爸。我爸一口气喝完，走了一段路，觉得口味不对，返身回来，对店主说，这水馊了，不能再卖了。店主哈哈大笑，说现在城里的水，口味都是这样的。"

丁西笑了，说：

"这店主肯定是促狭鬼的父亲。"

彩凤说：

"促狭鬼是谁？"

"你不知道的，我的一个三轮车友。"

郝叔说：

"找到店主，我把他扔到云江里喂鱼。"

大姐说：

"我们山里人一直是受城里人欺负的。现在我们山里人可不能反过来欺负城里人啊。"

郝叔一九七四年的两瓶茅台，使丁西和彩凤全身松泛，心情愉快。回到房间，丁西问：

"你先洗还是我先洗？"

彩凤眼睛里有点泪花，揽着丁西的腰，说：

"一起洗吧。"

进浴室后，互相淋湿，彩凤拿浴液涂抹丁西的私处。丁西问：

"你今天还要吗？"

彩凤说：

"为什么不呢？"

丁西说：

"你今天和郝叔不是好过了吗？"

彩凤笑说：

"妈的我还怕多吗？"

上床。事毕。丁西好像想了好多似的，问：

"郝叔要三个姑娘干什么？"

"郝叔是富翁，老了，回光返照。"

"三个怎么干呢？"

彩凤扭了一把丁西，说：

"你也想三个吗？"

"我一生就你一盘菜。看来郝叔是有病。"

"看来真是有病，不过，他说以后永远不要别人了，他说就爱我一个人。"

"说着好听。"

"我看他是真诚的。我说我跟那些小姑娘比起来，年龄大，又不是很漂亮。他说那些小姑娘是花钱的，没感情的，做起来也是敷衍的。整个没有灵魂。"

"那你对他怎么样呢，爱他还是爱我。"

"那还用说，当然是爱你。"

"大姐怎么知道你和郝叔的事情呢？这很蹊跷。"

"我也不知道大姐是怎么知道我和郝叔的事情。不过她是过来人，聪明过人。她一定看出郝叔追求我，未必知道我和郝叔上床。"

"她人好，还是站在我一边的。"

"你人好。她经常跟我说起你，说你人好。说不定已经在警告我了。"

"谢谢大姐。"

二十一

次日下午四点多，郝叔又让丁西用三轮车拉他，在香樟树下转。说：

"把你的三轮车友，那个大个子放了。他在白鹭里近一个月了吧。你不知道，他天天喊着要见你，跪在地上求出去。我们的保安叫他闭嘴，说能出去的时候会让他出去的。大个子说关着难受极了，还不如出去让警察逮去。太有意思了，这大个子，关一个月就痛苦成这个样子，如果关三年呢，怎么样。我就是存心让他痛苦一下，我要的就是这个效果，让他有所感悟，有所对比，以后做人小心谨慎，绝不做出格的、违法的事情。"

丁西恍然大悟，自己差一点把大个子给忘了。他赶忙说：

"郝叔用心良苦。"

"当然了，"郝叔说，"一则是你的车友，二则我们也需要他。你不是说了吗，他在会市坊一带和三轮车夫里头很有威信。我也做了了解，居委会说这个大个子为人厚道，讲义气，有口碑，为大家所信任。会市坊D002地块，我们要建两幢地标性的大楼，现在什么批文都到手了，只剩一项工作，那就是拆迁补偿工作。这是非常麻烦的事。"

郝叔又说：

"街道已经成立拆迁办公室，街道办事处主任是主任，副主任有两位，其中一位就是这个大个子。"

"郝叔这一招好，英明。"

"这事还不能同他说。你还要让他知道，解救他是你在使劲，让他当副主任的是你，而不是我。不要说到我，千万不要让人把你和我联系起来。三轮车先停下来……原来会市坊曾经拆迁过一回，没有成功，原因就是你们这群三轮车友，对补偿要求太高，吵吵闹闹。现在有你丁西，有大个子，以你和大个子去影响会市坊的三轮车夫。我还想让这群三轮车夫摇一摇身，变成拆迁办公室成员，为我所用。他们不是要价最高，最会闹事吗，最不会妥协吗，那么，我们拉拢他们，再让他们代表拆迁户吧。他们没有三轮车了，鸟事没有，让他们一户一户去签字。"

丁西说：

"郝叔，三轮车友都是穷人，你就给他们多一点补偿吧。"

郝叔说：

"丁西，你这话同我说过的。中国有《国有土地上房屋征收与补偿条例》，有《中华人民共和国土地管理法》，但中国地大，地区差异大，虽然对征收补偿有原则性规定，但各地的补偿方案又是不一样的。郝叔的身份就是商人，商人就是追求利益。对不对？这回的补偿，通俗地说，或者一赔一点五，或者一赔二，最高是一赔二点五。你和大个子怎么说，你心里要有数。"

丁西心想，郝叔的意思，最高就是一赔二点五了。是否可以再高一点呢。你不是说你的钱用不了了吗，你可以让一点利给三轮车夫啊。为什么总是吸钱、吸钱，总是攥着、攥着呢？

郝叔好像已经看出丁西的心事。说：

"丁西，一赔二点五是很高很高了。比如大个子的房子是一百平方米，我给他就是两百五十平方米。我也不能给三轮车夫多赔一点，这种事都是公开的，千百户都盯着。大个子立功的话，我会另外给他奖励，这要和拆迁无关了。"

"郝叔就给他们二点五吧。"

"哦，好的。但你现在不能同大个子和三轮车夫们说二点五，要挤牙膏一样，慢慢地加给他们。一下子给他们二点五，他们肯定还要三点。那不可能。"

"郝叔，今晚我请大个子和三轮车友喝一顿酒，试探一下他们的补偿要求，好不好？"

"很好。你带两瓶茅台和一条黄鹤楼去。你不能说和会市坊的开发商是熟悉的。三轮车夫不是说你是体察师吗，你以体察师的名义去了解一下，他们对补偿的最高要求，究竟是多少。能低则低。他们也会请你去市里体察，能高则高，嘻嘻。"

郝叔又说：

"你丁西和彩凤，两幢大楼建好后，我准备送你们一套好房子。你俩在白鹭里住下，会市坊那套房作为你们的恒产。现在我们是一家人了。"

"谢谢郝叔，谢谢郝叔。"丁西感动得额头出汗。

"好。你把郝叔送上楼，你就去花工房子里，把大个子接出来，去喝酒吧。"

"好。"

丁西拿了酒和烟，开着宾利车过去。帮了一下郝叔的忙，郝叔就给他一套房子。那是天州标志性地段，高楼上的房子。是两百平方米呢，还是三百平方米？即使只有一百五十平方米那也值很多很多钱啊。天州的曼哈顿小区，卖七万块一平方米，郝叔会市坊开盘的高楼应该远远不止这个价，那么，他丁西将得到多少钱啊！

是的，丁西激动得额头出汗，全身流汗。

见到大个子时，大个子正贴着窗，看着外面的香樟树。保安开了门，丁西很觉意外，因为大个子见到了他，竟然嗝嗝大哭起来。喊道：

"丁体察师！"

他抱住了丁西，说丁西为什么把他关起来，为什么不来看看他，他连在香樟树下蹓蹓都不能。丁西说：

"有些事，我们不能告诉你，这是纪律。这个白鹭里，也是一个世界。你不能让别人看到。我把你的犯罪行为抹去，需要时间。在这里一个月都不到吧，你就痛苦如此，如果关你三年五年，你该怎么办。"

大个子说：

"是啊是啊，我在这里是二十七天，我是度日如年，痛苦万分。我想起骑三轮车，虽然不是开飞机，那是多么自由自在的生活。冬天巷弄里冷风飕飕，夏天街道上热浪滚滚，哪有比关在一个房子里难受啊。"

"你还有鱼肉伺候，你还没尝到牢饭的滋味呢。"

"是啊是啊。丁体察师这样说当然对，但关在里头我痛苦，万分地痛苦。"

"你有电视看，我都没时间看。"

"倒是看了不少连续剧。现在，我的罪都洗白了吗。"

"一起过去了。"

大个子又嗝嗝大哭起来。说：

"丁体察师，你是我的大恩人啊……你有烟吗，给我一根……我一次又一次犯罪，你把我给洗白，我怎么感谢你呢！"

"不要这么说，我们都是兄弟，有福同享，有难同当。"

"丁体察师，只有我有头无脑，经常犯错，让你麻烦。你一辈子没有难，只有你把我的难当难。我这一辈子愿意做你的牛马，你怎么使唤我，就怎么使唤我好了，你别客气。"

"你说到哪里去了，我们是兄弟，不是无情无义的买卖人。这段时间，我都没来看你。我是时时想着你，天天想着来看你，但我有体察任务，我出差了，昨天夜里才回来，夜里就打报告让你出来。身不由己啊。"

"我也天天在想，丁体察师怎么不来看我，他是有情有义的人，他肯定有要务在身。好了，你来了。我现在回家，家里没有警察吧。"

丁西笑了，说：

"你放一百个心。"又递了一支烟给大个子。

"我把曹锟打得那么惨，你真的替我摆平了，我一分钱也不要出吗。"

"以后别打曹锟就好，以后别打人就好。见到曹锟，你就避开绕开好了。"

"三轮车没了，找他也难，我也无脸见他。"

"今晚我为你接风。把会市坊三轮车友叫过来，我们就在龙门海鲜楼喝一顿吧。我已定了包厢，888。"

"丁体察师，这太好了，见到大家了。但又要你花钱，我真过意不去。"

"在三轮车友中，你最讲义气，最讲道理，最大公无私的，我对你最钦佩。如果是别人，我才不会为他接风呢。"

"丁体察师，我不知道我这一辈子，能够为你做些什么事。"

"你不要客气。我们是兄弟，互相帮助都是有的，来日方长……时间不早了，我们直接到酒店吧。"

丁西给大个子开车门。大个子大叫，这车是你的吗！丁西轻轻说，别嚷了，坐进去吧。

大个子进去后，说：

"丁体察师，你是会开这种高级的轿车的，可是你一直骑着三轮车。风里雨里，热夏冷冬，多年的体察，滴水不漏，你的心真重啊。"

"兄弟，不说这个了，好吗？"

大个子赶忙说：

"好、好、好。"

丁西给两个会市坊三轮车友打了电话，让他俩转告其他人，马上到龙门海鲜楼，他和大个子很快就到。他想到很多三轮车夫到促狭鬼的小酒店里白吃了一顿，觉得很好笑。又想到自己给教练的红包是促狭鬼转交的，看来不可能转交，人一到贫穷，骨头就变苦了。但问还是要问一问的，事情要弄清。

他给促狭鬼打了电话，让他也来喝酒。

龙门海鲜楼到了。丁西拿着茅台和黄鹤楼到了888包厢。想不到促狭鬼已经在里头。他说自己接到电话时正好在会市坊，就进来了。丁西对大个子说，你在白鹭里吃得简单，你去点菜，想吃什么就点什么。大个子感动，说好好。

丁西问近来酒店生意怎么样。促狭鬼说生意尚好。丁西又问到小姐姐的情况。读过高中的促狭鬼狡黠地笑起来，说女人是爱的动物，你丁西应当积极一点，主动一点，不能让大块肥田荒着。

丁西觉得促狭鬼也不是一个正经的人。

"她有老公啊。"丁西说。

"和大表妹完全不一样，这个表妹命苦。老公是这样一个黑不溜秋的人，还夜不归宿，我为表妹抱不平。你多多和我表妹联系吧，走动走动。"

"走动干什么呢。凑巧有信息来往，走动可不敢。"

"你在其他方面做得很好，就是缺少情调。"

"我不需要你说的这些情调。"

"有时也要站在爱你的人方面想想。田地葱茏也是阳光雨露的责任。"

"想不到你的思想还是挺开放的。"

"如果她有一个好老公，那不需要你忙乎。问题是这样的老公太臭了，你也要讲一点人道主义啊。"

"她的老公是我的教练，过分爱财是真的，其他方面臭不臭的我不知道。"

"爱财也不能诬陷好人啊。他说我买菜，在酒店里报账时都加价，有一天说羊肉，我报价是二十块一斤，他说今天的市场价是十八块。我和我表妹两家人开店，我能这么干吗。我可以用人格担保！"

丁西想，会不会的，你这个人也难说。便问道：

"我给教练的一千块钱红包，你转交了没有？"

"什么红包。你给我的一千块钱是介绍费，哪是什么给教练的红包？"

"这你就错了，当时明明就是红包，给教练的。"

"给教练你去给教练，你给我干什么，你给我的就是介绍费。我为什么在酒店外面写上招学员的，我的电话号码，就是为了介绍费。"

"介绍费要一千块吗，你真是不讲道理了。"

这时候，大个子和五六个三轮车友进来了。

粗喉咙大声对丁西说：

"我们刚才围着你的宾利车看了很久。我很早就发现你有异相，你不是一般之人，知道你有一天会开着宾利车，住着好地方的。我们会市坊三轮车友有你这样的朋友，真是高兴。"

车友对丁西说了一阵客气话，什么破费啊，有情有义啊，阔了不忘穷朋友啊。

人到齐后，丁西自然是坐主宾位。促狭鬼挨着丁西坐在主宾位。丁西说这里不是你坐的。大家也对促狭鬼说，你有什么资格坐在这个位子。他们便推大个子坐在主宾席。丁西叫粗喉咙坐在了自己的另一边。

丁西一只臂膀挽着大个子，对大家说：

"今天我是为他接风的。他为了你们，几次受惊，他都是为你们受过。"

大家说：

"是啊是啊，逃难逃了一个来月了，我们想念着，躲在哪里呢？"

丁西说：

"哪儿都没有逃，他和我在一起。"

大家向丁西竖起大拇指，说：

"丁体察师就是厉害。"

促狭鬼说：

"泰山压顶，对丁西来说也只是樟叶一张。"

丁西对促狭鬼说：

"不要恭维我，显示自己有文化是不是。大家其他的话不要说了，吃菜、喝酒。"

大家卖力地吃。一条两斤多的野生海鲫鱼，三下两下剩下一条骨。一人一个梭子蟹，刹那间每人面前堆满了蟹壳和蟹脚。

大个子说：

"我一个月没有和你们联系，我们会市坊要拆迁，现在情况怎么样了？"

有人说：

"我们相信党，相信政府。"

有人说：

"有丁体察师在，我们还怕什么。"

好几个人附和说：

"是啊是啊。"

有人说：

"总是拆迁补偿吧，多赔多得，少赔少得，天塌大家事。"

促狭鬼说：

"虽然我是局外人，但这个问题极其重大，你们不能等闲视之。要聘请律师，研究你们所在地段价值，估算开发商利润情况，再和街道居委会谈，争取得到最大的补偿。你们要听我的话。"

丁西说：

"什么律师律师，你给钱吗。律师只认钱，谁给钱替谁说话，有几个律师是靠得牢吗！"

大家都说：

"丁体察师说得好，我们怕什么，我们有丁体察师！丁体察师，你替我们去打听，怎么赔，赔多少，全你说了算。"

大家又指责促狭鬼，说：

"你只会说大空话大道理。当年我们也是被你这种人害的，要价太高，最后事情黄了。"

丁西说：

"火候要扣好。我们尽可能获得最大的利益，也叫别人能够接受得去，开发商也是人，他们总要赚一点。"

"是啊是啊。"

正说到这个节骨眼上，一件非常意外的事情出来了。也许是促狭鬼受到了冷落，没有了话语权，自以为身份比其他三轮车夫高半级。他大声地说：

"我有一条新闻要发布，你们可要认真听。"

促狭鬼欲言又止。三轮车友催促道：

"快讲嘛，快讲嘛。"

促狭鬼说：

"在东海里，昨天，鹭鸶国有小民把他们的国旗插在了我们的翡翠岛上，虽然这是个无人岛，但这是我们的领土。"

大个子一拳捶在桌面上，说：

"岂有此理，解放军开炮了没有！"

促狭鬼说：

"还是民间行为，不足以让我们伟大的解放军出面收拾。"

大个子说：

"我们去、我们去，我们一个小指头就把他灭了！"

促狭鬼说：

"东海龙王，是我们的龙王，整个东海都是我们的。"

"对啊！"大家说。

促狭鬼又说：

"南海观音，观音菩萨是我们的，整个南海也是我们的。"

"对啊！"大家嚷嚷道。

促狭鬼欣欣然又说：

"别说东海南海了，就是月亮也是我们的，我们的嫦娥就住在月亮里，桂花树下。"

"对啊对啊！"大家齐声道。

大家这回非常欣赏促狭鬼。想不到促狭鬼信息那么灵通，那么有才。

丁西有些心慌，怎么会出来这个事。这个事带走了方向，带走了主题，但他丁西控制不住了，他没有这个能力。丁西想，自己切身利益都不管了，这些人啊。但促狭鬼明显不是杜撰，不是来搅局，不是故意和他丁西过不去。

促狭鬼又说，翡翠岛离暖州最近，但离我们天州也不远，四百公里。夺岛的任务我们去做，去完成，责无旁贷。

三轮车夫群情激奋。他们明显对促狭鬼产生了好感，他平时有缺点，现在都可忽略不计。他们吃菜好像失去兴趣，较少搛夹，但喝酒就多了，喝了酒就大骂鹭鸶国小民。鹭鸶国村野小民，妄图蚂蚁吞大象，占领我们的小岛。是可忍孰不可忍！

丁西觉得，促狭鬼虽然不是和他丁西过不去，但事实已经把拆迁理赔的话题给搅了。

大个子说：

"鹭鸶国这些人真是太坏了，自不量力。但怎么去夺岛呢，怎么捍卫我们的领土主权呢？"

大个子的脸朝向促狭鬼，他毕竟是读过高中的。

促狭鬼来劲了，想了一想，说：

"我们租一条大渔船去，我们这里有十二人了，我们再叫上十来个三轮车友就行了。买一些长矛大刀，如果碰上鹭鸶国人，我们就把他们驱逐出岛，鲜红的五星红旗插在岛顶，把鹭鸶国国旗撕碎，扔在大海。这就行了。"

大个子说：

"碰到鹭鸶国人，就扔到大海，这样才解恨。"

这样说着，丁西也有些激动，说：

"如果碰到蓬莱军军舰怎么办呢？"

大个子说：

"我们准备一桶汽油，挨近它，跳上军舰，一个火把扔过去，把它烧沉了。"

丁西又问：

"万一向我们开炮怎么办呢？"

促狭鬼说：

"那是战争行为。他要看看我们是哪个国家的，听到'中国'俩字，我想他们胆子都吓破了。他们根本不敢向我们动粗。"

有人说：

"他们损我一根毫毛，解放军就剪除他们两条大腿。敢吗！"

"就是就是。"

丁西以为他们说得对。

促狭鬼说：

"哪一天出发，谁去租船，谁去置办国旗、汽油、大刀、长矛，都要分工落实。这里还要产生费用。"

丁西对促狭鬼说：

"费用你想想办法吧。"

促狭鬼叹气说：

"哎哟，我是只出重要信息的，费用我还有什么办法啊……我们这些兄弟，三轮车都没了，只有你丁体察师有办法呢。"

大家不肯说话了，沉默了许久后，你看看我，我看看你。有人说，如果自己出钱，我不去了。

"我们是爱国，如果没有奖励，我也不去。"

"对对，毕竟是出海，有危险，没有奖励，我也不去了。"

最后，大家把眼睛盯在了丁西脸上。好像是说，丁体察师，这么重大的事情，办得了办不了只能看你的了。

丁西见大家的眼睛都盯着自己，好像是试探，是考验，考验他是不是体察师。再说这事情的确是爱国行为，是民族大义。他的脑袋也烫热起来了。爱国不是挣钱，即使奖励，也就一人给两三千块足够了。给些奖励，也是应该的。他丁西有钱，有五十万块钱的银行卡躺在父亲的遗物盒里。

丁西说：

"要租船，要奖励，这事情涉及拨款，由于纪律，我一个人不好随便表态，要集体讨论，可能还要向上级领导汇报。我可以肯定地说，我们得到支持的把握性很大。"

三轮车夫个个竖起大拇指，齐声说：

"谢谢丁体察师！谢谢丁体察师！"

丁西拍了拍大个子的肩膀，对大家说：

"这样吧，这回的总指挥是他。你们大家，包括我，都要听他的话。"

大家说好。

大个子说：

"我听丁体察师的，他是总指挥。"

丁西说：

"不要推辞，就这么定了。"

大个子显得很感激，很高兴。于是，任务一一有人认领。大个子去租船，他和老大定时间。

丁西回到白鹭里，向郝叔做了汇报。说大家真以为他是体察师，很听他的话。但三轮车友的补偿要求具体还没有谈到，半路上杀出程咬金了，因为我国的翡翠岛被鹭鸶国小民插了国旗，他们要去夺岛，把鲜红的五星红旗插在岛顶。

郝叔的眼睛忽然放大，继而哈哈哈哈哈哈哈哈哈地大笑不止，笑得丁西心慌。

郝叔问：

"他们真的那么亢奋吗？"

丁西说：

"他们没有一个冷静，一个个打了鸡血一样，我也觉得很好笑。"

郝叔说：

"翡翠岛跟你们这些人有关系吗，翡翠岛跟你们这些三轮车夫有半毛钱的关系吗。太离奇了，三轮车取缔了，这些人闲着蛋疼……他们是什么意思，什么夺岛，怎么夺啊？"

"他们说，翡翠岛上有鹭鸶国人，要么驱离，要么扔到海里去，然后把鲜红的五星红旗插在岛顶。"

"丁西，你去吗？"

"他们把我当头，我是体察师，当然要去。"

"看来你也是冲动了，你真心想去吗？"

"是的，郝叔。"

郝叔瞥了丁西一眼，说：

"哦，你去吧，我尊重你，去几天都可以，十天也可以。想不到你们三轮车夫还有那么大的热情，真是不简单，我平时小看了这些人了。我问你，大个子也是这种想法吗？"

"第一个捶桌子的就是他。"

"呀，他看来是一个容易激动的人，这个人值得重视。"

"我让他当总指挥。"

"你让大个子当总指挥，这主意特好。你们去，你们肯定需要费用，所有的费用我包了。费用之外，我奖励你们每人一万块钱。你说费用是你争取的，你的形象要高大，大家对你要完全信赖。你的威望高了，大个子又是我们的人，三轮车夫就对你俩言听计从。这些拆迁户非常麻烦，难缠得很。这种人我多次领教过的。"

"谢谢郝叔。"

丁西莫名地兴奋。他是体察师，出海了，一船的人，他是领导者。虽然丁西虚晃一枪，让大个子当总指挥，而大家都知道，最大的头儿还是他丁西。之所以让大个子当总指挥，是为了让他高兴高兴，接下来在补偿工作上听话配合。他丁西是聪明人。万事顺遂啊。

二十二

大个子来电，说渔船老大要和丁西谈谈，主要是报酬问题。丁西问，看来老大要价很高是吗。大个子说，听口气是这样。丁西便接过了大个子，再到天州北部的龙门渔港去。

丁西今天穿着西装，系着领带。开宾利车，就要这样，好马配好鞍嘛。这领带是彩凤帮着系的，彩凤说，人模狗样。丁西自己也照了镜子，这是丁西第一次照了镜子，并且梳了头发，觉得自己十分英俊。他问彩凤：

"英俊吧？"

"今天还真是人模狗样。"

龙门离天州城区一个多小时的车程，大个子坐上车，就对丁西毕恭毕敬。他说：

"丁体察师，你开车又快又稳，你应该很早很早就会开了。多年来和我们一起骑三轮车，匍匐在社会底层，体察民情，沉得住气，真是辛苦。"

丁西说：

"我们是兄弟，你我自然一些，随便一些，我们互相尊重就是，你一客气，我心里不舒服。"

大个子说：

"丁体察师，我也想和你随便一些，但你对我的恩情摆在那里，你的威望在那里，不尊敬你我的心里就不舒服。"

"互相尊重，互相尊重。我问你，我觉得会市坊的三轮车夫有民族大义，但不大关心自己房子的事。这很奇怪。事情都要兼顾，不关心自己的利益，最终会吃亏的。况且，你们连三轮车都没了，什么收入都没了。"

"大家都抱着天塌大家事的想法，没人出头争取利益。都觉得有政策在那里，吃亏不了，吃亏也是大家一起吃亏。"

"吃亏也是大家一起吃亏，这是骑三轮车骑傻了。我原来也是三轮车夫，作为大家的朋友，暗暗为你们着急。你想想，如果多争取十个平方米的房子，按照会市坊这么好的地段，一个平方米八万块，也是八十万块钱啊。那要骑多少年的三轮车啊。"

"是啊是啊。丁体察师，我们会市坊的三轮车夫应该怎么争取呢？你可要替我们多想想办法，你神通广大，力量无穷。"

"我也想过，如果我不出面，替你们想想办法，恐怕你们吃亏吃到哪里去也不知道。但凡事有个度，你们因为我出面了，就狮子大开口，那又要把事情弄黄了。"

"是啊。前回就是我们三轮车友狮子大开口，把开发商吓跑了。这回一定要注意分寸，也就是你丁体察师说的度。反正，我们都听你的。"

"如果听我的，我就让政府给开发商施加压力，开发商让利，我们得到最大的利益，开发商也有钱可赚，就是双赢。"

"要双赢。前回三轮车友闹得太狠了。都是他们，不是我。"

"我是知道的，你有脑子。今天车子里就我们两个人，我想啊，争取利益，我要把你安排在街道拆迁办里头，当个小领导，这样，你就有发言权了。"

大个子一下子感动得不行，在丁西前面拱了拱拳。丁西说：

"你的手别在我面前晃，我开车。"

大个子连忙说：

"对不起，以后我不会了。哎呀，丁体察师，那天晚上回到家里，我老婆把我骂个半死，说我犯罪了，今后子女都不能上大学了，更别说就业了，现在三轮车都不让骑了，以后家庭怎么办。她哭了，哭得好伤心。我说我不是无罪回家了吗，她说案底还在，一百年还在，孩子给我毁了。想不到丁体察师让我当领导了，这就彻底扳回了，孩子上学就业都没事了吧？"

"放一百个心。过去的事不提。夺岛之后，我们把以后的事情干好。首先就是拆迁补偿问题。"

"是、是，靠丁体察师了。"

"我如果能争取给你一个街道拆迁办副主任，这官就不小了。官是越小越吃力，越大越省力，越好当，大官嘴巴里有两个字含着就够了，要么说行，要么说不行。"

"那么，丁体察师，我说行呢，还是说不行。"

丁西哈哈笑起来，说：

"你还没有当上呢。我替你去摸底，开发商给你们拆迁户最大的补偿是多少。我把这个底给你。然后大家讨论时，会说应该补偿多少，没到那个数，也就是没到那个底，你不说话。不说话，或者随便说话，是一种威严，你个子那么大，更是不怒自威。问你的意见，你就说不行，终于到数了，你就说行。就这么简单。"

"你这么一说，拨云见日，我开窍了。你真有智慧，其实我还是靠你丁体察师，没有你，我不知道什么是行，什么是不行。"

"你要补偿多少，也就是通常所说的一赔几。"

"一赔二吧。说多了又是狮子大开口。"

"我有数了，我努力。"

"靠你了，丁体察师。"

船老大的家在一个两层瓦房里。有门台，进去是院落，瓦房里大约住着三户人家。使丁西奇怪的是瓦槽里长满瓦菲，葳葳蕤蕤，这是天州城里所没有的。更为奇怪的，是瓦片被石头压着，整个屋背形成一个奇怪的图形。

丁西、大个子和老大就谈到了行程问题。老大说：

"翡翠岛偏东南，按照潮汐情况，后天上午十点钟出发为宜，到翡翠岛可能是次日清晨了，当天晚上即可回来。我的船可容三十来人，但人太多，吃饭难解决，煮饭烧菜的要两个人，其他人二十来个就够了。菜和米要充足，出海了，说不定有意外，多出一天也是说不定的。"

丁西问：

"总不会发生生命危险吧？"

"那应该不会，现在的天气预报很准，我的 GPS 灵得很。"

大个子拍了拍老大的肩膀，说：

"小问题难不倒我们。我们是为了全中国人民的利益，你和我们都一样，国家有事，人人有责。"

老大说：

"你们都不是一般的人，高尚、伟大，这位先生西装革履，你的车要上千万买的吧？"

大个子说：

"他是丁体察师，在天州是很有名的。"

老大对大个子说：

"你肯定也是不得了的人物，像千年金丝楠木树，相貌堂堂，你们给我和我的船多少钱呢？"

丁西觉得事情说不定会卡壳，因为老大奉承他俩了。如果老大要价很高很高，怎么办呢，那就只得请示郝叔了，或者另找船家。

大个子对老大说：

"你出一个价，我们觉得能接受，事情就成了，不要狮子大开口。"

老大说：

"现在打鱼不容易。离海岸十来公里，几乎没有什么鱼。捕获的大多是塑料桶、拖鞋、乳罩之类，远处，所多是水潲和琴虾。水潲很鲜美，但容易发臭，捕获很多要马上回岸。它便宜极了，因为很难保鲜。琴虾也是很贱，渤海那边称皮皮虾，天州叫花狗弹，南方如台湾称撒尿虾，都是卖不起钱的。现在你想捕一条黄鱼，那是比登天还难。这次远行，你俩就多给我一点钱吧。"

大个子说：

"讨价还价，你先开价吧。"

老大看着丁西，乞求似的说：

"来来回回，连同柴油，合计一万五千块钱。"

价格意外地低。这就敲定了。老大要求先付定金一万块。丁西马上给了。

和老大道别后，开车回来。丁西说：

"我以为他要二十万三十万块呢，原来只要一万五千块。厚道的渔民啊。这次夺岛，组织给我们每人一万块钱，这是对大家大义行为的奖励。这个老大，我很赞赏，我要向组织报告，给他几万块奖金。"

大个子说：

"我们会市坊的三轮车友都去，他们意外得到一万块钱，会高兴死的。"

"你再叫五六个车友吧，其他人我考虑一下。"

"好。"

丁西考虑要不要促狭鬼。丁西有些烦促狭鬼，但促狭鬼有知识、聪明，而且这回二十来人的吃食，可以由他来置办，便决定把他叫上。

抵达城区后，把大个子送到家。他打了一个电话给促狭鬼，问人在哪里，促狭鬼说在酒店里。丁西说好。一会儿，车就到了小酒店。小酒店只有促狭

鬼和小姐姐两个人。车一停,小姐姐就走出来了,她发觉了,现在天州的宾利车,只有丁西在开。丁西出来后,小姐姐就说:

"丁哥,你从哪里来,是山西女那里吗?"

"不是。我从龙门海港来。"

"山西女和你一起去吗?"

"没有,和她去干什么。我和一个三轮车友一起去。"

"你和她经常见面吗?"

"凑巧发信息,没见面。"

"你都没有到我这里来呢。"

"今天不是来了吗。"

"你不是找我的吧。"

"找你,也找你表哥。"

"找我表哥干什么?"

这时促狭鬼踱出来,问道:

"丁体察师,我们哪天去夺岛?"

"你怎么知道我叫你去呢?"

"情报是我提供的,你对我挺好的,会考虑给我奖金的。"

"后天就去。"

小姐姐问:

"什么夺岛?"

促狭鬼就解释了一番。

小姐姐问丁西:

"你去吗?"

"丁体察师是领导人,他当然去喽,"促狭鬼说。

"要几天时间呢,"小姐姐问。

"两天。"丁西说。

"那我也去。"

"你不要去。我已经去了,你再去我们的酒店怎么办?"促狭鬼说。

"只有两天,我也去,当作我和丁哥去旅游。我叫个钟点工帮表嫂。"

"花几百块钱,叫个钟点工帮着收拾桌面也好。"丁西说。

"我们都是男人，女人去不方便。"

"我们需要做饭洗碗的，来两个女的也好。船很大，有卫生间。再说我们去夺岛，有补贴。"

促狭鬼忙问：

"多少钱呢？"

"一人一万块。"

促狭鬼两只胳膊在空中抡了两抡，说：

"那，酒店关门，我两夫妻都去。"

"店要守，不能随便关。关了两天客人以为停业了。你们俩去就行了。"丁西说。

小姐姐问：

"是后天吗，我坐你的宾利车，好吗？"

"好。"

丁西又要求促狭鬼置办二十个人的吃食，三天，吃得要好一些，花样要多一些。回来后一并报销。促狭鬼高兴地答应下来。

小姐姐见丁西要走，说，很快就要吃晚饭了，你就在这儿吃吧。丁西说不了，我还要向领导汇报。

丁西开了车，忽然想到了山西女，应该让她和小姐姐一起做后勤，洗洗刷刷，顺便让她得到一万块钱。一万块钱，对她来说，是很重要的。于是停了车，给山西女打了电话。山西女喜出望外，说丁哥在哪里呢。丁西说我在白鹭里不远处。山西女说，我发个位置给你，你过来一下，过来一下。

丁西觉得位置很近，把夺岛的事说清楚，也不是三言两语的事情。于是说好，一会儿就到。

导航结束。在一棵大榕树下停下。山西女明显是紧急化妆，唇膏涂抹并不均匀。丁西对山西女说，你坐在副驾驶座吧。她就拉开门，坐了进去。说：

"丁哥，这车比我们学的车好一百倍。"

"那是国产桑塔纳，这是宾利。"

"我们坐后边吧。"

"就这样坐着吧，事情对你说了我就走了。"

"不行，丁哥，这样坐着隔得远，坐后边！"

山西女自行出门进门，坐在后边。丁西只好按照她的意思，坐在了后边。
山西女说：

"你给我靠一下头好不好？"

丁西还没答应，山西女的头已经靠在了丁西的胸膛上了。许久，她说：

"你抱住我好不好？"

她把丁西的手撬来放在自己的背部。说：

"丁哥，抱紧一点。"

丁西把她抱得很紧。她说：

"再紧一点，再紧一点。"

山西女晕眩过去，居然鼻息重重。过去大约有一刻钟，丁西摇了摇她，说：

"我有事同你谈。"

山西女说：

"我不听，我不听，我睡一会儿。"

丁西说：

"你已经睡一会儿了。"

她说：

"没有睡着，我睡着了我会知道的。"

丁西一动不动，让她睡。但她好像再也睡不着。而忽然又打起呼噜来。丁西闻了闻她的头发，觉得很好闻。

好久，丁西电话响了。老婆说你在哪里，吃晚饭了。丁西说，很快到家了。
山西女说：

"别回家，我们在边上随便吃一点，一会儿到我家，我想你。"

"对不起，我要回家吃饭，我还有重要的事情汇报。"

"向你老婆汇报吗？"

"不是，向领导。"

"哦，你好像说有什么事。"

丁西就把整个事情说了。山西女说：

"钱不钱的不要紧，我跟你，你在，天边我也去。即使船翻了，一起东海喂鱼吧。"

丁西摸了一下山西女的脸蛋，说：

"不要这样说，不吉利。"

丁西在路上，用湿巾把自己的脸擦了又擦，生怕自己的脸有香味。到了白鹭里，老婆的菜已经端上桌了。吃饭时，丁西主要向郝叔汇报了和老大的对话。丁西说去夺岛的人每人都有一万块补贴，郝叔是否多给老大几万块。郝叔说，他要求的就这个数，我们为什么要多给老大呢？丁西说，他一个人，还有一条大船，来回要两天。郝叔说，你们是大义，老大没有这种意识。我奖励的是精神，老大没有这种精神。

丁西觉得郝叔是对的，又觉得哪里不对。

郝叔又说：

"你是我兄弟，你的所有主张，我全力支持。我还花很长时间说服彩凤让你去，因为一个人的自由是最重要的，自由无价。"

"谢谢郝叔。"

二十三

早上醒来，薛蒙霸打来电话，说：

"夺岛我也去，正义的大事不能撇下我哦。"

丁西说：

"你不是为了一万块钱吗。"

薛蒙霸嘿嘿一笑。丁西说：

"好吧，你十点整自己坐公交车到龙门公交站吧。"

丁西心想，既然薛蒙霸去了，干脆把王协警也叫去，一个活动把天下的恩怨抹平也是好事。他便叫上了王协警。

八点钟，丁西接了大个子，又接到小姐姐和山西女，便往龙门开去。山西女进后座，跟并排的小姐姐打招呼，你好。小姐姐见山西女，有些惊讶，这不是丁西的车友吗，她不予搭理。山西女跟着也就一言不发。红灯时，丁西回头看了看小姐姐，她似乎有些愠怒，而山西女有点疑惑的神色。

丁西疑心，自己把她俩一起叫过来是否有些失当。

车上，大个子向丁西汇报：会市坊十人，又叫了五个三轮车友，加上丁西，促狭鬼，两个女的，老大，整整二十人。丁西说，我又叫了两个朋友。大个子又说，已经叫大家多穿衣服，怕风大天冷，海上又寂寞，让促狭鬼带了十斤烧酒。

丁西心想三轮车友都在陆地上转悠，有几个会游泳，万一在船帮上走，下水，那不是呜呼哀哉吗。但大个子是总指挥，他已经交代了，也就算了。他对大个子说，喝了酒以后，不能在船帮上走，谁都一样，老老实实在一层待着。大个子说对对。

丁西忽然要给两个女人买大衣。因为他疏忽了，没跟她们说大海冷，天气变幻莫测，多带衣服。车在一家皮草店停下，丁西对两位说，你们进去买大衣，主要是保暖，然后是好看，回来还得穿，钱我付。

小姐姐很高兴。山西女说我就买一件厚的，自己付钱。丁西说，买好的，满意的，国家付钱。山西女这才点了点头。

小姐姐进店后，又紧张又兴奋，她好像看中了好多件。穿起来，让丁西看，问好看吗。丁西说好看。又穿了一件，又问丁西，好看吗，丁西说好看。但还是挑不下来。山西女选准了一件，走出来，对丁西说，就这一件了，我觉得好看又暖和。丁西就到收银台付了钱，三百元。这时小姐姐还没挑好。一会儿，小姐姐总算出来了，两条胳膊各挽一件大衣。她笑眯眯地对丁西说，给我两件，行吗。丁西只好说，好吧。两件合计是一万三千八百元。

坐上车后，只见小姐姐对山西女说：

"你买的好看，我两件不如你一件。"

山西女说：

"是吗。"

三轮车友已经到达了龙门公交车站，他们等到了丁西的车。见大个子下车，还下来两位美女，霎时来了兴奋。他们对大个子说，总指挥有本事啊，招来两个美女，不错。大个子不置可否。丁西对大家说：

"你们往码头走，很近。我去见船老大。"

小姐姐说：

"两件衣服放在车上呢，还是拿到船上去？"

"船上穿，当然是拿到船上。"

丁西对小姐姐有些鄙薄。

远远见到老大站在自己的家外。

丁西停车，想同他握手。

老大很尴尬，说：

"我们去不了了。早上派出所通知，不能到翡翠岛去。"

老大把一万块钱退给丁西。

丁西很惊讶。问：

"怎么回事呢？"

"不知道。"

"行动不能取消。我给了你定金，我们必须要走。"

"不行啊，先生。"

丁西突然觉得后果严重，好像西装要被人剥掉，宾利车要被人开走。

"这样吧，我加倍给你钱，三万块，怎么样！"

"这里是沿海，几十年被称为前线，我们渔民遵守纪律，不能出海就是不能出海，给我再多的钱我也不能，别的渔船也不敢私自出海。"

"我们动员了那么多人，买了吃的，买了装备，花了很多钱，就这么立即掉转头，打道回府吗！"

"先生，我没有办法啊。我也不是没得钱赚了吗。"

"大个子找你一次，我和大个子两个人找你一次，终于把事情谈妥。你又收了定金，现在却要取消，这无论怎样都是说不通的！"

"没有法子啊，先生。"

"那么，我们夜里走，暗暗地走，怎么样？"

"不行的先生，我是不能的。"

"夜里，我们蹲下来，就说我们出海打鱼。"

"现在是禁渔期，况且上级已经知道我们是去翡翠岛的。"

事情来得突然，丁西难堪极了。他想到的就是自己的体察师身份。有了这个身份，他才受人尊重。那么，好好的一个爱国行动被取消，一个堂堂体察师决定的一个爱国行动刹那间被取消，他还是体察师吗。这是怎么回事呢。而且，行动被取消，郝叔就不会给钱，这群人得不到钱，他们会怎么看待丁西呢！

见丁西在那里痛苦，老大流泪了。说：

"我收了你一万块定金，我得赔你一万块，可我家实在是穷，年后我想法给你补上吧。"

无奈。丁西接过了一万块钱，说：

"你也是无奈，我们是得听派出所的，听上级的，你做得对，赔的一万块钱就算了。谢谢。"

老大嘴巴扁扁的，似乎哭了：

"不好意思。"

丁西横下一条心，进车掉转头，开向了码头。

大家都在码头等候丁西。丁西下车，整了整西装。笑着对大家说：

"我刚刚接到通知，上级得知我们去翡翠岛，担心我们的人身安全，已经让海军出动了。我们的军舰在半个小时前已经到达翡翠岛，并且顺利接管了。"

"好！"山西女和大个子大声喊道。

许多人问：

"我们就这样空空地回家吗？"

小姐姐说：

"丁体察师，一个人一万块钱的奖金还有没有呢？"

丁西说：

"那是肯定有的，这是我答应的，这还用问，明天就发放。"

小姐姐说：

"那我们就马上回去。"

薛蒙霸紧接着姐姐的话，说：

"那还傻在这里干什么，回去回去。"

大家很高兴，都说马上回去。

只有促狭鬼欲言又止。

丁西说：

"买了东西的，比如准备在船上的吃食，你自己能消化的消化一下，不能消化的，你开一张清单给我，我明天一并打钱给你。"

促狭鬼说：

"那就回去吧，只是我有那么多东西……"

他的眼睛瞅着宾利车。

丁西不理他。

对大个子和山西女说：

"你俩坐我的车，走。"

车子启动。山西女说：

"那个抱着两件大衣的，看着我们呢，丁哥，把她捎上吧。"

丁西说：

"不管了。"

宾利车绝尘而去。

大个子说：

"我们没有完成任务，能有钱吗，体察师别太为难。"

山西女说：

"不要给吧。"

丁西说：

"已经造册了，领导也批了，只管拿来就是。"

山西女说：

"我总觉得这是白拿，即使是国家的钱也不能白拿。"

丁西不说话。山西女也不再说话。

送了大个子，又送山西女。

丁西说，我明后天约一下医院院长，把你的老公送去会诊一下，智力恢复一些，性功能恢复一些。

山西女说：

"恐怕无用，住院已经住了很久了。"

丁西问是哪家医院。山西女说是莆中医院，离家近。丁西说，到天州医院来，天州医院是三甲医院。天州医院是天州医科大学附属医院，教授和各种仪器设备多，科技力量强大。

"丁哥，能够康复一些，当然天好地好，那需要很多钱，我没钱。"

丁西说：

"有我呢。"

"不行，你是你，我是我。我不能叫你出钱替我老公医治。"

188

丁西想，钱的确是个问题。这一次夺岛，二十二个人，除了自己和老大，一人要给一万块，明天二十万块拿走了。自己的银行卡里就只有三十万块了。想到这里，丁西的心脏紧了一下。丁西还是说：

"我会替你想法子的。"

丁西把山西女送到家。回来的路上，天上下起了小雨，丁西的心情有些沉重。这个沉重来自不能去夺岛。不能去夺岛就不能向郝叔要钱，当然郝叔也不会给钱。而丁西自己是必须给大家钱的，他答应的事就要兑现，这是做人的品格问题。况且他是体察师！但是，二十万块是大钱，给了大家他不能不心疼。父亲去世时，郝叔就给了十八万块钱，那时他和彩凤心里是多么地兴高采烈啊，丁西几乎掩盖了丧父之痛。自从认识了郝叔，他得到了几笔大钱，想起骑三轮车，挣钱是那么艰难，那么辛苦，短路三块，较长的五块，一脚三滴汗，双眼还要小心警察。拉客还不容易，他人小，也不会打架，三轮车友经常欺负他，把他的客人抢走了。想着想着心情不只沉重，还沉痛起来。

回到白鹭里，车进车库时，见有微信响。丁西笑了，原是老婆彩凤的，说：

"出海你可千万千万要注意安全啊。"

丁西回了信，我已经把岛夺回来了。

丁西到了楼上，彩凤哈哈笑起来，说：

"妈的你怎么回来了。"

丁西就把出海被制止的事情说了一遍。彩凤见丁西脸上不悦，说：

"好，好，回来就好，什么夺岛，纯是瞎胡闹，你不会游泳，我真是担心。"

丁西问：

"郝叔呢？"

"他呀，今天心情好像极差。无事找事，骑你的三轮车在河边兜圈。"

"他腿脚不便，又下雨，怎么骑起我的三轮车了。我去看看。"

丁西下了楼。三轮车车轮刚刚从前面碾过，郝叔一只腿尽力地蹬，他居然学着天州鼓词的腔调，大声唱道：

"彩凤啊彩凤哎，下世做狗为的你……"

唱腔中居然有点悲怆。

丁西叫了一声郝叔。郝叔慢慢地刹住了三轮车，回过了头。郝叔一动不动，丁西走近来，郝叔的脸上似乎有一点点凄苦。眼睛里是雨水还是泪水，是雨水改造了他的表情吗?

丁西说:

"郝叔,我来骑,你坐在后面吧。"

郝叔没有吭声,沉默了大半天,说:

"丁西,你坐在后座,我骑。"

丁西站在郝叔边上,说:

"这成什么体统。"

"我纸山出身,一只腿重蹬,一只腿轻蹬,能行。"

"这可不行,三轮车就是我丁西这些人骑的。郝叔,下来下来,坐在后面去。"

郝叔好像火了:

"什么我丁西这些人,人都是平等的! 坐在后边!"

丁西只好坐在后边,心里很是难受。郝叔居然能骑,而且骑得不错。

丁西能感觉到,今天郝叔心情坏极了。事业大了,总有不顺遂的时候。

到了河边,郝叔问:

"我的宾利车和你换三轮车好不好?"

郝叔的话使丁西不知所措。

"以后游艇给你好不好? 蓝石和白鹭里也给你,好不好?"

这话太奇怪了。丁西急忙说:

"郝叔说到哪里去了。这是你的智慧换来的,是你大一生的奋斗换来的。"

郝叔叹了一口气,说:

"没有意思啊。你的三轮车跟我换,我住你的三楼房间吧,好不好?"

"郝叔真会说笑话。"

"今天凌晨,我的一个弟兄进去了。"

"郝叔的弟兄,谁呢?"

"天州市公安局局长。"

"叫到哪里了呢?"

"纪委,还有哪里。"

"郝叔叫丁主席救救局长嘛。"

"他呀,样子挺高兴,好像马上要订婚了。"

到了晚上吃饭时，碰到大姐和彩凤，郝叔猛喝了几杯酒，心情才略微好了一点。后来叫丁西到五楼他的房间去，问起这回去夺岛，说你组织得那么充分，怎么就回来了呢。丁西便把船老大的话转述了一下，说自己很难受。郝叔说，这是边防不让去，也是没有法子的。

郝叔又问：

"大家都知道你丁西厉害，是体察师，夺岛那么大的正义事，船老大说不去，你就去不了，你怎么向大家解释呢？"

"我说上级通知我了，为了我们的安全，早晨解放军已经去了。"

"你答应给大家钱了吗？"

"是的，我是说过的，组织上会奖励大家钱的。其实，三轮车友就是为了钱，三轮车不让骑了，他们把一万块钱看得很重。"

"现在是没有去，你也答应给他们一人一万块钱吗？"

"是的。我还是要给他们一人一万块钱的。做人说话要算数。"

"主要你是体察师。"

丁西尴尬了，笑哭都不是。说：

"对啊，那天本来是完成你给我的任务，谈会市坊拆迁理赔的事，可大家听促狭鬼一说翡翠岛被鹭鸶人插了旗，血热了，一个个狗吃了酒糟一样兴奋，盯着我看，我的血也热了，仓促做了决定。有人说吃一堑长一智，以后我会注意了。岛不岛的，实际上跟我没关系。"

"你说做人说话要算数，你有钱吗。"

"我有。"

"你哪来的钱呢？"

丁西想了想，说：

"我爸去世时，郝叔给我十八万块钱。会市坊三轮车友是十个人，我自己还叫了八个人。郝叔给我的钱，正好。"

郝叔笑了：

"十八万块钱彩凤不知道吗，她能给吗？"

"她会骂我，但她会给我钱，她不会让我下不了台。"

"彩凤真的那么好吗？"

"她真的是很好很好的。"

"你认为她真的很爱你吗？"

"那是毫无疑问的。"

"丁西，这钱还是我付。我说过支持你的，我也要说话算数。"

"郝叔，不要不要，我没能去翡翠岛，我没有出海，我不要郝叔的钱。"

"你们是正义行为，我支持。我们是一家人了，我当然要支持你这个体察师。你有诚信，兑现诺言，这也是做人的基本准则，世上事变幻莫测，不以人的意志为转移。我马上给，十八个人十八万块，其中大个子加两万块，你的奖金是五万块。"

丁西泪珠在眼眶里打转，忽然，他哭出了声……

在床上，丁西把今天的事说了一下了。说郝叔心情坏，是因为公安局局长进去了。彩凤说：

"哦，原来是这样，兔死狐悲，郝叔也不能太顺，太顺就会变坏，他已经有些坏了。"

彩凤又说：

"公安局局长黑了，下面的警察也容易黑，黑的就是几个人，大家还以为是整个社会黑呢。公安是门面，有一点黑就被人看到。"

丁西心想，那个给他一辆三轮车的警察就很好，要求整顿警纪警风的岳云就很好。这样想着，他马上行动起来，给岳云发了一条信息，谢谢你的举报，你们局长被双规了，整顿警纪警风要开始了！

这样一发，丁西心里就平静多了。啊，岳云是真正的好警察。

丁西说：

"也有坏警察，比如没收我那么多辆三轮车的警察。"

彩凤说：

"这要客观地说，不能说对你有益的就是好警察，无益的就是坏警察。没收你的是例行公事。"

丁西说郝叔对他真好，比他父亲还好。彩凤没有说话。丁西还说，郝叔有些明明是笑话，如宾利换三轮车，郝叔自己不笑，让他笑。

彩凤说，这要分开说。郝叔一时对你好，不能认为郝叔整个人就好。他哭，我还有点高兴呢，他不能忘乎所以，利令智昏。

彩凤又说，他这个人说不清楚，我们还要注意呢。

二十四

次日早饭后，郝叔建议彩凤和他到香樟树丛里，到河边逛逛，由丁西三轮车拉他俩。丁西说好。彩凤不肯，不愿意让丁西拉她和郝叔，说要么把游艇开出来，到东海看看。

郝叔说：

"丁主席告诫我少开游艇，少招摇。又说，前段时间纸山要开辟竹乡旅游，所在的区搞了一个大计划，造竹楼木屋，发展牛羊业，出口干笋山药，市旅游局拟以支持上报。我知道后，跟市里说，不理不睬，不予支持！想不到，丁主席知道这件事了，认为是好事，让市里给批了。市里给了纸山好几个亿。"

丁西觉得丁主席是对的，郝叔这件事做错了。郝叔为什么要这样做呢，那是很奇怪的。

丁西问：

"丁主席都好吗？有没有钓钓鱼，东南西北走走？"

"这个人啊，他可不会钓鱼旅游，好像世界还离不开他似的。"

彩凤问：

"他还在工作吗？"

"在工作，他认为自己的工作造福人类呢。"

郝叔眼神讥诮，口气有些不以为意。

"具体干什么呢？"

"他做慈善，要做的慈善可是很大很大。"

彩凤问：

"做什么慈善，怎么大法呢。"

"他做的慈善叫四〇七工程。四月七日是世界健康日。他作为政协的特邀代表，建议创建这个工程。这个工程主要是解决贫困人群的医疗问题。政府要增加医疗拨款，医院要部分让利，社会上发起自愿募捐。我们天州是中国最大的侨乡，丁主席已和侨联联手，知会世界各地的天州籍华侨，呼吁他们积极募捐，成立基金会。天州政府将制定条例，不允许医院见死不救。丁主席就一些原则和细则，还在与专家讨论。天州四〇七工程成功了，将推广全省，全省成功了，将推广全国。丁主席把自己的积蓄和以后的退休金全部放在基金会里头，我也被敲诈了两个亿。"

郝叔笑起来。但丁西听得明明白白，郝叔用的就是"敲诈"俩字。

丁西非常感动，他看了一眼郝叔，好像存心要郝叔看看他的热泪。但郝叔的眼神是不屑的、冷漠的。

郝叔说：

"别的不说了，我目前的心思还在你们三轮车夫身上。这样吧，你把奖金发了，明天晚上再叫会市坊的三轮车夫喝茅台。"

丁西吃惊，说："还让他们喝吗，他们喝够了，吃够了。"

"不。办事情要紧密，像织布一样；办事情要结实，订书机钉了一样。疏忽不得，马虎不得。几瓶酒算什么！明天你拿四瓶去。再三再四地喝，把他们喝倒喝死为止。你明天就说，会市坊的居民去夺岛，虽然没有出海，但精神值得嘉奖。市政府已经向开发商施压，让他们在补偿上有所上调。你可以宣布，通过你的努力，大个子是会市坊拆迁办的副主任了。大个子提名的话，会市坊三轮车夫可以担任拆迁办的成员。你可以对大个子说，已从内部获得补偿的幅度机密，是一赔一点八到一赔二点五。但是先不要声张，以免节外生枝，出现难以对付的意外情况。过几天，找个地方，你安排他们过来，我让我的律师代表蓝石发展有限公司和他们先签合同。这一群最难对付的家伙签了合同，事情就好办了。"

"郝叔，我有个请求，让他们到游艇上来享受一下，吃意大利餐。一边吃一边把合同签了。"

"哦，好，郝叔答应你的请求。"

"给他们喝路易十三！"丁西壮了壮胆，说。

"哦……好吧。"

次日，大个子收到三万块钱。他打电话给丁西，问多出的两万块钱是给谁的。丁西说全是你的。大个子说，不是一人一万块吗，哪来的三万块。丁西说，这回夺岛你是总指挥，组织上给你的奖金是三万块，我可不能贪污。

大个子还是高兴极了，说：

"还没出海呢。丁体察师，没有你，我一直还在牢里啊，我还能得到三万块钱。恩人……恩人……"

大个子有些哭腔了。

丁西说：

"见外了，我们是兄弟。"

丁西又说，

"你通知会市坊三轮车友，今晚到龙门海鲜楼聚餐吧，我还有好消息带给你和大家。"

"太好了，又有好消息。"

丁西接到山西女一个电话，说：

"丁哥，奖金一万块收到了。我们没有出海呢，怎么真的有奖金？"

"组织上是不会食言的，我也不会食言的。"

"丁哥，今晚我请你吃饭好吗？今晚是我真的请你。"

丁西想把山西女叫到会市坊吃晚饭，但细想却觉得不妥。今晚的事情很重要，却与山西女毫无关系。她来，男人们肯定心情摇曳，万一节外生枝，又出了意外，搅黄了大事，不好。丁西说：

"晚上组织有安排，大家开会。"

"那么重要吗，前回我请你吃饭，还是你买单的。"

"组织上的事，一直是重要的。"

"好的，丁哥。"

晚上，当会市坊的三轮车友见到四瓶茅台，立即抱住了丁西，说丁体察师只为我们做好事，我们对他可是做一点点好事的机会都没有。丁西说，做弟兄讲感觉，哪有讲功利的，我为你们做的好事很快就要做完，以后啊，我开始喝你们的茅台了。丁西话虽这么说，全身实在是幸福得不得了。

大个子扭开茅台盖子的时候，有人就问丁西：

"丁体察师，有什么好消息呢？"

丁西说：

"既然你们都知道好消息了，那么你们猜猜，应该是什么？"

有人说：

"是不是另外一个岛被别国占了去。"

大个子说：

"肯定不是，丁体察师说的是我们的好消息，肯定跟我们的房子有关，拆迁有关。"

丁西拍着大个子的肩膀，说：

"兄弟，你聪明啊。"

大家问：

"会市坊拆迁，怎么样呢，丁体察师？"

丁西好像没有听见。说：

"一万块奖金，你们就激动得不行。天州人说的'大象看不见，虱子密密揞'，你们正是这种人。你们怎么想不到拆迁补偿的事呢？"

和尚头三轮车友说：

"丁体察师，一万块这事很大，你今年再给我一万块，我就抱着黄狗作揖了。至于房子，那是天塌大家事，别人怎么样，我们也怎么样。"

丁西说：

"你不争取，他不争取，大家都不争取，你只是等待别人烧好红烧肉，递到你的嘴里。"

"嘿嘿嘿嘿。"和尚头知道自己错了，而且错得厉害。他没有打自己嘴巴的习惯，他憨憨地笑起来。

丁西有些生气地说：

"喝酒喝酒，我不跟你说话了，你这个和尚头，傻不拉几的。"丁西端起一杯茅台，自己一饮而尽。

"嘿嘿嘿嘿，嘿嘿嘿嘿。"

丁西见他态度还不错，说：

"我们天州人说，宁替能人打雨伞，不给傻瓜出主张，说的就是你这种人，还嘿嘿嘿嘿，嘿嘿嘿嘿。"

"嘿嘿嘿嘿，嘿嘿嘿嘿。"

一个男服务员端上来一个直径大约半米的大盘。里头是一只鲎。丁西夹起一块，用两只手把壳体掀开，又用筷子取肉，嚼起来。又用大勺子舀了一碗汤，汤近似棕色，因为鲎血是蓝色的，鲎血入水加热，就成了这种浑浊的样子。

粗喉咙问：

"丁体察师，会市坊什么时候拆呢？"

"拆，今晚他们就想动手拆，你们不想赔了是不是？"

粗喉咙知道自己问错了，说：

"丁体察师关心我们，为我们罩着，我们都不必花心思关心自己的房子了。丁体察师，现在进程怎么样呢？"

"我从前也骑三轮车的，我骑的还是白卵车，苦大仇深。我一直记着我们是兄弟。我当体察师，我很长时间为你们在做工作，打基础。我们去夺岛，昨晚组织上大大表扬了我。我说我不需要表扬，我的这些会市坊兄弟个个都是正义者，组织上要关心他们。他们三轮车没得骑了，个个待业在家，我们可不能让他们吃亏，必须多加关照。组织上已经明白我说的是什么意思，说，丁西，你是对的，你放心吧。我却不放心，今天上午，我就特地去了一趟市政府。有关你们的房子，这是顶顶重要的事情，我要尊重领导，电话里说说不行，必须亲自上门，把你们的事情敲定，不能马虎。"

大个子说：

"丁体察师为了我们苦心孤诣，这回夺岛，哪里只是为了我们的一万块钱，主要是为了我们的房子！"

和尚头端起满满一杯酒，一饮而尽。说：

"丁体察师，小弟宁愿做你的狗，我只向你一人摇尾巴，今后你叫我干什么，我就干什么。"

丁西笑说：

"当面表忠，未可见得是真心。以后对我骂娘的也许就是你。"

和尚头说："丁体察师，我如果是个忘恩负义之徒，我就是猪生狗养的。"

丁西不再理睬和尚头，对大个子说：

"红头文件已经下达，会市坊地段拆迁办主任由街道主任兼，你是会市坊地段拆迁办副主任。"

大家拍掌。说：

"丁体察师这一招厉害，我们的人进了拆迁办，我们就有话语权了。"

有人提出一个问题，我们的人进入拆迁办，开发商能同意吗。

丁西有些难过起来，说：

"我们政府提议的意见，开发商有权不同意吗，开发商敢不同意吗？我们可以给开发商多一点容积率——容积率你们懂吗，就是多给一点面积，譬如五十层，让他多增一层，五十一层，对政府来说损失什么，但对开发商那是多大的恩惠！"

和尚头说：

"八十八层也没有关系，天上不碍人。"

丁西说：

"我们的人当副主任，是不是好消息啊？"

"是啊、是啊、是啊。"大家拍起掌来。

"领导还向我保证，副主任可以提议，让会市坊其他居民当拆迁办成员。你们想当成员，就得拍大个子的马屁。因为主任任职不久，对居民不熟悉。这是不是好消息呢？"

大家说：

"哪有这样的好事啊？"

"领导就是这样向我保证的。"

大家逐个盯着大个子，问：

"你提议我呢，还是不提议？"

大个子慷慨说：

"我们兄弟一场，哪有不提议的。"

大家非常地兴奋，这等好事竟然能落在自己头上，会市坊地段拆迁办成员！这不是当官了吗！是官就有发言权，自己的利益一定能够得到维护。回家首先告诉老婆，让她高兴高兴。

大个子说：

"我们进入拆迁办，当然好。如果我们知道底牌，也就是能够知道一赔几就好了。虽然我们是拆迁办的人了，但不知道底牌，不知道底牌就无从谈判。如果要价太高，我们就是瞎起哄了。从前黄过一次，再黄了，我就是罪人了。"

大家看着丁体察师的脸。

丁西笑了，半天，说：

"你们自己讨论一下，应该要一赔几，我们要为自己切身利益着想，也要有可行性，让开发商也能赚钱。吸取教训，双方都好。"

大家都说丁西说得对，于是七嘴八舌展开了严肃的讨论。和尚头说一赔三，话一出口，就被大家骂了，说要价太高，真是一张嘴就惹祸，云江水漫括苍山了。你是想会市坊停顿十年，再不拆迁了。

和尚头这回抽了自己一个嘴巴：

"嘿，我是胡说的，你们不要听。"

一个说：

"一赔一点五总是有吧？"

大个子说：

"我想丁体察师出面了，这个数大概不止。"

讨论来，讨论去，他们觉得大致一赔二可以了。

丁西高兴。说："我知道底牌了。我们先喝酒吧，放心吧弟兄们。现在你们知道我让你们开怀大喝的原因了吧。"

原来丁体察师摸来了底牌。大家真是高兴。这个斟酒，那个斟酒，糊糊入口声，咕咕喉咙响，大家开心极了。

虽然大家听丁西的话，认认真真喝酒，享受茅台，但心中还是想着底牌的事。毕竟这是大事，有关他们家庭的未来。所以，喝酒的间隙，他们总是拿眼睛睃一眼丁西，睃一眼丁西。

丁西的肌肉在欢乐地颤抖，脑袋在兴奋地燃烧，他整个被激动吞噬了。

丁西说：

"今天我得到底牌，是花了很大的力气的。开发商是天州最大的房开，他们势力很大，他们一定要把补偿线往下压。我可是跟政府一起，是帮你们的，把补偿线尽力往上抬。"

丁西又拍了拍大个子，说：

"我一会儿对他说底牌。对大家我只是笼统地说，底牌比一赔二还要多一点点。你们迈出龙门海鲜楼，对任何人都不说，即使是老婆也不说。会市坊那么多人，人多嘴杂，而每个人都想要赔个大价钱。总有人像和尚头兄弟一样，要价离谱（和尚头兄弟插话，丁体察师，我是闹着玩的），事情势必就黄了。"

丁西又说，"过几天，我叫街道主任，也就是拆迁办主任和大个子一起，把开发商叫过来，安排到我白鹭里的游艇上，和代表会市坊拆迁户的你们进行谈判。你们是拆迁办副主任和拆迁办成员。到白鹭里游艇上谈判，开发商就知道我们的背后是政府，我们谈判的胜算就足了。"

和尚头说：

"我们天州据说是有一条白色的大游艇的，我们能上去吗？"

大个子说：

"丁体察师安排，哪能上不去！"

丁西说：

"废话别说了。让你们开开眼界，吃西餐，喝洋酒。到时候，街道主任会说一通大话的，什么会市坊的拆迁是社会发展的需要，是为了天州的繁荣等等。这些话你们都别理睬，说到补偿了，你们可要注意了，特别是你老兄。"

丁西手肘碰碰大个子。轻悄悄咬大个子的耳朵，说：

"先是一赔一点八，你只管摇头，或说不行；然后主任说一赔二，你也说不行。这时开发商会出来说话了，什么地价怎么高，设计有多贵，钢筋水泥涨价厉害，人工和运输成本现在很高，总之会让你们让步，你们可千万不能让步。"

大个子说："把两个字用好，行，不行。"

大个子接连喝了两杯，说：

"我也不会说话，我没有本事和人家磨嘴皮。幸亏有了丁体察师，我们胜券在握，这就好办了。谢谢啊，你辛苦了，丁体察师。"

有人说话很响，说：

"丁体察师就是我们的恩人，大恩人！"

和尚头口舌大了，说：

"丁、丁、丁体察师，今后我就当、当、当你的狗！"

丁西好像没有听到，说：

"到时候双方签字，签了合同，开发商就逃不了了，什么最大的开发商，什么势力大！"

大家就向丁西敬酒。丁西一身西装，领带红白斜纹，好风光的领导风范！和尚头向丁西踉跄走来，杯里的酒洒了下来，洒得丁西光亮的皮鞋上都是。丁西说，这茅台酒五千多元一瓶啊，你竟倒了。丁西一说，大家立即责备和尚头太不像话。和尚头马上跪下来，用舌头把丁西皮鞋上的酒水舔干净，和尚头眨巴眨巴地要把皮鞋上的茅台酒舔干净，丁西很享受，但还是不忍心，一只手把和尚头拨开了。

出门，丁西想到郝叔。你这个人有钱啊，你得对穷苦人行好啊，你抠什么呢！

丁西对大个子咬耳朵，记住，最高赔额是二点五。你一个人记住就行了，绝不外传！

大个子热泪盈眶，说：

"丁体察师……"哽咽了，说不出话了。

今晚，丁西觉得自己荣光得不得了。他当然知道，他的荣光都是郝叔给的。但丁西知道，郝叔的钱太多太多，而三轮车友们的钱又太少太少。三轮车夫一赔二点一也是同意的，一赔二点二也是同意的。前一回要价太高，他们有了教训，现在丁西为这事张罗，他们放心，他们对丁西完全放心。是呢，郝叔既然最高可以答应一赔二点五，为什么他不帮穷朋友呢。他决定，让郝叔赔二点五。

回到白鹭里，丁西向郝叔报告，他们都同意了一赔二点五。

郝叔问：

"他们都没有想要赔得更多吗？"

"都想多赔啊，最高的提出一赔三点五呢。普遍的是一赔二点八。但是，郝叔，我是体察师呢，我压他们，他们就听我的。"

"不是假话吧，丁西，你的屁股是坐在我这一边呢，还是坐在你们三轮车友那一边。"

丁西想，你郝叔是大款，我当然要为穷兄弟着想喽。但他还是说：

"郝叔，这还用问的，当然是坐在你郝叔这一边。"

"你也可以再压一压，跟他们说一赔二点四嘛。"

丁西说：

"郝叔，我压过，压过，压不住。如果没有压，我雷打电轰！你跟我说幅度是一赔一点八到一赔二点五。我就把它尽力压到你说的范围内。"

"哦。你去吧。"

二十五

丁西给大个子打电话，说会市坊的三轮车友，也就是拆迁办成员，明天下午四点钟到白鹭里大门口。丁西还强调上级组织的意见，到白鹭里来，上游艇，必须穿正装。正装就是西装领带，或者中山装，里头是白衬衫。

大个子称非常难，特别是他自己，要特大号。丁西便同郝叔说了大个子的西装问题。郝叔说，你把大个子的地址、身高和胸围告诉我，让悍马服饰跑腿送过去。

第二天下午，第一个到达的是街道办事处主任及其秘书，是两点多到的。秘书腋下夹着一个包，自个在香樟树下溜达，主任到郝叔的会客厅。主任和他的秘书是三点四十分由丁西带到游艇第三层的，主任穿着黑色风衣，但是系着领带。他跷着二郎腿，很享受的样子。他可能是第一次上游艇。

两个律师到达后，他们自己走向游艇。

会市坊的三轮车友四点整准时到达。多出了一个人，那就是促狭鬼。丁西心里很是不满。促狭鬼好像也看出来了，说：

"丁体察师，有福同享哦，吃西餐，喝洋酒，坐游艇，也不告诉我一声。"

丁西说：

"你是会市坊的人吗？"

这时和尚头说：

"我没有西装，中山装，问他借，他说自己西装中山装都有，虽然都不好。问我干什么，我才说了到这里来，和开发商谈判。他说那他也去，我是知道丁体察师是好说话的，就说你来吧。"

丁西不说什么了，分两次，宾利车把他们送过去，上游艇。

那个二十几岁的大眼睛女孩又出现了。公事公办一般向大家介绍了安全须知，什么甲板不能走，在游艇顶层要注意什么。还说大家吃饭，开会都在二层。

游艇的启动和行走好像没有什么声音。只有水声和浪声。向东，一会儿天州城甩在一旁。穿过天州大桥，折回，围绕晚舟屿飞了一圈。游艇微微有些颠簸，有海鸟想赶，可是赶不上，呀呀之声在山的两岸回荡。

会市坊的三轮车夫站在顶层，个个惊讶船怎么比车还要快，这么飞快怎么比车还要稳。问丁西：

"这要多少钱啊？"

丁西说：

"五千三百万。"

大家感叹，你们公家真是有钱啊。

只有促狭鬼一个人显出格格不入、忧心忡忡的样子。也正是促狭鬼，晚上使大家很不高兴。那是晚饭时，披萨、牛排和银鳕鱼以及火腿肉都端上来了。那位二十几岁的大眼睛女孩端来了一瓶酒，说，这酒属于白兰地系列，白兰地有好多品种，轩尼诗、马爹利、人头马、金花、拿破仑、路易老爷等等，西方很多国家都生产白兰地，比如法国、德国、意大利、西班牙、美国，但法国生产的白兰地品质最好，而法国白兰地又以干邑和阿尔玛涅克两个地区的产品为最佳，其中，干邑的品质被举世公认，最负盛名。而干邑白兰地，又以路易老爷中的路易十三为最。她把酒瓶举了一下，说，这就是路易十三！

丁西记得，上次介绍这酒时也是这么说的。郝叔给三轮车夫喝路易十三似乎有些犹豫，怎么接待的规格又提高了。

大家喝酒喝得很好。街道办事处主任、律师、会市坊三轮车夫慢慢友好起来，融洽起来。这时，促狭鬼问：

"这游艇是谁的，今天我们吃开发商的呢还是吃街道的呢？"

律师轻轻地说：

"我们开发商是应邀过来和你们见面的。"

街道办事处主任说：

"我是拆迁办主任，请问你是谁？"

促狭鬼踌躇了半天，说：

"我是他们的朋友。"

主任的眼睛看一个一个人的眼睛，好像是说怎么混进了这么一个人呢。

丁西有些不好意思。促狭鬼是否搅局来了。他狠狠地剜了和尚头一眼。和尚头知道自己错得厉害，对促狭鬼说：

"闭上你的臭嘴。"

丁西对促狭鬼说：

"是我安排的，怎么了？"

丁体察师有些难过，三轮车友都恨恨地瞧着促狭鬼。

促狭鬼慢悠悠地说：

"是丁体察师安排，当然好，如果背后是开发商，那你们吃人家嘴软，拿人家手短。"

大个子对促狭鬼说：

"你是什么角色，我们都没开始讨论房子补偿问题，你倒先在这里呱拉呱啦，弄得大家不愉快。"

"我是趁你们喝酒还不多，脑袋还清醒，提醒一下，免得被人牵着鼻子走。房子的事是大事，一个角也不止五万十万块。"

大个子很生气。说：

"就你清醒，我们都糊涂是吗？自私办不了大事，开发商要赚钱，我们也不能亏，要双赢，我相信大家都是明白开通的人。"

主任微笑，点头。律师也优雅地轻轻鼓掌。

可是，促狭鬼还是自顾自在说话。说：

"你们都是骑三轮车的，会市坊那么大，应该有高人、能人和当官的，你们要和他们商量，听听他们的意见。你们做代表，也不要急于谈判，急于签合同，时间有的是。"

三轮车友愤怒了，齐声说：

"我们骑三轮车的怎么了？你他妈的不是骑三轮车的吗？你就比我们聪明吗！"

促狭鬼说：

"我不是这个意思，我是说，大事情要集思广益，不要过于匆忙。"

大个子忍无可忍，说：

"你是局外人，你没有资格说话！"

促狭鬼不屑地对大个子说：

"你要冷静，越冷静越好，知道不？"

大个子说：

"你就喜欢标新立异，尽说一些与众不同的话，显示自己的高深。你还教训我，妈的滚，不要在这里！"

促狭鬼摇了摇头，好像说，你们这些人真是没有办法。

律师说："今天就不谈了，也不签合同了。"

律师的话忽然让三轮车夫很难受。他们不谈了，也不签合同了，接下来会怎么样？黄了黄了！他们都是拆迁办成员，应当履行职责，把事情办了，让会市坊的人都高看他们一眼。所以，听促狭鬼这样一掺和，他们差一点整个身体都爆炸了。他们向促狭鬼吼道：

"你他妈的捣蛋，滚！"

大个子站起来，跑向艇长室，说要拢岸，让某人离开。艇长说，游艇可以不拢岸。他按了前方一个键，一只小艇下水了，水手跟随大个子走来，问是哪一个，大个子指着促狭鬼说，他。

促狭鬼离开时，好像很不甘，看他的神情，样子恐惧而又疑惑，他不知道水手把他带到哪里去，他不知道这些人究竟是什么人，街道主任、开发商、丁西、大个子和他的三轮车友们。当他上了小艇，小艇向云波亭码头开去，他才回头大声地向三轮车友高喊：

"你们要三思啊！"

主任笑起来，摇了摇头。说：

"没关系，就当一个小插曲吧。大家继续喝。"

和尚头说：

"促狭鬼没有得益，于是嫉妒、搅局。都是我的不好。"

于是左右开弓，噼里啪啦打自己的耳光，一共有十来下。

大个子说：

"读了几年书，自以为是，自以为高明，好像有资格给我们当诸葛亮了。"

两个律师好像消了气，脸上有些笑意。说：

"好像众人皆醉他独醒似的。"

丁西说：

"大家再吃，再喝，谈不谈，签不签再说。"

大个子有些抱歉地对主任说：

"促狭鬼不是我们会市坊的，他的意见不代表我们，我已经把他清除了。"

三轮车夫们也说：

"是啊是啊，清除了。"

主任对大个子说：

"你是副主任。我完全尊重和信任你。"

"谢谢！"大个子说。

吃吃喝喝中，气氛又回到了先前。大家高高兴兴。这时候主任开口了，说：

"我们天州这几年发展很快，光就我们街道的GDP，比去年就翻了一番。会市坊是云江的门户，从前拆迁过一次，现在又显得有些破败。会市坊是我们共同的家园，这个家园面临一次亮丽的转型机遇。蓝石发展有限公司是天州最大、最有影响的房地产开发商，他们愿意投资，把这些联排的矮屋整成两幢摩天高楼。这回拆迁，市里和我们街道都下了决心，没有回头路。各位在座的拆迁办代表，也就是会市坊的居民，要站得高，看得远，对天州社会发展负责，对天州明天繁荣负责。我们作为政府一方，首先要确保会市坊居民的利益，会市坊居民的幸福就是我们最大的意愿。"

拆迁补偿从一赔一点一八开始。这是开发商方提出的。大个子摇头，其他人也摇头。到了一赔二、一赔二点二、一赔二点三，大个子都说，如果我们这就签了，回去会被邻居活活打死的。

开发商方对丁西说：

"丁体察师，这一赔二点三，应当很高了吧？"

丁西想，问他可能是郝叔的主意，怎么回答呢，觉得有些为难，说：

"我只是他们的朋友，我没有发言权。"

这时，街道主任说：

"作为拆迁办主任，我说过，我要为会市坊居民谋福祉。但是，开发商的利益我们也要考虑。开发商没有利益，那么我们会市坊的利益也不存在。我看，开发商再让一点利，一赔二点四。怎么样？"

三轮车夫见主任这样发话，一时无语。心理似乎有些动摇。

主任对丁西说：

"丁先生，你参加会议了，说说你的意见无妨。"

丁西到达窘境。说：

"主任这么说了，我也赞同……我看这样吧，会市坊的代表到游艇的上面一层去讨论一下，考虑一下主任的意见，下来作答。"

是接近尾声的时候了，秘书把文件拿出来，主任自己给自己沏茶。

丁西给大个子悄悄发了一条微信：

"坚持住，二点五。"

一会儿三轮车夫下来，坐下，大个子说：

"我们刚才讨论了一下，也和会市坊的头面人物商量了，没有一赔二点五，合同没法签。请主任谅解。"

主任说：

"拆迁户的意见要充分重视，二点五开发商能接受，当然是最好的。开发商，你们也到上面一层和股东讨论一下，做个决定吧。我希望你们拿出最大的诚意，尊重拆迁户，接受他们的意见。"

事情就这么结束了。一会儿，开发商下楼，说：

"他们听主任的话，接受拆迁户的最大要求。"

合同签了。这边是大个子第一个上手，其他人也都上手签了。

丁西建议大家同饮一杯酒。有的三轮车夫一连喝了五六杯。

事情没有促狭鬼想象得那么不好。后来这些三轮车夫兴高采烈上门求签字时，其他拆迁户依葫芦画瓢，基本顺利。因为会市坊最会吵闹的人都同意了，也就没有再拖的道理了。绝大多数签了字，只有几户官员人家踌躇了几天，询问了有关领导，见大势不可逆转，也就签了。

总之，对丁西，会市坊三轮车友非常感谢。

只是郝叔严厉地批评了丁西，说：

"到一赔二点四时，主任要你表态，你却叫会市坊的代表到游艇上面去讨论一下，什么意思嘛！"

二十六

丁西把大姐送到佛堂。

这是一个叫雄心殿的地方。三面是水，水属于山阳湿地的一部分。原来远离城市，现在早被城市漫浸了。天州城内也就这一处佛殿上规模，初一、十五人很多，入口处停车场虽然很大，初一、十五也得停到很远的地方。香客多而杂，有的香客想生个男孩，拜了观音菩萨也就走了。有的香客为了子女高考，拜了文昌菩萨也就走了。有的为了升官，拜了玉皇大帝也就走了。有的人专拜关老爷，有的人专拜土地公公，不知为什么。有一位衣着干净的中年女人，从基督教堂里来跪拜玉皇大帝，人问其故，答曰，都是领导，都是领导……

香客大多向功德箱里塞钱，十元至几百元不等。大姐是一次性给了五万块钱。郝叔要给十万块，大姐说不是给钱越多越好，给的是心意。雄心殿有管理者，没有和尚，每年上千万的善款悉数发给灾区和灾人，也有给本地贫困的学子。或者突发灾难，如天州德宁县的五座廊桥被洪水冲垮，那可是国宝啊，重建需要很多钱。雄心殿这下动员香客捐款，大姐捐了十万块钱。雄心殿给了德宁县三百万块钱。账目都明细公开。

大姐是最虔诚的香客之一。丁西知道，大姐最大的心愿是下世能够同家人团聚。丁西觉得大姐肯定能够如愿。

丁西到雄心殿有多次了。大姐很多时候就在佛堂念一天的经。拜佛的人一走，就不再来，因此即使初一、十五，喧哗过去，即归平静。中午时分，大姐吃斋饭，丁西有时也留下来吃斋饭。佛殿是不会赶人的，谁留下来吃饭都行。斋厅外挂有一个小牌，上写俩字：止语。吃饭的人没有一点声音，吃好后自己洗碗洗筷子。丁西感觉很好。但丁西吃斋饭很少，因为他不怎么喜欢，虽然有鲫鱼、东坡肉、香肠，但都是豆腐做的。丁西想，为什么不做真正的鲫鱼、东坡肉、香肠呢，如果这是荤菜，不行，那么干脆就蔬菜、豆腐得了。

丁西不明白。世界上许多事丁西弄不明白。

下午三点来钟，大姐问，我们是否先回家。丁西说随大姐。

大姐坐在后座，说：

"彩凤说你为郝叔做工作，做会市坊你的三轮车友的工作，是吗？"

丁西说：

"我也不知道这是做工作。"

"你郝叔是疯了！"

这话使丁西意外，问：

"郝叔会疯吗？"

"我懂他。他一个人需要那么多钱吗？他心里不愿意做慈善，不愿意让利给会市坊的居民，过贪，这不是疯了吗？"

"大姐，好像商人都是重利的。不过，不瞒你说，我暗地里支持了会市坊的居民。"

"你逃不出他的念想，他不能让点利给会市坊的居民吗？死了也要抓把泥到阴间！"

大姐这话丁西也不是十分明白。他依稀觉得大姐是对的。

车子进了车库。忽然手机嘀了一声，拿起一看，丁西大吃一惊，因为是郝叔来信，居然发来这几个字：

"丁西，救救我！"

丁西马上对大姐说了这事。大姐也大惊。说：

"你打电话，问他在不在楼上，听听是什么事。"

电话拨通了，郝叔哇啦哇啦在喘气，问他在哪里，他说楼上、楼上。

丁西和大姐马上乘电梯上楼，丁西打开郝叔的房门，刹那间惊呆了：白花花的两个人！白花花的两个人是看明白的，之后有几秒钟丁西没有看明白。好像郝叔是叫了丁西丁西，好像是彩凤生气了，挣扎从身下出来，说了一句为老不尊什么的。至于彩凤下床穿衣一系列的动作，丁西丝毫记不得了。丁西还记得大姐马上转身，说了一句什么话的，说了这一句话后，大姐就走了，她的步履很特别，这是很难过的特别……

丁西很难过的样子，站着。他想听听郝叔有什么话说，有什么吩咐。但又觉得这么站着不对头，但他马上回头走出去，又不敢，万一郝叔有事呢，生气了呢。

这时彩凤拉了丁西一把，说：

"走！"

丁西走了。

到了自己的房间，丁西心里很慌乱。彩凤抱住了他。彩凤明显是安慰，这一抱有对不起的意思。这样的场面让丁西看到，丁西肯定受刺激，心神不宁，难过不堪，彩凤肯定是料得到的。

丁西有些清醒过来，说：

"你们门总要关好嘛。"

"他说门已经关了。"

"那我又怎么能够进来呢？"

"他是故意不上锁。"

"这又是干什么呢，不关门好看吗？"

"他有病。他给你发信息了吗？"

"是啊，你不知道吗？"

"我当然不知道。"

"你没听到他说在'楼上、楼上'吗？"

"不注意，我以为他接到别人的电话。看来他是蓄意的。他真是病得不轻。"

"这怎么是病呢？"

"他不是身上的病，是心上的病，灵魂的病。"

"心上的病是怎么形成的呢？用什么药呢？郝叔那么聪明的一个人，怎么会得心上的病呢？"

"你就不管了，我们都不管。"

"我看郝叔还是开个大玩笑。"

"这种玩笑是不应该开的。"

"我们和他太紧密了，关系太好了，他就太随便了。"

彩凤想了半天，说：

"你这样说也对。"

次日，吃早饭的时候，彩凤找不到大姐。房间里没有，喊了几嗓子，不见回应。彩凤叫丁西骑着三轮车在白鹭里找了一圈，没有。丁西说昨晚大姐就没有一起吃饭，是否昨晚就到哪儿去了。彩凤说昨晚大姐说不吃饭了，她经常是不吃晚饭的。

丁西向郝叔做了汇报。郝叔叫监控室查查，得知大姐是早上六点出门的。郝叔又打了电话，得知大姐十五分钟前已经到了纸山庙前村。

郝叔问丁西，你昨晚对大姐说了些什么没有。丁西说佛堂一起回来后，就没有和她再见过面。郝叔又问，大姐是否和你一起到了五楼。丁西说是的。郝叔又问，她到五楼干什么，是你叫她上来的吗。丁西就把收到郝叔的信息后两个人的反应说了，说当时就以为你身体出现意外，两个人才急急忙忙上楼去。

郝叔说：

"丁西，你去一趟庙前，叫大姐回来。她不回来的话问题很大。为什么呢，一幢房子就她一个人了，一户人家就她一个人了。孑然一身，孤苦伶仃。不管是白天还是黑夜，她会想起他死去的丈夫，死去的三个孩子，她会到他们

210

的坟头去哭。她年迈了，她能做农活吗，她能做家活吗，她怎么生活生存呢。万一一个闪失，病了，或者跌倒了，和我们又失去联系，即使联系到了，救护车来回也要一两个小时。所以，这是个大问题，丁西，这个问题只有你去解决是最合适的。"

"好的郝叔，我去。"

宾利车飞快。现在的农村和过去没有什么区别，农田百衲衣一样，七零八落，高低不平，但农村的路变好了，特别是山路，都变成柏油路了。庙前村是彩凤的娘家，丁西闭着眼也能开。大姐的家在千年大榕树下，进村就能看到。

丁西想起了郝叔也生长于纸山。他曾经是穷人家的孩子。他家的穷不是一般的穷，比彩凤家、大姐家穷多了。因为郝叔说过，他妈被人典过。就是被人睡一年，换来几担稻谷，一年中怀孕生下的男孩归典者所有。为了家中活着的人能够活下去，他爸同意别人的典。这种事情一般人是隐晦不谈的，郝叔能够和丁西、彩凤说这件事，说明郝叔除了把他当作自己人之外，并没有把男女之事看得特别重。他和彩凤也是一时之快而已。

大姐的门开着。丁西知道她在家，丁西喊了几声大姐，大姐答应了一句，丁西。丁西循声上了一架木梯，大姐躺在木床上，她大约是累了，年纪大了，坐公交车是很累的。

大姐坐起来，说："我下楼给你烧茶。"

丁西说：

"大姐跟我回白鹭里。"

"丁西，我一个人过，清净。"

"不，你今天一定要跟我回去，是我和彩凤的意思，更是郝叔的意思。"

丁西就把郝叔担心大姐的一番话转述给了大姐。

大姐说：

"谢谢他。"

丁西说：

"大姐念佛，雄心殿很大，方便得很，可以待一天。这里不好念佛。"

大姐说：

"庙前村、庙前村，村后就有一座庙。破四旧毁了，后来又建了。念佛跟佛堂大小没关系，跟时间长短也没关系。"

丁西说：

"大姐，你跟我回去，你不要只看到郝叔的缺点。几乎所有成功人士，厉害的人，都有缺点，也就是都有异性。最厉害的人就是皇帝了，天州说书说，皇帝就有三宫六院。武则天也一样，也有男宠。"

"郝叔的优点很突出，这个你不会不知道。他是个很爱国的人，他回国搞建设，就是爱国。他说天州美，就是祖国美，爱国首先要爱天州，建设天州。对于郝叔，生活作风问题太小太小，不值一提。这和吃饭没有什么大的区别。郝叔的优点是一头牛，缺点是一根牛毛。郝叔这个事，彩凤是愿意的，她这方面需求强，而她更爱我，体恤我。"

"郝叔六十了吧，也是强弓之末，过不了几年，我看也就刀枪入库了。"

大姐懂了丁西。但最后这几句话，才是打动大姐的关键。大姐随丁西回到白鹭里了。

晚餐时，郝叔开了一瓶酒。这是路易十三，真正的路易十三白兰地！

大姐指着一盘腊肉黄豆芽，忽然说，这也是我表哥爱吃的。丁西知道，她的表哥就是她的老公。她可能刚刚从庙前过来，心还在庙前，她一直想着她的表哥，她的孩子。

气氛有些闷，丁西问郝叔：

"丁主席的四〇七工程现在怎么样了呢？"

"你都不知道吗？你真是井底之蛙。报纸电视你都没看吗？"

"是啊，我没有注意。"

"四〇七工程已收入五十个亿，其中有丁主席的全部积蓄。五十个亿存入天州银行。天州银行既给高额利息，又派出四人给丁主席当助手，成立四〇七工程办公室。他事必躬亲，经常自己审核，穷苦人之中，救助向中年人倾斜，向知识人倾斜，这是对的。"

"天州媒体做了大量宣传，报纸上都有四〇七工程的账户。事情搞大了，国家媒体都来了，但丁主席脑子清，一概拒绝采访，他只是一个劲地做他的善事。许多地方也想模仿天州的做法，我想这是学不了的。丁主席的人脉、智慧、无私和吃苦，是无与伦比的。天州经济的发达，华侨众多，也是别的地方所欠缺的。"

"但我想四〇七工程不会持续几十年。因为人没有那么高的觉悟。首先是政府没钱，医疗是只有投入没有产出的项目，不像造水库可以发电。现在丁主席有面子，政府可以挪一下资金，以后呢，官员不识丁主席了。现在一些企业家和侨领都认识丁主席，以后呢，就难说了。还有医院，暂时让利是可以做到的，但他们样子很痛苦，也不能持久。就是我，今后也不会再给他两个亿。"

丁西想了又想，经过了几天的思想斗争，他汇给了四〇七工程账户五万块钱。他之所以成了体察师，吃香喝辣，是因为有了郝叔，之所以有郝叔，是因为有丁主席。他要表心意，他丁西不是白眼狼。

二十七

薛蒙霸打来电话，说自己手头紧，问丁西借点钱。丁西问，你不是刚拿走一万块吗。薛蒙霸说搓麻将输了。丁西说，你要去赢，不要输，输干什么呢。薛蒙霸说，手气不好啊。丁西说，手气一定要好，手气不能不好。薛蒙霸说，谁不想手气好呢，这是天意啊。丁西说，天意要你输，你还有什么话可说呢，以后戒了就是。薛蒙霸说，我以后戒，你先借我一万块钱吧。丁西说，为什么是一万块不是两万块呢。薛蒙霸说谢谢，两万块吧。丁西笑了，把电话挂了。

过几天，薛蒙霸又打来电话，说丁西兄弟，借我五千块吧，你五千块总有吧。丁西说，你放心，我这一辈子不会借钱给赌博的人。薛蒙霸说，先借我五千块，我马上戒赌。丁西说，戒什么，你千万别戒啊。薛蒙霸说，搓麻将要下注，你先借我五千块吧。丁西说，五千块向你大姐夫借不就得了。薛蒙霸说，大姐夫见我烦都烦死了，他不会再借钱的。丁西说，那你问小姐夫借，他是我学开车的师傅，他有钱。薛蒙霸说，他是人渣，自己玩女人的钱还不够，还偷我小姐姐的钱。丁西说，你到小酒店里打工吧，赚一点钱。薛蒙霸说，小酒店看来很快散伙，小姐夫老是怀疑我的表哥，也就是你们所说的促狭鬼贪污，买菜入账有虚。丁西说，天州人赚钱，一直清白和美，只有你们这一家贼蟹儿，不明事理。薛蒙霸说，我现在买米的钱都没有了，姐姐他俩不再借我钱了，你先给五千块，下不为例。丁西说，你和彩凤好过，我还没有用宝剑刺你呢，你还缠着我借钱。如果为天州人民做好事，我可以申请给你奖励。

你可以多多和王协警商量，他的脑子比你好。向我借钱这些事，永远别提了。

转眼间，一种新的流行病出现了。南方F城流行G型肝炎，许多人住院。很快散播到其他地方，弄得不少地方风声鹤唳。因为天州人在F城做生意的多，一些天州人回来，天州吃紧。许多地方防备天州人，隔离天州人。

有一天，王协警和薛蒙霸这两个冤家到了白鹭里。王协警电话打给丁西，说：

"我有十分重大的事情向丁体察师报告。"

丁西说：

"你说。"

"这是有关我们天州的重大事情，你必须要见我和薛蒙霸一面。"

丁西说：

"薛蒙霸也在啊？好的，我出来。"

丁西走出了围墙，见王协警和薛蒙霸的脸色都很严峻。

王协警和薛蒙霸都说：

"我要为天州立大功！我要为天州立大功！"

丁西不解，问：

"立什么大功啊？"

"太气愤了，"薛蒙霸说，"F城人值一千块，我们天州人只值五百块！太欺负人了！"

丁西问：

"什么什么，说说明白一点。"

王协警马上接着说：

"德海市望潮镇八里港村有悬赏告示，发现一个F城人奖励一千块，发现一个天州人奖励五百块。妈的太不像话了！"

"丁体察师，我们天州人那么不值钱吗！"薛蒙霸接着狠狠地说，"欺人太甚，我们只值F城人的一半吗！"

丁西有些懂了。前回促狭鬼说去夺岛，自己被蛊惑，差一点自己要失去十八万块钱。今天王协警和薛蒙霸这两个家伙分明为钱而来，丁西说：

"真的假的？你们给我看看告示。"

王协警马上打开手机，把告示的照片给丁西看了。说，印章是八里港村委会盖上的，下款写的日子还是昨天的。

丁西说：

"你们想怎么办？"

王协警说：

"我们去交涉。你是体察师，体察师身份一亮，他们就吓尿了，马上撕了。天知道，天州人只值 F 城人的一半，这是对我们天州的蔑视，对我们天州人的侮辱。F 城人一千块，天州人也一千块，还马马虎虎。应该是 F 城人一千块，天州人两千块才对。"

丁西问：

"你是要他们马上撕了，还是改写天州人两千块呢？"

"都可以。"

"然后呢？"

薛蒙霸笑起来，说：

"体察师在，前回夺岛，没有去，奖励一人一万块。这次去维护天州人民的荣誉，整个奖励三十万块总有吧。我们三人一人可得十万块，对不对？"

"是啊是啊，"王协警说。

丁西说：

"对不起，我有重要任务，你们去维护天州荣誉吧，失陪。"

丁西进了大门。

薛蒙霸和王协警大声说：

"丁体察师，这口气我们能咽下去吗！"

"我能咽下。"

"这怎么能咽下呢，丁体察师！"

"咽下了，再见。"

丁西想，自己当了体察师，碰到的事情一件比一件荒诞，一件比一件离奇。我有那么神通吗，让我去夺岛，让我去把德海市望潮镇人吓出尿来。大家夺岛，或许有爱国热情，但驱动去夺岛的，还是钱。这两个家伙，说的告示就是个借口，他俩纯粹为的就是钱。

丁西关了门。关了门就和这两个人分开了，不再来往了。他到了三楼，俯瞰这两个冤家并排着一起走。王协警的一只手搭在薛蒙霸的肩上，显得很

215

是团结，很是友好，不禁莞尔。他完全明白，什么是人渣，这就是。庆幸现在站得高了，看人清了。自己多年和这些人在一起，浑浑噩噩，差不多也是人渣。还好，自己有一个好父亲的言传身教，又娶了彩凤这样好的老婆，他没有做坏事。没有嫖娼，没有打赌，没有偷鸡摸狗，不害人畜。他想起郝叔给了丁主席两个亿做慈善，郝叔真是一个高尚的人。更不说丁主席了，丁主席就是一个伟大的人。

永别这两个人，拿天州话说，就是洗了一身泥，烫了一身虱，蜕了一身皮，他感觉很愉快。他将向郝叔和丁主席靠近，向他们学习，为别人做好事。大姐经常说，人要做善事，善事不论大小。能力大做大善事，能力小做小善事。大姐小时候给郝叔父亲吃的那只番薯，简直就是神薯，没有那只番薯，还有郝叔什么事业吗。不过，大姐说郝叔太贪，是疯了。丁西理解不了。丁西为郝叔做好事，也为会市坊三轮车友做好事，是不是做的善事呢，不清楚。

他想起山西女，想起山西女的老公，便给天州医院院长打了电话，把病人的基本情况对院长说了。

院长开玩笑：

"这可是别人的老公，如果医治好了，就没你什么事了。"

"我和山西女本来就没事。"

"我原来就是神经科的大夫。脑部康复，起码要一个季度，而且需要很多钱的，山西女有钱吗。"

"大约要多少钱？"

"二十万块。"

"我给，我有二十万块，是你给我的。"

"你还给我是吗，山西女家没钱吗？"

"她真的没有。"

"下午过来仔细检查了再说吧。"

丁西给山西女打电话。山西女很感谢，但还是怀疑能否治得好，说没钱，医治脑伤肯定要许多钱，她不能让丁西出钱。丁西说，丁主席搞了一个四〇七工程基金会，救助某些病人。不必我出钱，我是体察师，我会安排的，千方百计治好你老公的脑伤。山西女问，丁主席是谁。丁西说，是省里的主席，从前是我爸的秘书。这样，山西女信以为真，也就答应了。

下午丁西开车去接山西女夫妇。夫妇很久下不来。后来知道她老公不敢出门，最后是老公的哥哥作了动员，老公才下来。老公哥哥见到一身西装的丁西，宾利车，知道要恢复弟弟的性功能，他接受了丁西的握手，表示感谢。但他的脸上是怪怪的，表情复杂。他也坐进了宾利车。

车进天州医院，停下来的时候，院长居然已在门边。丁西作了介绍，山西女有些感动，她有些相信丁西说的他不必自己出钱，公家能安排，因为他是体察师。

在做磁共振的时候，还是老公的哥哥说别怕，老公才勉勉强强地躺进了仪器舱。神经科的几个医生，对着片子，向山西女和哥哥讲解老公的病情，又端来一个脑袋模型，打开一半，里面花花绿绿，线路盘根错节。

神经科主任说：

"两个疗程，半年，或许可以基本康复。"

丁西说问主任：

"大约需要多少钱呢？"

"四十万块吧。"

"全力以赴！"丁西说。

丁西和院长踱出了门。院长说：

"别人的老公……你有钱吗，决定了吗？"

丁西说：

"山西女这个人好。不幸不能发生在好人身上，是不是？"

"你太特别了。像你这样的人我没见过。……另外二十万块，你从哪里来呢？"

"我和我老婆年薪都是几十万块，我有钱。"

院长说：

"丁主席对你做这件事非常满意。"

丁西吃惊，问：

"你对他讲了这件事？"

院长笑起来，说：

"是，我说你把二十万块拿出来救人了，但他还不知道你将拿出的，是四十万块钱。"

"丁主席不会以为我是为了一个女人吧？"

"不会，你医治别人老公的脑袋和他的性功能，这本身已经说明一切问题，你没有任何企图。听口气，丁主席很高兴，说你成熟了，感慨道，'两代好人。'"

丁西喜不自禁。

他取出兜里的银行卡，交给了院长。

二十八

丁西和天州医院打交道，越发密集了。

彩凤对丁西说，大姐吃了一段玉米，说晚饭不再吃了，郝叔在外面吃，这几天他老说自己肚子里不舒服，但食欲还行。丁西急忙问，他去看医生了吗。彩凤说还没有，你想吃点什么。丁西说随便你，你吃什么我吃什么。

第二天清晨，丁西手机嘀了一声，拿起一看，居然是郝叔来信：

"丁西，救救我！"

惺忪中，丁西以为郝叔又开大玩笑，看看彩凤，彩凤还在轻轻打着呼噜。

丁西骨碌爬起，大声说：

"彩凤！彩凤！"

彩凤醒来，说：

"紧紧急急的，什么事呢？"

"郝叔又说救救他。"

"不要理他，许是又来恶作剧了。"

"万一不是呢。"

"那你上楼去看看吧。"

丁西到了五楼，推门进去。郝叔在呻吟。

"郝叔，怎么了，你！"

丁西急忙摸摸郝叔的额头，额头滚烫，满是汗。

郝叔呻吟着说：

"整个肚子痛，阵痛。把我送到天州医院去，急诊。"

丁西想了一想，说：

"郝叔，必须先叫救护车，救护车上有人，有设备。推车上送过去，人平稳。"

丁西叫了救护车。彩凤来了，大姐也来了。彩凤想把郝叔上身扶起来，丁西说不知道是什么毛病，平躺着为好，彩凤以为有理。大姐坐在床沿上，一上一下地给郝叔抚摸肚子。

丁西下楼，打开大门，救护车直接进入白鹭里，他们的楼下。一男一女下来，推车进了电梯，郝叔很快被推出。丁西和彩凤都上了救护车。

车开时，丁西给院长打电话，说郝叔有急病，正往你处赶。院长问：

"他自己能跟我说话吗？"

郝叔勉强接过电话，好像是有一阵疼痛袭来，他说不了话。

彩凤把手机拿来，对院长说：

"前几天只说肚子里不舒服，刚才肚子好像痛得不行，脸色苍白，额头滚烫。"

院长说：

"哦，我到急救室等待。"

丁西又和院长见面了。好几个医生护士围着郝叔。有医生在问，郝叔开始勉强回答，后来好像怕麻烦似的，一概不答了。医生轻轻说，晕过去了。有护士量血压测血糖，有护士一口气抽走了五个玻璃管子的血。

丁西盯住医生问，是什么问题呢，什么毛病呢。医生牙疼一样，但还算随和，说，肚子痛的病因是很多的，胆道、肝脏、肾器、胃和肠的毛病都可以使人肚子痛。还有心脏。病人说不清具体是哪个部位，是由于辐射。但使人痛到晕过去，一般只有心绞痛，肝脏破裂、胆道结石和肾结石，急性肠炎的可能性较小。说时医生把郝叔的短裤看了看，说，尿液有血渍，没有腹泻，哦，肾结石的可能性大。

院长领路，郝叔被推进了 CT 室。

约莫二十分钟，郝叔被推出来了。院长也出来了，脸色凝重。郝叔被推到特护室，特护室大约有五十来平方米，分割成几个部分。治疗、卫生、陪护、休息。几个医生已经在等候，几个护士七手八脚很快给郝叔安上各种仪器。心电、呼吸、血压、血氧、脉搏、体温。待院长迈向休息室时，丁西递给院长一支烟，院长用焦黄的两根手指夹着。丁西急切地问：

"问题不大吧？"

"问题很大。"

"是什么病呢？"

"他的肾里有个瘤，破了。难道他多年没有做体检的，奇怪。"

彩凤说：

"郝叔曾经说自己讨厌体检。"

院长吐出了一口烟，徐徐说：

"讨厌体检就糟糕了。一厘米到五厘米，一般对人没感觉。但是大了就得采取措施，破了应该是超过十厘米了吧。"

彩凤说：

"我们也无知，都没有人提醒他做体检。"

院长把烟蒂插入走廊边一个沙盘里。回来说：

"腿脚不方便的人，大多不喜欢体检。"

"是吗？"

"我说的是大多。"

丁西害怕了，问：

"瘤就是癌症吗？"

"不是，这是错构瘤，良性的。"

"破了怎么办呢，人还有救吗？"

"现在还算好，身上还有血。现在是止血、输血、止痛。稳定下来后要手术，一般说整个肾要拿走。郝总有条件，可以换一个肾。"

"谢天谢地，有救就好。"

当天，丁西一个人就留下了。郝叔二十四小时有特护，丁西不愿意回家，他也要二十四小时待在郝叔的身边。他不可能离开郝叔，他放不下这颗心，万一夜里需要人手呢，万一郝叔出一点点差池，他丁西会后悔一百年的。

次日清晨，郝叔醒来。郝叔见丁西在身边，就说：

"丁西，你很聪明。"

丁西说：

"我哪里还有聪明的，笨都笨死了。"

郝叔说：

"你知道不坐自己的车而叫救护车，你还先联系院长，争取了时间。没有你，说不定我就没命了。我出现问题时，你就聪明起来，这个很好。有你丁西在身边，我就放心了。"

丁西来了几分得意，居然嘿嘿笑起来。心想我是有经验，前回王协警也是我叫的120。

丁西在医院三天，郝叔一切稳定下来，丁西才回家一趟，洗了一个澡，弄点好吃的。这之后又马上回到医院去。

郝叔对丁西说：

"院长和我谈了很多。院长对我说，我应该早一点体检才是。本来是小事，现在变成了大事。没有你的及时呼救，血流到一定时候，说不定很危险了。"

"郝叔命大，你放心。"

"丁西，我决定，让公司所有员工体检一次。我也要对全体职工负责，体检也是大家应该享有的福利。"

"郝叔真好。"

"彩凤和大姐也要查。看看身上有什么病没有。有病就要早早来治。"

"好。"

"我们蓝石公司，员工是一百六十人。刚才天州医院体检中心主任来过，分三天做。你和彩凤大姐明天做，是深度体检，其他人是常规体检。"

"深度体检和常规体检有什么区别呢？"

"这区别，也是院长同我说的。比如说肝脏。常规体检只能体检出肝脏有没有癌症，有没有肝炎，有肝炎是大三阳还是小三阳。如果深度查，肝炎是乙型还是甲型还是丙型，是乙型肝炎，那么还能细查很多项目。肝硬化的趋势如何，癌化的趋势如何。当然郝叔不是医生，道理却是这样的吧。"

"我和彩凤体格肯定是甲等甲。"

郝叔笑起来。半天，说：

"你们很会做爱，一天一次，是不是？"

"不仅是这样。我感冒不了，即使感冒了，都是两天就好的。我的体格肯定是甲等甲。"

"你的体格肯定是棒的，但也要查一查，细查。以防万一。"

"谢谢郝叔。"

"你今天回白鹭里睡觉，今晚你们不要喝酒了，明天早餐也别吃，以免体检不准。明天早餐我想吃鱼丸粉干。疫情期间，出入医院电梯都要戴好口罩，以防万一。"

"好的。"

傍晚，丁西回到白鹭里，他对大姐彩凤说了明天深度体检的事。大姐说我就不去了，年纪大了，过一天算一天。丁西说这是郝叔的一番心意。大姐也无话了。丁西和彩凤都没有喝酒。三人约定，明天六点半起床，彩凤给郝叔做鱼丸粉干，七点半出发。

次日宾利车到了医院，停好。三人先到郝叔的病室，送鱼丸粉干，也是探望。楼下保安说九点半查房完毕才可以进入。丁西说，我们是到二十五楼特护室，送早餐给院长的朋友。保安这才让进。

彩凤递给郝叔早餐。大姐见郝叔气血不错，只说阿弥陀佛，有救了。郝叔明显虚弱，吃得慢，他笑了，说："我有救就是由于你，你在白鹭里念经，阿弥陀佛就到白鹭里了。"

郝叔打了一个电话，体检中心的人过来了，她接三人过去了。到了体检中心，丁西见到那个游艇上的、二十几岁的大眼睛女孩。丁西不认识蓝石公司其他人。引导员很多，客气得不得了，好像她就是你的女儿。抽了血之后，引导员问肠胃镜什么时候做，要约时间，要饿肚子，要全身麻醉，大姐就说不做。彩凤犹豫了一会，也说放弃，丁西想想也放弃了。

三个小时过去，体检完毕，都觉得饿了。他们还是到郝叔那里见面。彩凤对郝叔有些怜爱，说：

"我们开车去吃饭，我说不定今明不来看你了。"

郝叔久久看着彩凤，点点头。

第二天开始，医生找郝叔谈话就多了，院长也好几次找了郝叔。他们来的时候，丁西为不妨碍，就到休息室里坐着。他没有仔细听，隐隐约约是为郝叔换肾的事情，说你们公司里三个人可以。郝叔没有说很多话。只是一次接到一个电话，显得激动，声音响了，说丁主席，你放心，上海方面在配对云云。

丁西心里很不好过，认识丁主席的时候，自己是多么幼稚，多么不懂事，说出一些现在想起来就脸红的话。只有和郝叔相处之后，自己才变得有点成熟起来，说话做事有点像样了。那是熏陶，受郝叔的熏陶啊。郝叔是多么精明、深邃、慷慨、高瞻远瞩、料事如神而又体贴入微。相比之下，自己非常浅薄，缺少判断力，有时像个小孩，做事不着调。前回自己给丁主席的基金会五万块钱，只能聊表心意，不知丁主席知道不知道。

丁西回家睡觉。这几天，白鹭里鸟也不叫，花也不香。除了问郝叔病情，大姐、彩凤一般都没有话说。躺在床上，丁西和彩凤都没有想到做点什么。丁西说：

"看来郝叔要换肾，医生都在说这个事。"

"他住院换肾这样的大事，应该让他的家属知道。"

"郝叔有家属吗，他好像从来没有说。"

"有。我曾经问过，他没有仔细回答。"

"这是非常奇怪的事情。"

"是奇怪。盯着问也不便，也没意思。"

"问题是找肾，谁的肾给他？"

"他有钱，可以在全中国找最合适的肾。东北地区，还有内地，重金之下，必有好肾。"

"疫情期间恐怕很难吧。许多交易都停了。到医院的人也少了，包括献血的人。还有交通问题。我很担心。"

"他们有钱人有的是办法，你担心什么？"

"担心找不到合适的肾啊。死人的肾总不好，即使家属同意，血型也相同。"

"一个肾也是可以生活的，我昨天搜了百度，问了问。"

"如果我的肾合适，我就给郝叔。"

"妈的你说什么呀。胡乱说话。睡吧。"

二十九

丁西到了医院，进特护室的时候，遇见在游艇上干活的姑娘出来，她甩一下屁股，好像不大愉快。

郝叔见了丁西，似乎等了丁西好久了一样，让丁西坐在自己身边。郝叔说：

“丁西，我们谈谈。”

“好，郝叔。”

“医生说，我的肾要换，你知道吗？”

“知道一点点。”

“我跟医生说我可以凭一只肾生活，但是医生说许多人是行的，我的身体状况来看，不行。”

“郝叔，那就换。”

“我的血型啊什么的，已经在全国寻找。你是知道的，郝叔是慷慨的人，如果有绝配，郝叔一千万两千万元都给。你相信吗？”

“当然相信，这还有怀疑郝叔的。”

“刚才这一位，你是认识的，她曾经是我的情人。她的血型和肾的种种指标和我非常接近，比较适合给我。但还不是绝配。”

“不是绝配就不要。”

“但是，她做我的工作，说她家需要钱。”

“肾不好还做什么工作，谈什么需要钱。”

“丁西，我总觉得老天爷在安排，天下怎么会那么凑巧，全中国的血都翻遍了，只有你丁西肾的各项指标，居然和郝叔一模一样，丝毫不差。”

丁西万分吃惊。说：

“哈哈，那就好了，郝叔，你拿去吧，别的不说了。”

郝叔热泪盈眶，握着丁西的手，说：

“除了会市坊一套房，郝叔再给你两千万块钱。”

“这个不讲，这个不讲。郝叔，我不要钱，我再拿你的钱，我就不是个人了”

“不是的，这个钱你必须要拿。以后说不定我的财产都是你和彩凤的。”

“郝叔，我不要，我是无偿的，你给我的已经够多了。”

“丁西，有个前提，你必须要征得彩凤的同意，还有，你只有一只肾的话，必须可以生活。”

“彩凤不会同意，说也白说。她是妇人，我的事情我做主。”

“怎么你俩谈过了吗，奇怪？”

“昨晚我说如果我的肾合适的话，我就给郝叔，她说妈的你说什么呀？”

“彩凤是这样说的吗？”

"是。但我的肾我做主，我愿意捐给郝叔。"

"谢谢你。那必须保障你的健康，你就再次体检，看看一只肾你能不能生活。如果不能生活，我就要别人的。"

"要我的，一定要我的。我的肾好，我一定能生活。"

后来的体检证明，摘除一只肾后，不怎么影响今后的生活。这是几个医生看着一大堆体检的指标，对丁西说的。但他们又问丁西，你捐肾，你都想好了吗？丁西说当然想好了。医生又问你爱人同意了吗？丁西说大事要自己决断，主意不能让别人出。医生说，那么，你就不反悔吗？丁西说我是献给郝叔，不是献给别人，还反悔！医生的眼神好像尊敬，好像疑惑，脸上是笑笑的。

医生安排丁西住下来。也是特护室，也在二十五楼。

他接到一个电话，是山西女。他觉得在这个地方不适合和她通话。当接起来时，山西女问：

"丁哥，你在哪里？"

丁西说：

"我在医院。"

"我刚从天州医院回来，丁哥病了，看医生吗？"

"是。"

"看了医生到我家一趟好吗？"

"我在医院，几天出不来。"

"你住院吗丁哥，也是天州医院吗？"山西女急了。

丁西说：

"护士来打针了，不说了。"

他把电话挂了。

后来山西女打了多个电话，丁西都没有接，后来索性把手机关了。不再开机。

不再开机，主要还是防范彩凤。她是不会同意丁西捐肾给别人的，哪怕是郝叔。平时，彩凤说话往往很有理，也很有力，他丁西反驳的话经常说不出。她反对捐肾，话肯定有一箩筐，一个字就是一个大石头，丁西说不服她。但医生已经说了，一只肾不影响生活。听医生的呢，还是听彩凤的呢，当然是听医生的。医生的话就是铁律。彩凤如果到医院里来，医生会说服她的。或者早一点手术，她来了，肾已经给了郝叔，她也没的说了。

他躺在休息室看电视连续剧《前行者》，这是一部悬疑片，看了一集就被套牢，他还从来没有好好看电视呢。看电视连续剧真是好极了。他一集一集看下去，已经看了三十几集了。

每一集片头，都有四〇七工程的公益广告。广告是天州籍一位美女，羽毛球冠军做的，美轮美奂。丁西庆幸自己，已经成为参与公益工程的一员。捐肾给郝叔就是很大很大的慈善工作。

大领导丁主席的精神境界和工作力度，真是了不起！

有医生把一些文件拿给丁西，包括《捐献申请书》，丁西没怎么看就签了字。叫签哪里就签哪里。丁西问什么时候捐献，医生说受捐者请了上海的医生过来，受捐者说一定要把手术做好，不仅是对他负责，主要是对你负责。时间大概在后天。丁西说好。有护士推来仪器，让丁西回到治疗室。丁西看电视正在兴头上，丁西问干什么，答曰做风险评估。丁西不耐烦，厉声说，我的身体已经两次体检，你们想要干什么，让我打退堂鼓是不是！护士说，不是、不是。

有个女人个子娇小，面容姣好，特别是两只忽闪忽闪的大眼睛，真是迷人，自称是这里二十五楼的护士长。她说话细声细语，很好听。她对丁西说：

"你真是了不起的人，看样子你和受捐者郝先生也不是父子关系，兄弟关系，你和他是亲戚关系吗？"

丁西说：

"不是。"

护士长浅浅地笑，轻轻地说：

"不是怎么会把自己的肾捐献给他呢？"

"他对我有恩，我不能细细和你说他的恩情。"

护士长微微点头，又说：

"看你提供的信息，你是天州城里人，应该不会缺衣少用。这位郝先生可是天州最富的人，他给你钱吗，几千万元吗？"

"我是捐献，他即使给我几千万元我也不要。"

"人人平等，"护士长说，"他原先是两个肾，你也是两个肾，挺好的。

他切除了一个肾，还有一个肾，而你切除一个肾给了他，他有两个肾了，可你只有一个肾，你想过吗？"

"当然想过，你们医院检测过了，他年纪也大了，一个肾不能生活。你们医院检测过我，检测的医生说，我一个肾可以生活。"

"你真是一个崇高的人。"护士长笑着说，"其实老天爷造人，都是合理的，脑袋只能一个，如果长着两个脑袋，意见不统一，打架起来，到底听哪个脑袋的。人体其他地方都是说平衡的，两只手、两只脚、两只肾，所有的肢体所有的器官都是有用的。你一捐，只有一个肾了，你想谁给你一个肾呢？"

丁西说：

"不用，我的肾好，我一个肾就能好好生活。"

丁西心里想，我一天都能做爱一两次，说出来把你吓死。

护士长声音鸟叫一样，真是好听。她说：

"现在上海的医生没到，到了之后，把你推进手术室，一麻醉，你就出不来了。现在你还可以好好想想。现在全国肾源少，由于交通的原因，都不合适。你们蓝石公司那么多人过来体检，筛选郝先生换肾配对的，有三个最合适。你们白鹭里那个二十多岁的女孩，血型啊、肾指标啊，和你一样，同郝先生都是匹配的。据说她很愿意，可是郝先生却不同意，为什么郝先生决意要你的肾，不要她的肾呢？我们许多人想不通。这个事情太奇怪了。"

丁西说：

"我和郝叔是雄的，那女孩是雌的啊。"

护士长露出两个酒窝，说：

"你说话很有意思，看来你是铁定决心了，再也不反悔了，是吗？"

"男子汉说话，驷马难追，你说是不是？"

"呵呵。你住在白鹭里，是不是？"

"是啊。"

"你们有个大姐，是不是？"

"是啊。"

"你们大姐和我的母亲可好了。"

"奇怪。天州太小了。"

"她俩都是雄心殿常年的香客，好朋友。你在天州医院捐肾，你老婆急

227

死了，大姐也急死了。大姐和我妈说这个事情，哭了，说很快就要搬出白鹭里，回到她老家去。"

护士长又说：

"你不要同任何人说我找过你，否则我有压力。医院很复杂。现在二十五楼别人进不来了，你老婆找过你，也进不来。你的手机被人拿去了吗？怎么是关机状态，你老婆都没法联系到你。"

"呵呵，我老婆打电话了吗，我可不知道。有些电话我可不想接了。我关机了。我在看电视连续剧，太好看了。"

"那你开机，先和老婆说说话。她的话有理，你就听她的，她的话没理，那你再自作决定好了。"

"老婆嘛，她肯定是叫我别捐肾，她哪里还有理的。她知道什么叫义，什么叫你所说的崇高？"

"你先开机吧，你的事，天州人很关心呢，你也看看微信吧。"

"好的。"

"那我走了，你多想想吧。"

护士长还轻轻拍了一下丁西的肩膀，很亲切的样子。但也意味深长，好像说：

"你要保护你自己。"

"哦，好的，谢谢。"

护士长转身走了，还是留下一句话：

"你珍重啊。"

丁西想，电视连续剧里也有护士走来走去，真真假假的人不少，她自称护士长，说不定是哪里混进来的。

丁西打开手机。想不到短信很多，有不少未接电话。微信嘀嘀嘀滴嘀嘀跳出来更是多。彩凤的不用说了，还有山西女的，还有大个子的，居然还有小姐姐和促狭鬼。小姐姐说促狭鬼和她的老公吵起来，后来是打起来，结果是她的老公赢，她的老公拿了菜刀把促狭鬼的脸上砍了一刀，太重了，眉骨和鼻骨都断了。她希望丁西给法院打个招呼，把她老公判死，或无期徒刑。判死是最好的，立即执行就更好了。反正她今生今世不想见到他。

丁西的鼻子哼了一声。

丁西知道促狭鬼肯定也是一个意思，让丁西帮忙严惩小姐姐的老公，墨黑的那个人。促狭鬼喜欢和人意见不一，显示自己是知识分子，比别人高深。那天在船上，他横插一杠，事情差一点被他给搅黄了。

促狭鬼的微信说：

"丁体察师，我在天州医院，脸上被你的师傅砍了一刀，难看不用说了，但没有生命之虞。这个事情出院后我们再说。据说你也在这里，这里的医生护士有议论，说你要捐肾给你的领导。他们的意思，似乎你是不应该的。我的意见也是，对领导不能愚忠。人与人都是平等的，下级哪是上级的羔羊，他一定要你的肾，不用别人的肾，这非常蹊跷。我想这里头有阴谋。我们不能听坏人的，让坏人遂心，让坏人看着我们的伤疤放声歌唱。我们必须让坏人的盘算落空，不能让他要雨得雨要风得风，不能让他无休止地打别人的算盘。我的话经常使你反感，我希望这一回你听我的，你就听我一回吧。盼丁西体察师三思。"

促狭鬼的话是丁西想不到的。这回是为他丁西说话。但他前提已经错了，郝叔哪是领导，对促狭鬼解释郝叔和他丁西的关系，说郝叔对他丁西的好，要解释十天。说郝叔有阴谋，这太好笑了。还说他丁西愚忠，扣了一顶莫名其妙的帽子。但促狭鬼为自己好，这一点他能够真切地体会到。

"谢谢你，促狭鬼兄弟。"东西心里说。

山西女说：

"丁哥，你为什么不接电话呢，关机又是为了什么，我好害怕你得病，得的是什么病，重不重。我睡不着觉，整夜睡不着觉，我像疯子一样了。我爱你，我很爱很爱你，我不知道我为什么这么爱你。我居然找到白鹭里去，居然找到嫂子了，我也不怕她骂我，奚落我，我只想打听到你的消息，你的病情。我见了嫂子的面，我就自我介绍，我说我是丁哥的车友。嫂子问：'你和我家丁西是情人关系吗。我说应该不是，我爱丁哥，但丁哥没有说过爱我。'嫂子又问：'你和我家丁西上床了吗？'我说：'我想和丁哥上床，但丁哥根本不想，真的。'嫂子说：'上床也没关系，这和吃饭是一样的，丁西出院后，你可以和他上床。'我说：'嫂子，我和丁哥不可能发生这种事了，这些不说了，我今天只想知道丁哥的病情，他什么时候出院？'嫂子说：'丁西没病，如果以后有病，那也是他自找的。'我问：'为什么？'她说：'我家丁西迷信一个姓郝的人，姓郝的肾破了，变相逼迫丁西捐肾，丁西居然同意。还签了《捐献申请书》。'嫂子哭了。我也哭了。"

"丁哥，嫂子太好了。以后我会强制自己不找你，不爱你，绝不成为你的情人。但是，丁哥，你不要轻信别人。肾脏是顶顶要紧的器官，从某种意义上说，你没有权利捐献。因为肾脏是父母给你的，只有父母和自家孩子需要，才可以给。如果姓郝的为了国家、为了民族的利益牺牲了一只肾，那又另当别论。事情却不是这样。他只是一个企业主，有钱。据说口碑并不好。现在，他自己还有一只肾，而要别人一只肾，这无疑是自私害命。丁哥，你不能捐，不能捐！"

丁西读完后，笑了起来。虽然山西女一通话，让丁西感动，但丁西想，女人永远想的是自己的利益，什么父母啊，孩子啊。她山西女永远不清楚郝叔对我比海还深的情谊啊。

丁西长叹一声。

大个子说是看到天州天话网上报道，才知道丁西被捐肾的。天话网是天州一个自媒体，民办网站。天话地语，在天州方言里是谈天说闲话的意思。天话网不涉及政治和官方，只报民间新闻。在天州，特别是民间，天话网影响可大了。

大个子说：

"我看了天话网上的报道和议论，原先以为丁西不是你，后来看着看着就认定是你。你温良纯善，乐于助人，是绝对的好人。我们会市坊的居民，得到一赔二点五的补偿，后来我们从多个地方证实，我们虽然没有赢，但也没有太吃亏。没有太吃亏，我们认为就是福气了。我们都认为你在郝某边上周旋起了很大作用。你为我们谋利益，郝某看到你就生气了，于是，一定要你的肾，对不对？"

"丁体察师，好兄弟，你别给他肾，别做他的手下。我们都是聪明人，我们共同想法谋出路吧。我们有吃有穿有住，为什么要拿生命拍马屁呢。如果你敬爱郝某，他患了尿毒症，两只肾都坏了，那么我支持你的善举，为你点赞。现在情况不是这样，是一个有权有势的人决意拿走手下人的一只肾。你我都只有两只肾，捐了一只剩下一只，如果老了，身上的另一只肾坏了，你怎么办呢，你能从郝某身上要回来吗。显然是不能的。所以我们首先要照顾好我们自己啊。天话网上的报道你没有看到吧，里头说到你俩的关系，不知对不对，转你参考吧。"

为富不仁，员工被捐肾

本网讯 从天州医院内部透露，蓝石发展有限公司董事长郝某，威逼利诱驾驶员丁西为其捐肾，手术将在明天进行。

郝某长期患有肾错构瘤病，但因为从来没有体检，日前错构瘤破裂。郝某以做体检为名，诱骗蓝石发展有限公司全体职工参与筛选肾源，结果丁西的肾器与之匹配。郝某寻找丁西谈话，以房子为交换条件，加上平时郝某对丁西的小恩小惠，逼迫丁西签了捐献申请书。明天在天州医院的手术，将由上海医生前来进行。（记者萧马龙）

对于大个子的话和他提供的报道，丁西很是气恼。大个子是好人，但你不明就里。电视剧里，子弹飞来飞去，有人为同志去挡子弹。几乎所有的国家，总统都有保镖，保镖为总统挡子弹，愿意为总统去做任何事情，我为什么就不能捐肾给郝叔呢。保镖挡子弹就是死亡，而我拿走一个肾，还完全可以和平时一样生活啊。总统对保镖有感情吗？没有。郝叔对我岂止是感情，我们真像父子一样。你说我是拍马，错，我是无偿捐肾的，郝叔给我什么我都不要。他说的给我几千万元还有什么什么，我都不要。我和郝叔已经不可分。郝叔吃什么我吃什么，郝叔的房子就是我的房子，郝叔的车就是我的车，郝叔的游艇就是我的游艇，郝叔的白鹭里就是我的白鹭里。什么首先要照顾好我们自己，自己自己自己，你一个大个子，怎么和女人一模一样，没有大义呢？

对了，报道说郝叔威逼利诱驾驶员丁西，真是弥天大谎。郝叔和我说话总是好言好语，这次和我谈话，说捐肾有前提，一是必须征得彩凤的同意，二是只有一只肾的话必须可以生活。天州天话网，一直是一个细碎的闲嘴婆，东家窗破，西家瓦漏，唯恐天州不乱。这个萧马龙，就是仇富，就是要找郝叔的碴。他写过一篇什么《香樟树应该让市民观赏》的文章，发表在《天州晨报》。说白鹭里围墙内的香樟树，是当年太平天国洪秀全手植，有一百五十年的树龄，什么既是自然景观，又是人文景观，是天州人民的共同财富。什么白鹭里的围墙要拆除，让市民自由观赏香樟树。后来《天州晨报》

发表文章了，洪秀全根本没有到过天州。这个萧马龙，本性是造谣，应当法办。

彩凤是疯了。彩凤是用语音的，她上火上得厉害，真是昏了头了，胡话连篇。说：

"你妈的你把手机关了干什么，是不是手机被人拿走了？我几次到医院，不让进，后来我拼了命，进了二十四楼，二十五楼还是不让进。我想放火了！

"现在我看明白了，看透了，姓郝的一定要拿走你的肾，他不是一个正人君子，他是一个变态的人、坏人。我不知道他有没有家人，现在还有没有老婆，我不知道他的一条腿为什么在国外被人打折了。

"很奇怪、很奇怪，他说就爱我一个人，他像中了魔一样地爱我。你不在的时候，他说话非常肉麻，不可思议的肉麻。他说见过的女子千千万，只有我是最美丽的，最适合他的。他读过高中，在国外生活过，善于伪装，你丁西根本看不出他有什么野心，他会夺你的妻子。他偶尔也把真话当假话说，当玩笑开，你真是毫不了解他。

"他太变态了，连我的脚丫都舔，他是畸形而龌龊的。他多次提出让我离婚，和他结婚，他说我不开口的话，他可以开口和你丁西谈，他说可以给你丁西一个亿。我越是骂他疯了，他越是咬住不放，一定要我离婚。事到今天，我渐渐看清楚，把别人的妻子夺过来，是这个瘸子坚定的做法。长期以来，你在他的心里，其实只是一只小老鼠。他的表演能力实在是非常好。我好长时间被他蒙蔽着，跟从了他。

"适合他的肾，全国有很多，蓝石公司就有三个和他匹配的，他就要你丁西的肾，干什么，你想想吧丁西。那个在游艇上的二十多岁的大眼睛女孩，肾也和他匹配，她的父母死了，房子被人拿走了，她有三个弟弟妹妹需要养大。她愿意捐肾给他，但他不要，就要你的。我曾经说漏了嘴，说我们每天能够做爱。你看他怎么对我说，他说：'以后我把他的肾拿过来，我们也一天一次！'

"啊啊，我哭了。

"我现在不知道你已经怎么样了，肾是不是让他拿走了。如果没拿走，你赶紧逃回。如果已经被拿走，我将一把火先把白鹭里烧了再说。我将离开白鹭里，我们都要离开白鹭里。告诉你，刚才，大姐已经回到纸山了，她说永远不再回来，即使姓郝的上山跪着，她也不会回来了。我哭了和她告别了。要知道，丁西，他对我是出于欲望和癖好，大姐救了姓郝的父亲一命，他对大姐是真爱，而对你完全不是这样，正好相反。

"在会市坊拆迁事情上，他利用了你，蒙蔽了别人。我现在想想，你也对不起会市坊那些三轮车友啊。他让你一次又一次请会市坊三轮车友吃饭，一次又一次让会市坊那些三轮车友喝茅台，他们见到茅台就兴奋得嗷嗷叫，他们哪里知道这是蒙汗药，吃饭喝酒都是为他的理赔打基础，是他计划的一部分。几瓶茅台几顿饭，怎么和会市坊要建的地标性房子相比啊，可你一点也不知道，好像姓郝的已经非常照顾你的面子了。虽然说一赔二点五，会市坊的居民还是接受的，那是姓郝的知道，下手太狠，事情准黄，毕竟会市坊那么多居民中是有能人的。最难对付的三轮车夫都签了，许多人跟着签了，能人也就没法子了。

"对了，他说你有许多事瞒着我，说你有两个情妇。他经常在我面前说你是傻瓜。他一直在我面前讥笑你。有时演戏一样，指着自己的裤裆，说，丁西先生的脑子，丁西先生的脑子。我看着他一瘸一拐、乐不可支的样子，丑陋极了。我扭头就走，非常讨厌他，但他抱着我哭，说他怎么怎么爱我，说他怎么怎么离不开我。千方百计逗我笑，学狗叫，脑袋往我下面拱……

"这样一个人，你给他肾吗，你能给他自己鲜活的肾吗！快快想法逃回来！我们有双手，能干活，享受自己得来的果实，我们自己心里舒坦。不要别人的任何施舍，不受制于人。盲目崇拜别人会受到别人的蔑视和控制。我也上当受骗，心里很不是滋味，我对不起你，也对不起自己。吃别人的骨头难以消化，穿别人的衣服不算风光。那个小酒店已经关门，我们自己开起来，我们还怕饿着吗？我们回我们的房子住，把全部租金还给别人，我们还怕冻着吗？我们不是一样体体面面过日子吗！"

彩凤真是疯了，真是疯了，说话都颠三倒四了。丁西觉得彩凤的话太不可思议了。女人就是这样，想到怎么就是怎么，凭着半个脑袋想问题。你平时为郝叔烧菜，只怕自己烧不好。你平时为郝叔洗衣服，只怕自己洗不干净。如果郝叔是坏人，你会和他躺在一起吗，你自己去想吧。

丁西想打个电话给彩凤，但门被打开，两个女护士来，请丁西到另一处。丁西问，什么地方。答曰处置室。

"处置室，处置我什么呢？"

"就是消毒，换衣服。"

"我要消什么毒，换什么衣服呢？"

"病人做手术，都要消毒，换衣服。"

"我又不是病人，我是病人吗？"

"在我们这里，除了医生护士，面对的统称病人。"

"要做手术了吗？"

"是的，先生。"

"上海医生到了吗？"

"到了。"

"的的确确是上海医生亲自动手吗？"

"那当然。否则人家从上海来干什么？"

"郝叔处置了吗？"

"你说是那个接受你捐献的病人吗？"

"是的。"

"他已经处置完毕。"

丁西跟着两位女护士到了有标牌的处置室。进去后，两个女护士就叫丁西把衣服脱掉，丁西照办。女护士又叫丁西脱掉裤子。丁西说裤子可不可以不脱。女护士说不行。丁西按着自己的肾部，说肾不是这个地方吗，脱裤子干什么。女护士静静地，但坚决地说，都要脱的，必须的。丁西脱了外裤，两个女护士互相看了一眼，就叫丁西躺在一张温暖的大床上。刚一躺上，一个女护士就上来刺啦把丁西的短裤给扒了。丁西觉得这样不好，这样太不好意思，但也无可奈何。他干脆闭上眼睛，处置就让你们处置吧。

暖水下来了，女护士在身上涂抹，那分明是洗澡嘛。她们还把他的下身私处都洗了，丁西有些痒痒，但是忍着。后来又叫丁西趴着，转身时，丁西偷眼瞥了一下护士，她们没有什么表情。看来这两位女护士是专门给男病人洗澡的。趴下又是洗澡，只是后背她们洗得更仔细一些。刚一停手，呼呼有暖风来，顿时全身干干燥燥。两个女护士的注视下，暖风吹得丁西恍恍惚惚。这时腰间又上水，有剧烈的酒精味。这是左肾的地方，啊，丁西问：

"刀从后边开，上海医生要拿去的，是我的左肾吗？"

护士说：

"不，刀从前身进，是右肾，先生。"

丁西不明白。护士叫丁西起来。丁西刚说我的短裤呢。护士戴着手套，正在拆开一个密封包，取出一套衣服叫丁西穿上。丁西穿上后，问，我的手机呢。护士说，已经关机，衣服和手机都锁在保险柜里了，请放心。

丁西不再走路，被推车推出。到了手术室。丁西心想自己总算排除万难为郝叔献上一个肾，一个完美的鲜亮的肾了，自己总算为郝叔做了一件大好事，对于郝叔来说，再也没有比这个更好的好事了。

把丁西推到手术室，大一点的女护士就走了。留下的一个恐怕二十岁都不到。悄悄地说：

"先生，你现在还来得及，可以不给别人肾。你是聪明人，器官哪有随便给人的。"

这是丁西意料不到的。丁西说：

"姑娘，你还小，你不懂事，你还不懂人间恩德，你走吧。"

"不要说我说话了。"姑娘悻悻地走了。

丁西一个人。丁西心想开刀取肾时，麻醉不麻醉。一麻醉，丁西一点儿也不痛，但麻醉到肾，对肾有害处，肾就不活蹦乱跳了。一会儿医生来，他得对医生说，取肾时他能够忍着不叫喊，这样，对郝叔有好处。痛有什么，总是一会儿的时候，取肾后，可以再给他打麻醉。兹事体大，他就这样决定了。而且他觉得这个决定非常重要。他觉得自己非常聪明，如同一见发病，先拨120。

没有一个人。很长时间了，还是没有一个人。丁西心想，很快了，很快了，郝叔那边应该已经把破肾摘除了，肾巢擦洗干净，马上医生就过来。一二三就过来，手起刀落，取走他的肾，缝在郝叔的肾巢里，一些血管横七竖八接起来。

但还是没有人来。医生不见，护士也不见。

这样的，过了一个来小时。

有人推门了。来的是医院院长。是曾经为自己的父亲守夜的院长，给了他二十万块钱的院长。说：

"丁西先生，跟我来。"

丁西知道院长和郝叔关系甚好，这回的手术，院长要坐镇，以示对手术的重视。这时，两个女护士也来了，带丁西到处置室。丁西问院长：

"已经处置过，还要处置一次吗？"

院长说：

"不处置了，你可以回家了。"

丁西说：

"开什么玩笑，那郝叔的肾怎么办！"

院长只是对丁西点点头，叫护士一会儿带丁西到特护室。

护士打开保险柜，把丁西的衣裤拿出来，让他穿上。丁西穿上后，就跟护士回到特护室。特护室开着门，一进休息室，不想彩凤在，山西女在，更想不到的，丁主席也在。

他们三人都站着。

丁西见彩凤、丁主席、山西女的脸色都不好看，严峻、生气、愤怒……甚是莫名。彩凤怪异地哭了起来，却马上咬住牙，没有大声哭。她向丁西扑过来，好像要把丁西一口吃下。她抱住了丁西，眼泪哗哗地流。

丁西傻了，一动不动。

原来，山西女再三再四问彩凤，你还有办法不，你和丁西的关系人中还有什么重要的人物没有。彩凤再三再四想，说原来是有一个省主席的，但后来我们胡乱说话，对不起他，不来往了。山西女说，太好了、太好了，有没有电话，我来打。

接上了省主席的电话，山西女急切地把事情说明白，省主席只说了三个字：

"知道了。"

后来省主席回电了，说：

"手术打住了，到医院去吧。"

丁主席坐了下来。彩凤有些缓过气来，也不再抱住丁西。

"丁西，"丁主席说，"我不记得你有什么对不起我的。你说了什么话，做了什么事，哪来的对不起呢。你有什么话讲错了呢，没有嘛。我参与的四〇七工程基金会，收到你丁西一笔汇款，数额虽小，但是你丁西的，我立即记得。我要感谢你呢。你还刚刚出了大笔钱，为山西女的老公治病，做了善事，很好。实际上，你也是帮助四〇七工程。"

丁主席说：

"我让郝总关照你们，他一口答应，彩凤在白鹭里当厨师，丁西当他的驾驶员，你们住在白鹭里，原来自己的房子出租了，会市坊将给你们一套房子，等等，他做每一件事，都说给我听，向我汇报。我很感谢他。"

丁主席又说：

"院长同我说，就在刚才，上海医生说，他的肾没有大问题。尽管错构瘤破了，血肉模糊，上海医生可以用剜剥法把瘤体清除干净。他的肾受到压制，缩小了，变形了，以后可以慢慢恢复一些。自己的肾好，他也说不用别人的肾。"

丁主席眉心锁住，好像闻到了一阵恶臭。说：

"丁西，院长说，姓郝的听了上海医生的话后，才心有不甘地放弃了把你的肾割下来。心有不甘，丁西，这个人，是怎么回事！你和他有着刻骨仇恨吗！"

丁西的脸一下子白了，他出冷汗了。

丁西的冷汗流了好几天。他知道，丁主席是不会说谎的。